海上東西風

上海记忆与北美风情

巢伟民 著

学林出版社
www.xuelinpress.com

图书在版编目（CIP）数据

海上东西风：上海记忆与北美风情 / 巢伟民著 .—上海：学林出版社，2015.6
ISBN 978-7-5486-0753-3

Ⅰ．①海… Ⅱ．①巢… Ⅲ．①随笔－作品集－中国－当代 Ⅳ．① I267.1

中国版本图书馆 CIP 数据核字（2014）第 171894 号

海上东西风：上海记忆与北美风情

作　　者—— 巢伟民
责任编辑—— 解永健
封面设计—— 魏　来
出　　版—— 上海世纪出版股份有限公司 学林出版社
地址：上海市钦州南路 81 号　电话 / 传真：021-64515005
网址：www.xuelinpress.com
发　　行—— 上海世纪出版股份有限公司发行中心
地址：上海市福建中路 193 号　网址：www.ewen.co
印　　刷—— 上海展强印刷有限公司
开　　本—— 710×1020　1/16
印　　张—— 15.25
字　　数—— 25 万
版　　次—— 2015 年 6 月第 1 版
印　　次—— 2015 年 6 月第 1 次印刷
书　　号—— ISBN 978-7-5486-0753-3/G · 264
定　　价—— 35.00 元

前　言

《海上东西风》一书是我十多年来随笔的选辑，编辑出版这本书也是我多年来的一个夙愿。由于近十年来和夫人常在加拿大的儿子家里帮忙照看可爱的双胞胎孙女，于是也多了许多西方北美的经历和见闻，因此，在斟酌再三之后选了《海上东西风》作为此书的书名，以书的内容而定。虽然书名是《海上东西风》，其实，书的内容还是重在“东风”，还真是“东风”压倒了“西风”，书中内容还是以写神州大地、祖国的流风余韵为主。至于“海上”这个词，既是指“上海”，也是指太平洋“海上”的两边人和事，而上海书画艺术家也常常在落款时署名“海上某某某”。故这个“海上”是一个双关意义的词，我认为用于此书书名真是妙极了。

我自小爱看书、买书和藏书，无论去哪里，只要时间较长的，包里必然会带上一二册书或碑帖，以便利用“三余”时间可以浏览翻阅，也是解乏解闷之法，因为我不喜欢在闲暇时间打扑克玩麻将，也因为自己觉得在这方面的智力较差，玩输了没面子，还会被合作伙伴埋怨，所以就干脆“金盆洗手”，不玩了，于是看书读帖成为我出门在外的主要消遣。

不过，我读书很杂乱，除了自己爱好的书画专业及理论、工作上的地方史志专业，对其他有兴趣的书也会读得入神。读了各类的书，读后就会有写作的欲望，于是就有了本书的四大栏目之下的各类读后感、随笔和研究性的文章，于是我也可充数于“杂家”了。

第一栏的“老上海方言与掌故”，起兴于十年前在听上海人民广播电台沪语节目时，得悉上海广播电台竟然难于招聘到能说正宗上海方言的播音员，大吃一惊：上海人竟然不会说地方沪语了；而近几年来，更是多次听说“上海地方方言有消失的危险”，上海的小孩已经很多人不会说上海方言，只会讲普通话啦！于是，萌发了利用自己曾经编纂了十多年上海地方志的工作经验，撰写一些关于老上海方言与掌故的文字，几年来陆续积存了百余篇，这次选辑了大部分入书。

第二栏是在“西风”中经历感受的文字了，因为在异国他乡，无亲无故，语言不通，生存和交流都成了切身利益的大问题，更不要说融入当地社会了。但是炎黄子孙的生存能力是天下第一的，我们不会坐等天上掉馅饼，我儿子、我太太都尽力设法去找工作做，而我还是围绕着我的书画专业寻觅教授中国书画、弘扬中华文化的机会，在接触西方社会中体悟西方社会的文化和风气。有机会时，也会作适当的北美旅游、民风考察等，于是有了“西方北美历练”这一栏目文章。天下事，东西方事，只有经历过才说得真切。

第三栏内容，也是我的专业爱好内容，包括了我的一些书画作品和书画理论文字，也有不少阐述介绍古今书画艺术家的文章。关于人物的写作，因为篇幅短，基本是取其一二点来描绘成文，围绕标题做文章；如果是我熟悉的艺术家朋友，我更是着力于自己最熟悉的一点来写，写出人物的精气神。这种以“风”评人的风气最早见于《孟子·万章》：“故闻伯夷之风者，顽夫廉，懦夫有立志。”不过，此处的“风”还主要指对后人的影响。但是到了两汉时期，“风”的词义已经成熟了，如《史记·李陵列传》中说李陵有“国士之风”；《汉书·霍光传》中对霍光的形象气度的形容，已用上了“天下想闻其风采”的溢美之词。这和今人品评人物是相近的。我这里对几位熟悉的上海艺术家的描述，也是带有品评的意味的。

第四栏的“神州流风余韵”，由一些国内的旅游见闻、读研国学诗词等文章、读祖先巢元芳中医学著作和道家养生理论等组成，这是一个组合面较宽的栏目，也体现了我读书面较宽、较杂的事实。

我先祖隋朝太医院博士巢元方是中医史上彪炳史册的人物，他的著作《巢氏病源》于后世影响很大。清朝中后期，在我故乡常州孟河，以费伯雄、马培之、巢崇山和丁甘仁为代表的孟河医派，创造了“吴中名医甲天下，孟河名医冠吴中”的医盛时期，仅有百余户人家的孟河镇，中药铺竟然有十多家，足以想像孟河中医医术的精妙和影响了。新中国建国前后的许多著名中医专家都是孟河医派的传承人。我作为孟河故乡名医巢氏的后人，宣传故乡和祖上在祖国中医事业上的贡献，这也是义不容辞的事情。因此，我研读了《黄帝内经》等医学著作，以及一些道家的养生理论，撰写了十余篇关于中医和养生理念的文章，既可与方家交流，也可以作为读者的参考。

由于家事牵累，常常是人在北美，而出书却在上海，一些稿件文字的修改提炼以及和出版社编辑的意见落实，甚为不便，这个大问题全仰仗了学林出版社的副编审解永健先生的帮助和协调，才得以沟通解决，特此对解永健先生表示衷心的谢忱和心中的歉意。同时祝解永健先生安康吉祥、工作顺利！

在编辑本书开始时，赵金娣、马慧林、巢文翰和高峰四位，帮助我从三千余篇文章中选编了本书的初稿，并逐一分类归纳整理，使得《海上东西风》得以成书，功莫大焉！还有上海原市三女中的高级英语教师李学敏老师对本书的出版给予了大力支持，加快了本书编辑成书的进度，这些都是对我的深情厚谊，在此一并表示衷心的感谢！

2014 年 9 月 3 日子夜和凌晨交接时再撰于温哥华篁风斋

2015 年 4 月 19 日午于上海篁风斋

目　录

东西书画艺术心迹

老上海方言与掌故

LAOSHANGHAI FANGYAN YU ZHANGGU

吃茶

上海方言中的“吃茶”含义有几种，这在老上海人里用得多些，现在新上海人很少用了。

这吃茶的第一意思也就是喝茶，和其他地方相同，只是对有些行业里的人士来说，就会有别的意思。比如，在 20 世纪三四十年代，一帮白相人就常常用吃茶的方式，来摆平几方面的矛盾，或者讨价还价，对某笔生意，某个绑票事，或某个地盘的归啥人等等喝茶讲定，讲不定的，也可能会立马拿出刀或枪来威胁，甚至当场火拼。这种吃讲茶的方式，在一般市民里不会用到，但是，也有人想借助帮会的力道（力量）来摆平一件事，花钱请地痞或帮会有脸面的人出场吃讲茶。

生意人也会用吃茶的方式来谈生意。所以，解放前的上海，各种行业的茶楼蛮多，哪个茶楼以谈哪一种生意为主，也是有区分的。比如橡胶行业、棉花纺织行业、粮食行业等等各有主要喝茶的茶楼，以后也有逐渐形成某个行业协会、某种行业市场的。

老上海人里面宁波人很多，不少老宁波讲“阿拉是乘柴爿船氽来上海的”，老宁波把许婚也称为吃茶。吃过茶了，也就是许婚了，可以谈出嫁事了。

所以，老上海方言里，这个吃茶的含义是比较广的，大概其他地方是没有的。

秋老虎

秋老虎的说法，中国大概各地都有。但是，上海的秋老虎的说法，有地方特点，和其他地方是有些区别的。

上海以及上海附近的江南一带，都把立秋之后又酷热起来的天气现象称之为“秋老虎又来了”。而且老百姓还用立秋时刻在正午之前之后来区分秋老虎的严重程度，认为立秋在正午前的，秋老虎不太严重；立秋在正午之后的，秋老虎就较为严重。民谚有“早立秋，冷飕飕；夜立秋，热到头”。

在立秋日以后出现的闷热，也是一种自然现象。用立秋发生在早上还是夜里来判断“秋老虎”肆虐的程度，科学依据是不够的。可是，老上海人不管你是啥科学说法，自家有自家的说法，还是认为“秋老虎”可以一直延续到农历白露那天，老百姓还有民谚：“白露不赤膊。”

到底是气象界说得对，还是上海老百姓的生活经验对呢？我讲，当然是老上海人的生活经验感受对，这才是“实践出真知”嘛！不过即使“秋老虎”来了天气闷热，这西瓜、大闸蟹之类寒性的食品还是要少吃为好，多吃于养生不利。

拆穿西洋镜

这个“拆穿西洋镜”，是老上海闲话里一句常常讲的俗语，意思就是指某人的骗局被戳穿了，穿帮了，刮三了。这里的“拆穿”，按上海读音为“撤穿”。“穿帮”“刮三”都是拆穿的意思，揭露了。

晚清一直到民国年间，还有上海解放初期，上海的一些街头上有一些个体摊贩背着一个大木箱，或者是装在小车上的一个大木箱，一边开着几个圆孔，孔里装着放大镜，而箱面上覆盖着磨砂玻璃，箱子后面一边装有可活动的板，不管大人小囡，只要给一二分钱，就可以占一个孔的位子，看箱子里被放大了的西洋画片，这些西洋画片一般是西洋仕女或半裸女等，以吸引观众。个体商贩可以通过背后的板操作画片的移动更换。这种西洋镜箱子其实结构很简单，也没有什么机关高科技含量，只是由于在当时电影还没有普及，一般民众不大看电影，商贩上门放映“影片”，而且一位只收一分钱，大约看一或二分钟吧，中间你也可以和伙伴调换了看，所以还是蛮有生意的。记得小辰光，我也是轧进去“买票”看过的。在民国和解放初期，这个西洋镜里已经不只有西洋女人了，也有放京剧的、木偶戏等。大概一直到“文化大革命”开始，上海的这些放西洋镜的人才被取缔了。

由于西洋镜只能通过一个玻璃孔才好看，所以，聪明的上海人就把这个看西洋镜用到生活里去了，某人或某单位做了欺骗大家的事，后来被群众发现拆穿了，上海人就把它比作“拆穿西洋镜”了。

骗骗洋人头

“骗骗洋人头”，这是老上海人讲的一句针砭某些一知半解、有点三脚猫功夫技术、扯虎皮做大旗专骗外行或外国人的类似于小丑角色人物的话。近代中国，尤其是最早的五口通商城市上海，已有不少洋人来沪开洋行，做各种生意，由于这些洋人一时还不熟悉中国风俗和人情世故，于是也聘用一些华人来帮忙做生意，也就是买办。这买办，可能只是一些白领职业人士，也可能是一个为虎作伥的汉奸。但由于他们熟悉风俗、地情，因此在有些方面这些买办也就可以“骗骗洋人头”，糊弄一下了。不过，辰光长了，洋人也长见识了，那也骗不过去了，弄不好，拆穿西洋镜，还会丢了饭碗。后来，这个词也就引申比喻用到多个方面。这个词语，也可以作为谦虚自贬的词，比如侬赞扬高夹里（高先生）做的一件事水平高，做得好。高夹里说：“嘿嘿，哪里，我是骗骗洋人头的。侬过奖勒！”有时也作“骗骗野人头”，意思是相同的。

在上海方言里，还有一句“龙头须蛮大（音杜）的”，也是指某人腔调搞得蛮大的。有人讲“迭个老朋友（这样说的老朋友，在老上海方言里未必指真的老朋友，而是泛指某人的），好像路子蛮粗的，龙头须蛮大的”。

上述两个词语，都有拿小的说成大的、讲成真的意味，其实就是扯虎皮做大旗而已。当成真的，那么就被噱进去了。

不晓得其他地方的方言里是哪能（怎么）讲的，肯定也是蛮有趣的。

软脚蟹

这“软脚蟹”的“蟹”，在上海方言里读成“哈”，还要带点拖音。生活里的软脚蟹是快爬不动的蟹、缺钙的蟹、快死脱的蟹。可是到了上海俗语方言里却成了指碰到事情，到了需要考验的场合时第一个开溜的逃跑者、跑得最快的胆小无用的缩货（胆小鬼）、没有魄力、没用场的人。这个意思正好和字面上的含义相反，这个上海俗语方言里的词儿有趣吧！就好像有些场合的说话，正话反说，很幽侬一默的。这也是上海话的魅力啊！

这个词不一定在哪个年龄层里使用，只要他们是上海生活圈里的人，知道这个词的含义，也会一不小心就说出口了。当然，年纪长一些的老上海人熟悉这个词，于是使用的机会也会更多一些。新上海人，接触老上海人多了，觉得这个词语有趣，那么也会应用到说话艺术里去的。

三十二号礼拜九

上海在她的俗语方言中，也有一些很幽默诙谐的语词句段，这真是体现了上海人学贯中西、活学活用洋泾浜外国话的典型。那个“三十二号礼拜九”就是一例。这里的“三十二号”里的“二”，要读成“泥”的发音才更生动。

现在的日历都用公历（阳历）为主了，农历（阴历）只是在务农计时节，记节气，过端午中秋春节等方面用了。于是，老上海人就把一些不可能兑现办到的事、没有希望的事，就用：“好咯，等到三十二号，礼拜九吧。”既回头谢绝了对方，也不伤面子大雅，还调侃了对方，意思就是：“侬还就是一个噱头（耍花招）。”因为，公历里没有32号的，也没有礼拜九的，最多只有31日，星期七就是礼拜天啦。所以“三十二号礼拜九”就是说此事没门。

小赤佬

“小赤佬”是上海方言。“赤佬”有“家伙”“坏人”“鬼”等的意思，“赤”即“裸露”。因为旧时穷人死后，家人买不起棺材，往往是赤身用草席卷了，草草埋了了事。大雨后，曝尸于野也是常见，在野地里走的人遇到这个尸体，就是“赤佬”。不管是“鬼”，还是尸体，遇见了总是件不吉利的事情。于是就有了“碰着赤佬了”这句话的产生。意思是遇到了倒霉、不顺心的人或者事情。后来对看不顺眼的人也骂他“赤佬”；如是小孩，就骂“小赤佬”。有些倚老卖老的人，有时骂比自己年轻的人，也会说："侬迭只小赤佬。"

出汤水

"出汤水"（"水"音"司"）是一个沪语地方特色颇浓的词。如从字面上看，好像是什么食物出汤水了，其实在用法上几乎一点也不搭界，只是一个形象化的比喻而已。

这"出汤水"其实是指个体商贩之间的互帮互助，特指资助对方，提供钱和物品的帮助，据说流行于20世纪80年代中期。但在圈子外面，一般上海居民使用并不多。比如，某人讲："迭笔生意我拨侬来做，我出汤水，侬放心去做好勒。""噢噢，谢谢侬，我拎得清的。"

这个词也指出点子、提供素材、出材料、合作做一件事："我出汤水，侬来执笔爬格子，阿拉两个人配合起来写好这个剧本。"但这个用法是在上海文人圈里部分流行，圈外的人不接触也不一定了解。

打桩模子

在上海方言里，"打桩模子"是一个很形象风趣的词，20世纪80年代至90年代时，在一般市民、商贩、中青年里流行很广，经常会在大街小巷听到有人在说这个词。

它的意思之一是中性略带一点贬义的：专指一些摆摊头做小生意的人，大多是没有经营执照的。这些人风里来雨里去，虽然比较辛苦，却可以补贴家用，弄点小菜铜钿、香烟钞票的。但是，因为是无证摊贩，摆摊头时，心理总归寒丝丝、嚇（吓）劳劳的，一听到"工商来了"赶快收起摊头就往安全地方逃，就像是"打仗"一样。所以，就被人戏称"打仗模子"。也有说成"打桩模子"，因为这些摊贩是见缝插针地轧苗头找地方摆摊头的，好比马路上“打桩子”一样。那个时候，人们似乎还不太看重做小生意的人，个体户也好像不上档次，因此说“打桩模子”是含贬义的。不像现在，做生意发财的人，吃香得来。时代不同了。

“打桩模子”还有一个意思，是指一些专门立勒（站在）中国银行、华侨商店或一些凭外汇券、外币买东西的专门店门口，观察人头模样，认为有机会，就上去搭讪“外汇券有伐”和“外币有伐”的人。有时候那些商店银行门口会有几十个打桩模子的人候着“顾客”。因为打桩模子给人调换外币，价格会略高于银行，所以生意也不断的。只是后来有的打桩模子用假币来换了。而且做这种私下调外汇的事，在那时是犯法的。一般调换时，持有外币外汇券的人，往往不会细看钱币，甚至数钱也是偷偷摸摸的样子。所以，有不少人上了打桩模子的当，也没有法子。后来，又出现倒卖国库券的打桩模子。这些打桩模子，后来也称“黄牛”。当然，“黄牛”的含义要比“打桩模子”更广一些，那些所谓投机倒把买卖钢材、汽车、金银等的人都可以包括进去的。

现在的上海市民里，有时还会用这个“打桩模子”来形容个别人。这个词语，和北京的“托”以及后来讲的“撬边模子”，有点近似，但是，“打桩模子”是直接买卖，而“托”则指帮衬、起哄。因此还是不太相同的，有些区别。

弹眼裸睛

在上海方言俗语中，有的言词是很有动作形象并且很滑稽幽默的，这个“弹眼裸睛”就是其中的一个。这个“弹眼裸睛”，也作“弹眼落睛”，但我觉得这“落睛”不恰当，形象性也差，所以改成“裸睛”。侬好去想的嘛，眼睛睁大连眼球（眼乌珠）也弹出来了，还会是“落睛”吗？那个眼兀子裸露出来了，所以一定是“弹眼裸睛”。

弹眼裸睛有两层含义，一是指眼睛瞪得大大的，很凶的样子，例如某个司令把师长叫进来，弹眼裸睛一顿臭骂，训得他满头狗血淋漓；二是指看到一样好东西或是一个大美人靓帅哥，眼乌珠张得大大的，目不转睛，弹眼裸睛盯着看，好得没闲话讲勒（好得吃惊，一时没有话可以说了）。这种情况男人女人都会有的。秀色可餐矣！好东西人人都喜欢的。至于怎样喜欢呢？一个看得了“弹眼裸睛”，就足以跃然纸上了。上海方言妙矣！

花头精

上海方言里有一个形容词——花头精。这个词的用法上，褒义和贬义都可以用得上，不在上海地方长大或生活相当年数的人，可能难以用准确。再次，这个“花头精”，一般不熟悉这个词语本义的，会写成“花头经”，但这是不准确的，应该是“花头精”。因为，“经”是指可读的范文典籍之类，不指人；而沪语中的“花头精”是指某某人的，当然不可以用“花头经”。指人指物，还是要有区别，才会用得准确。

花头精，一是讲某人做事办法多、路子粗、人脉多：“迭个钱先生花头精蛮多的，花头透来，办法霞气多（很多），路子粗来，一定来事的（行的）。”

二是讲某个人神神秘秘、花头花脑、举头举脑（鬼头鬼脑）：“迭个人这几天里老是寻我问三问四，打听隔壁阿毛的情况，窝（家）里的事情，勿晓得有啥花头经？”这里，花头经是指某事，也可能指某个人，所以，花头经和花头精这时是可以通用的。

三，“哦，迭个人花头精蛮浓的嘛，三天二头调女朋友。两个多号头（月）里，谈了快一打了吧”。这里花头精，专指某人在女人上很有花功的。

四，“迭个人夹在亭子间的小夫妻当中，有啥花头精哦？勿是第三者噢？”这时讲的花头精，就可能指某人的男女关系有点暧昧，讲不清爽的味道。

当然，“花头精”的“精”，还有“精明”之意。

这花头精，有时会说成“花样经”，意思也差不多的。侬讲，侬有啥花头精哦啦？侬又在搞啥花样经啦？哈哈哈——我现在没啥花样经啦，侬花头精浓！侬花头精透来！

快点，豪慅

大人（指长辈、家长或成人）对儿童、小囡讲闲话，催促他（她），动作快点，抓紧行动时，常常会这样讲：“快点，豪慅！再拖拖拉拉就来勿及啦！上课要迟到啦！”“慅”读若“扫”。

这个“快点”“豪慅”是一种独特的沪语现象，现在大概也只有四五十岁以上的上海人会讲了，年纪轻的基本不会讲了，新上海人更不会说了。

由于“快点”“豪慅”一般连在一起用，所以从前面的“快点”一词，也能猜出后一个词“豪慅”的意思，也是“要快、抓紧时间”的意思。

小王不急不忙地整理着一堆文件和信件，这时老张进来了，对小王说：“小王侬要快点了，豪慅理好，刘局长等着要看今朝送来的文件呢！”

再如，早上妈妈帮多多穿衣裳，吃早餐，多多没睡醒，有点懒洋洋的样子，动作慢吞吞的，妈妈急了：“多多，侬快点，豪慅穿衣刷牙吃早饭，不然上课要迟到啦！”

因此，这个“豪慅”，在上海方言中就是“抓紧点”的意思。

伍斤吼陆斤

在上海方言里，“伍斤吼陆斤”是一个很有趣味的词。有人把这词写成“五斤吼六斤”，意思一样，但是读起来的力道和味道还是有差别的，后者读音偏离沪语稍远些，发音也是平声多，喊不响亮。因为这个词就是形容用尽力气使劲的样子，说不响亮，味道就差了。如果用在两军交战的作战上，说话没劲道，那更不像军人气概了。所以，发音用词都要力求接近原声。只是上海方言中许多词难以用汉语拼音对照，不少促音古音，也不能用今日拼音法解决，只能力求近似而已。

“侬迭格人，哪能介（这么）不讲道理，态度又介坏，伍斤吼陆斤的样子”。就是用于一般的争执，也是要大声吼出来的哦。

这“伍斤吼陆斤”也写成“伍筋狠陆斤”。一伙人合伙做生意，门面还没有开张，这些合伙人已经争得伍筋狠陆斤了。

这个词也形容凶猛、厉害、蛮横：“迭个人凶来西的、老结棍的，对人总是伍斤吼陆斤的。”

有亲头

在江苏的江南地区和上海地区的方言里，会把懂事、聪明、拎得清的小孩，称“小囡”。“迭格小囡霞气有亲头，乖来！”即：“这个小孩非常懂事，有礼貌讲规矩，很听话的。”这个“有亲头”，早在明清时的一些戏剧里就有应用了。如评弹《玉蜻蜓·厅堂夺子》里有“迭小囡几化有亲头”(“几化”，意思是“非常”“很有”)。“几化有亲头”也就是“很有亲头”，很懂规矩、礼数。

但是，这个“有亲头”也可以用于成人之间也不一定是长辈小辈之间，例如苏剧《花魁记》里有一句说词：“唔，大官人，现今倷（你）做仔（着）官来，是要有清头哉。”这里“有亲头”作了“有清头”，但是意思是一样的。

用吴方言来说“有亲头”或“有清头”，发音糯而委婉动听，如是女人来讲这个词，那更是嗲煞脱来。

哈！现在就看侬是否有亲头啦！实际上做人做事侬都是要“有亲头”的，就是要有分寸的。

小八腊子开会喽

“小八腊子”，是老上海方言中所指的那些小孩童。这里的“八”，也有人写“巴”的，不过，我以为这里是指排行大小，不宜用“巴”，因为在上海方言中，这个“巴”是一个贬义词，指那些“勿懂经”“洋盘滴答”的人，也指刚来上海的“乡下人”。这里的“洋盘滴答”等都有骂人“戆海海”“戆徒”

的含义。所以，这个词里应该用排行的“八”；至于“腊子”，还是麻将桌上的话，也是指小的。

“小八腊子开会喽”有一段辰光非常流行，主要得益于一部喜剧电影《大李小李和老李》。电影里，肉类冷冻厂的领导要召集开会了，下面的“小八腊子”就会四处传声筒一样地召唤：“小八腊子开会喽！小八腊子开会喽！”只要一歇歇（一会儿），大家就到齐参加开会，听领导“训话指示”了。当时，这部电影很风行的，我记得我先后看了三遍，现在叫我再看一遍也是有兴趣的。

后来，这句话流行到社会上、生活里、单位里，只要领导要召集开会了，勿管迭个领导大小，哪怕只是一个小组长，下面的人就会传声叫唤：“小八腊子开会喽！小八腊子开会喽！”其他人也就嘻嘻哈哈地到开会地方了。

这“小八腊子”，不仅是指生活工作中的小人物、无官无职的人物，也可以是指童年时的玩耍伙伴们。那时的上海，还是以石库门居住区为多，弄堂东西南北横竖贯通，于是，给生长在弄堂里的孩子们多了许多游戏玩耍的乐趣。现在回忆起来，往年的童时乐趣只有在记忆中去回放“电影”咯。

“小八腊子开会喽”是儿时伙伴们发出的集中玩耍、做游戏开始了的召唤信号，听到这样的呼唤，各家各户的儿童孩子们，就纷纷放下手里的东西，甚至是正在吃饭的碗筷，更有甚者，也不听爷爷奶奶、爸爸妈妈的劝，一下就冲出家门，奔下楼梯，到弄堂里某个区集中，找自己的玩耍合作伙伴玩去了，火热朝天，也不需要花一分钱，直玩到满头大汗，天色渐黑，伙伴逐渐回家离去，才散去了。就这样，一天又一天的周而复始。如是雨雪天，那么有的伙伴们会找一个可避雨之处，大家轮流讲故事等等。后来童年伙伴逐渐长大，读书上学了，这样的“小八腊子开会喽”也就只有在放学后，或者星期天休息时才有的乐趣了。

童年的活动游戏，男孩子们一般都是飞香烟牌子、刮豆腐干、打弹子、逃将赛、滚铁环、“斗鸡”、老鹰捉小鸡、摸瞎子、抽贱骨头、比赛纸飞机、拉绳子、撑黄牛等等；而女孩，一般都是踢毽子、跳橡皮筋、造房子、钩钩跳、挑蹦蹦、翻麻雀牌等等。这些玩意儿都是自己动手，就地取材，不花分文，有的也是从家里拿出来一起玩的。大家和和睦睦，和谐相处，玩得好开心哦！当然也有吵架的时候，玩得不开心了。不过，伙伴们大多会上来做老娘舅，劝好和好，最多回家睡一觉，第二天又在一起玩了。

不过，现在的居住环境变了，改善了，许多人家同住一栋楼，却是鸡犬之声相闻少有来往，时常在电梯走廊里碰面，却是似曾相识又不语，擦肩而过如陌生人矣。

现在有的小区居委会，为了改善这种居住气氛，也出了不少高招，很有变化的，目的也是让社区里的居民更和睦相处。

洋泾浜

“洋泾浜”虽然源起于老上海，发展到后来，差不多成为一个很多地区都在生活里使用的词了。

所谓“洋泾浜”，是指不纯正的英文，后引申为不纯正的语言、方言。虽然如此，一个外乡人或外国人要学会一个陌生地方的方言甚至土话，尤其对于成年人而言，原本就是一件不容易的事。“洋泾浜”这个词是指在老上海的租界里，洋人和华人之间进行语言交流时，因不谙熟外语，一些早期接触外国人的华人，以自己的地方口音，夹杂着很多英文（或其他外文）的单词，和洋人沟通。当然，时间长了，这些“夹生饭”外语也慢慢变得流利起来，这些人也逐渐成为洋务通，成为外国人的“买办”，成为早期对外开放中的成功人士。

辰光长了，有人把这种说“夹生饭”外国话、不伦不类、中外语言混杂的现象称之为“洋泾浜”，不一定是中英语言混杂，也可能是中日、中德、中俄等的语言混杂。这和英文中的“pidgin”（混杂语言）的意思是一样的。在17世纪，随着英国等欧洲国家的对外扩张，在许多国家地区里都存在本地商人和外国人开展贸易交流的商业活动，产生了一种以本地方言为主，间杂着许多英文词汇或其他语言词汇的交流现象，于是出现了迭种“洋泾浜”语言，这是一种世界现象。只是，老上海人称之为“洋泾浜”，而外国人说是“pidgin”（皮钦语、别琴语），其实是同义词。

明朝开始，中国的“皮钦语”最早出现在广州一带，因为朝廷实行海禁，只允许外国商人在广州一个口岸开展对华贸易。近代开始，五口通商之后，上海出现了租界，而且成为中国最主要对外贸易口岸，因此在上海也逐渐出现了皮钦语。1873 年的正月初五、初七、十五和十九日四天，上海《申报》连载了原上海广方言馆毕业生杨勋（少坪）著述的《别琴竹枝词》百首。这是目前知道的关于上海“洋泾浜”的最早著录。由于流行“洋泾浜”，在租界里甚至连外国人也要用迭种“洋泾浜”话来和中国人交谈，这也是一种奇妙现象。

由于“洋泾浜”原来是上海的一条小河、黄浦江的支流，这条小河是上海公共租界和法租界的界河，因此老上海人经常用洋泾浜代称租界，于是在老上海一时流行的皮钦语就被称为“洋泾浜语”，或就叫“洋泾浜”。清朝末年的一些用中文注释解读英语的手册，也称之为“洋泾浜英语手册”。后来这条洋泾浜被填没成为一条马路，也就是爱多亚路，现在称为“延安东路”，从外滩延安东路轮渡口直到西藏南路。这也就是上海“洋泾浜语”的来历。

在老上海早期，外国人逛妓院发现上海的妓女是艺妓，一般都是卖艺不卖身的，于是将上海的妓院叫做“格尔好似（girl house）”，把上海妓女的表演叫作“新桑（sing song）”，把上妓院支付的“局钱”称为“科思（custom）”，把逛妓院的男人叫作“诚脱而蛮（gentleman）”等等，一直到现在，在英文里还专用“新桑勾儿（sing-song-girl）”特指老上海的妓女，这个洋泾浜英语竟然成为英语中的一个痕迹了。在老上海流行的洋泾浜英语还形成了自己的语言系统，有人研究过洋泾浜英语，认为它有两个主要特征：一、夹入洋泾浜英语的英语词汇有限，大概有七百多个单词。所以，一词多用或者一音多义的情况很多，比如 my 可以和 I、we、mine、ours 等词同义通用；而“店、船、夷皂、羊、汤、样，少泼能给六字云”，shop、ship、soap、sheep、soup、sample，统统读成“少泼”。二、把英语语法中国化，一般不用介词，比如把“很久没有看到侬了”，说成“long time no see you”等等。这种洋泾浜英语的流行，随着 20 世纪以后“海归”的留学生的增多而逐渐改变，同时上海也开出了勿少（不少）外语学校，洋泾浜英语逐渐淡出高层次人群，只有少数文化层次不高的人还在说。到如今，在上海能说正宗口音的英语的人已经很多了，讲英语也不是很稀奇的了，已经没有人讲洋泾浜英语了。洋泾浜英语成为上海经济发展历史中的一个现象，载入了史册，进了博物馆。

这是历史的进步啊！不过，我还是落后的，因为没有把英语学好，大概连洋泾浜英语的口语水平也没有吧。侬讲讲看，迭能介（这样）哪能办啦？脚踏西瓜皮，混到啥地方算啥地方哦，嘿嘿嘿！实际上洋泾浜语言在开放的社会里还是到处有的。

一帀

这个“一帀”，现在只有老上海人的口语中还会说，可能年纪轻一些的上海人已经不知道这个词语是啥意思了。不过，这个“帀”，写在这里易成错别字，因为这个字的第一笔不是横撇，而是一个横画。这个“帀”是“匝”的异体字，所以，读音也应该读“za”。匝，是环绕一周的意思，“一帀”，也就是环绕一圈。

在年纪上，一个人比另一人年长 12 岁，一般是生肖也相同的了，那么年长的人就可以说：“哈哈，我比侬大一帀！”也就是讲，他比年轻的大十二岁。这个读音，是吴方言中保存的一个古音。《说文解字》里就有这个解释和注音了。“帀”的本义是宇宙万物无数次的循环运动，一帀也就是大循环中的一个周期。

现在，这个“帀”字，也只有老上海人的口语里才有了，成了海派孤本国宝了。

“喂！我比侬大二帀哦！我是侬老阿哥啦，侬小阿弟听到哦？”

邮差

把邮递员称为“邮差”，是上海方言俗语里特有的。那么为什么老上海人会把邮递员称之为“邮差”呢？

古人把传递书信，美称为“鸿雁传书”，也有称为“双鲤传书”的。这里是有典故的。

这“鸿雁传书”的故事见《汉书·苏武传》。苏武奉汉武帝之命出使匈奴，匈奴单于扣留苏武，苏武威武不屈，匈奴就把苏武流放到贝尔湖那里牧羊，苏武被扣达十九年才放回家，这时汉武帝已死，继位的是汉昭帝了。苏武在那荒无人烟的贝尔湖边牧羊，据传曾利用南飞的鸿雁传递书信回朝廷。

“双鲤传书”的故事从古诗“客从远方来，遗我双鲤鱼，呼儿烹鲤鱼，中有尺素书”而来。双鲤传书的传说形成了多个生动的故事。在晋朝时，有个殷洪，字洪乔，他被任命为豫章太守时，同乡请他赴任时能捎带一些信件给那里的亲友，请带的书信竟然达百余封。这殷洪在路过建康（今南京）石头城下，竟把书信悉数扔到水里，说“浮着自浮，沉者自沉，殷洪乔不能为人作书邮”。所以，后人把书信寄送不到，称为“付诸洪乔”。

这三个例子说明古时候还没有邮递送信的行业。

明清时期，中国商品经济社会发展迅速，许多人离乡背井去外地外乡甚至去国外经商谋事，需要和家人联系或生意沟通，于是出现了一个新的行业：专为两地和数地传信、带物品的“信客”“信夫”；到了清朝，还出现了信局，相当于今日的邮政局了。这信局雇佣专门人员来送递信件物品。但是，这个时候还没有出现“邮差”一词。1865 年，上海公共租界工部局设立了“上海工部局书馆”，这里的“书”指信件，这是中国第一个正式的邮政机构。在此时始，才有了“邮差”一词，因为书局里有邮务员、邮务佐、邮差等分工人员了。加上这个“差”有“差遣”“差事”“差使”“公差”等义，在邮局里干活送信的工作人员也就称之为“邮差”了。新中国成立之后，有人认为“邮差”一词含有贬义，便改为“邮递员”之称了。

白相大世界

“白相大世界”是解放前至五六十年代在上海很流行的一句话，甚至于上海流行过这样一句话：“没去过大世界，等于没去过上海。”可见上海的“大世界”在人们心里的地位。

老上海的大世界游艺场，因为它的门楣上只书写三个大红字“大世界”，上海人就称之为“大世界”。上海人把“玩”称为“白相”，所以去大世界玩就成了“白相大世界”。

大世界游乐场是在1917年时，因海上闻人黄楚九被逼出新世界游乐场之后，伙同一些朋友集资八十万元，组织大发公司，并在法租界的爱多亚路西新桥（即现在的延安东路西藏南路）觅到一块九亩八分的地皮，请海上著名文人孙玉声、刘半农襄助设计，经过半年时间，建造了一座三层砖木结构的“大世界游艺场”。因其生意好，很快发达了，于是在1924年时，又翻建成一座四层平屋顶的钢筋混凝土结构的建筑，内部包括花园、屋顶花园、商场、各式剧场、书场、动物园、弹子房、中西餐馆、中东名寮、鸳鸯池、金鲤池、大观楼、四望台，以及招鹤、题桥、登云诸亭和螺旋阁等，规模远超新世界游乐场。同时，又罗致了各种杂耍魔术、南北曲艺、各种戏剧和地方戏，一些海外进来的升椅、飞船以及美术展览等，都是其他游艺场没有的。一个大世界游艺场里，有各种游艺演出六十多种，演出人员达千人以上，而所聘请的演艺人员都是当时演艺界中有名望的人物，这使得当时的大世界声名鹊起，不仅仅是上海人爱去玩乐的地方，也成为外省市人来上海一定要去的地方。

尤其是大世界进门的一块地方，放满了各式哈哈镜，让每一个走过哈哈镜的人瞬间变高变瘦变胖变矮，使得参观者笑个不停，更成为让人开怀舒心的地方。

正因为大世界有这么丰富多彩的节目和戏剧杂耍等等，还有中外餐饮，买一张票可以在大世界里流连忘返一整天，所以，当时的上海或是其他地方的人，流行了一句“没去过大世界，等于没去过上海”的说法，这是很有概括性的。不过，迭个辰光，也确实是只有这么一个大世界包罗万象，可以满足大多数人娱乐口味，因此大世界独占鳌头也不足为奇了。

后来，老上海人去一些活动内容丰富的地方玩，也会戏称：“迭个地方真好玩，我好像去白相大世界了。”不过，此话也可以用来讽刺人：“轧了戈搭（挤在这里）做啥？当仔戈搭（把这里当作）白相大世界啊！走开，走开！”轰，把站在门外的人赶走了。

大世界后来有段时间改为上海青年宫，现在好多年一直闭门没有声响，不知是在装修，还是怎样了，不过上海人还是很喜欢“白相大世界”的。大世界对上海是有历史意义的。

白相人

“白相”，在上海方言里用得很广。凡是一起游戏搓麻将、跳橡皮筋、玩耍、外出旅游逛马路、聚在一起天马行空地谈山海经等，都可以称为“白相”。

“白相人”，这是上海俗语中一个有多层意思的贬义词。

一、指老上海里一种没固定职业和正当工作的人，男的叫白相人；女的，年轻一些的叫“白相人娘子”，年长一些称为“白相人嫂嫂”。不过，没听说有“白相阿姨”“白相阿婆”的。这些人主要靠行骗、胡吹许诺、勒索等不良手段来谋生。

二、老上海里有的人以依附豪门或社会恶势力为生，类似古代的门客，装腔作势或狗仗人势欺负弱小者。这种人看上去没有正当职业，好像整天在东混混、西荡荡地白相，就被称为“白相人”。如是女人，称为“白相女人”“白相人阿嫂”等等。

三、随着上面这些意思转用过来的，如某人答应或拍胸脯承诺了，最后又什么也没去做，让他人觉得受骗上当了，那么，也会指着这种人说：“侬白相我啊？害我白忙一场，空欢喜一场！”所以，“白相人”有当名词或动名词的用法。

笔笔挺和电线木头

“笔笔挺”是老上海方言里的一句赞美词，形容某人的身板好、立得直、有人样，风度好以及衣服穿得齐整等。迭个“笔笔挺”，最早是描写一些较早接受西方服饰文化的人，上身西装，下身西裤，熨烫得线条分明，走路时西装衣纹不走样，尤其是下身的西裤，一条筋笔笔挺，上下贯通，很是精神。当然，在那个时代，一个人买套西装也很不容易的，也可能就这么一套西装，为了在各个场合里，显得有“卖相”、登样（像模像样），每天夜里要把这套西装的衣纹筋对好，叠起来放，有点条件的，还会用火烧熨斗，喷点水，再烫直衣纹挂起来；没有熨烫条件的，也有绝招。仔细把西装叠好，衣纹捋直，小心地放在自己枕头底下，睡一觉起来，西装衣服也能挺括，只是一不小心，衣纹没有叠好对准，也会出洋相的，第二天穿上身，西裤的一条笔笔挺的筋，会变成两条筋，好像老上海马路上有轨电车的两条铁轨，但又往往上班来不及了，没辰光再来烫裤子了，也就只好笔笔挺地两条轨道线去上班了。

后来，一些上海人就对一些注意穿着、每天在衣服上花不少心思的人，称其“每天穿得笔笔挺，三清四落（上下衣饰及色彩搭配得好）出门，好像是外国洋行里上班的”。此话好像是赞美人，也可能相反，褒义词当贬义词用的，有点嘲讽意味。

后来还形容一些身架子好的人，多数指男人，立有立相，讲“迭个人立勒（站着）卖相好伐，笔笔挺格”。老上海人也会形容军人仪仗队员：“看！迭些仪仗队的小伙子漂亮伐，立得笔笔挺的。”

不过也有差不多的表述，就不一定是赞美了：“侬看迭个人像电线木头一样，立得笔笔直，木头人一样。”这句话就是嘲讽此人“木嗒嗒的”，死板来西，勿活络（不灵活），戆海海的（木讷的）。

落结货和夜壶弹

在上海方言俗语中，“落结货”和“夜壶弹”，是两个很形象化的近义词，这从字面上是看勿出来的，一定要有上海的生活经历才能理解。

“落结货”，也称“落脚货”，但是前者的读音更接近上海方言的读音。原来是指商店或摊头上卖剩的东西，也就是清摊货，都是已经挑拣得差不多，卖听（卖剩）下来的物品、劣质品和次品，难以出手了。后来老上海人就用这个词来形容一些品行拙劣、口碑很差的人，也指个别在竞争中被淘汰下来的人。

夜壶，是指夜里起夜小便的壶，这形状有筒状的，也有像水壶的，后来发展到痰盂罐。旧时老上海人的居住条件很拥挤，七十二家房客的故事就说明了老上海人的生存环境有多艰苦了。但是，上海人善于在螺蛳壳里做道场，地方再小、再拥挤，聪明的上海人也会动脑筋想办法，弄得有点品位出来。不过，没有办法弄出厕所卫生间来，只好用夜壶起夜，到了白天，再跑到一个公用的倒粪便的地方去倒掉。这夜壶时间用久了，又没有认真洗干净，就会滑叽叽的。再讲啊，老上海人的小囡尤其是男小人（男孩）欢喜打玻璃弹子白相，一不小心这个玻璃弹子落到痰盂里或夜壶里，用棒头拣，好久也拣不起来，想用手去拿，又觉得脏。后来，老上海人就把一些不讲诚信、没有信誉的滑头人比喻成“夜壶弹”了。希望在交朋友当中勿要碰到夜壶弹哦!

因此，这“落结货”和“夜壶弹”虽然字面上意思截然不同，可是含义上却很有相近之处，都可以指一些品行不上品的人，而字面上又都是很形象化的。

木鬼

“木鬼”，是指那些反应迟钝、动作缓慢、应答不清的人、嘲讽别人呆傻，像木头一样。这里的“鬼”指“赤佬”。“鬼”在上海方言中读“举”。“哈，我大白天碰到鬼了!”“木鬼”，不一定指女人，也指男人，只要“木”了，都可以如此说的。

类似的老上海闲话里，还有“木知木觉”(“觉”读“各”)、“木头一样”“木而各之”“木头人”“木兄”“木兄兄”“木得得”“木乎乎”等等，都是差不多的意思。

这个词至今还活跃在上海人的生活当中，就是一些离开老上海很多年的人，有辰光碰到上海人一道聊天，还会得脱口而出，趣谈一些老上海的人或事。“侬看迭个木鬼，迭能介（这样）一件小事，半半六十四天还没做好，太没效率了”。

戳稷

在老上海的方言俗语里，有一个词“戳稷”是蛮有意思的。这个词又作“毪祭”“戳祭”，这也只有上海及其附近地方会有人讲、有人听懂，因为这个词太地方化了。

说这个词时，一般都是没有好声气的时候，或者就是骂人的时候，例如：“侬戳稷饱啦，到我这里来多管闲事！”这里就是骂人，骂别人吃太饱了，多管闲事。

还有就是大人（家长）指责小人（孩子）太皮了（很顽皮）的时候，骂小人：“侬戳稷饱啦，到处惹事体！”

还有用来讽刺别人的：“侬看迭个人整天无事生非，管人家（别人）窝（家）里的事，搬弄是非，真有点戳稷饱了。”

别人的吃相不好看，也可以讲：“迭个人的戳稷腔调难看否？”不耐烦了，催别人吃快点，也会讲：“侬快点戳稷来，辰光来勿及啦！”

这里的“戳”也就是普通话里“吃”的意思，可是，在老上海方言里，竟然会讲成“戳”；还有“打通”的意思，如“拿根棒头从这一头戳过去，那一头也就通了”。有人讲，这个说法是从老宁波那里传到老上海来的。“稷”是粮食的意思。戳稷，也就是吃饭了。据说还有多种解释，不过，我这里不想展开了，只要讲明这个词的用法就可以了。

书读头

“书读头”，一作“书嗖头”，在普通话里是“书呆子”的意思。但是，在沪语里，这个“书读头”是很形象的。侬想呀，读书读得“书”读“头”了，书贴牢头了，可以想见读书是读得多么入神，多么“痴”啊！成了“书痴”了，读得要打瞌睡了。

这个“书读头”，在一本《辞典》里写成了“书毒头”，似乎有点离题了。这不成了看“牛鬼蛇神”的“毒草”书了吗？所以，应当写成“书读头”比较形象。还有写成“书独头”“书堵头”“书督头”“书笃头”“书铎头”和“书踱头”的，不过，这些写法读法，也只是音近似，意思却不大接近的。

这个“书读头”，既可以形容一个人读书读得死板了、刻板了，什么都要照书上讲的，或者书生气太足，足过头了；也可以是骂人的话，骂一个人“书读头”，也就是鄙视小看的意思了，意指呆头呆脑的有点知识的读书人。

垃圾瘪三

“垃圾瘪三”，是老上海方言俗语里的一个骂人或贬低他人的词，和英语有点关系。因为老上海人把身上没有一分钱的人，称为“纹达路瘪的生司”，这个“纹达路”，是英语“one dollar（一元钱）”，而这“瘪的生司”，是“penniless（身无分文的）”，“拿不出”也就是没有，形象化吧！于是这上海闲话里的外来词，成了别具特色的幽默词，它既可以用来调侃他人，也可以骂人。“迭个人袋袋里纹达路瘪的生司，穷得嗒嗒滴（穷得叮当响），还想来和我来赌铜钿！哼，想空麻袋背米哦”。

那么，“垃圾”这个词的意思一看就晓得了，指那些扔掉的脏东西；而“瘪三”，又指城镇里的流浪汉、叫花子、靠偷鸡摸狗过日脚的游民无懒等。一般来讲，他们因为缺衣少吃、衣衫破烂、营养不良，都很瘦弱，看上去“瘪塌塌的”，人瘪得只有衣衫了，所以称之为“瘪三”或“瘪衫”。有的老上海人在骂人时，有骂别人是“瘪三”的，但是，也有人为了骂得重一些、戳刻（恶毒）一些，就骂别人是“垃圾瘪三”。

在这种情况下，就会和上面讲到的“纹达路瘪的生司”连在一起骂人了：“侬迭只垃圾瘪三，穷到了纹达路瘪的生司地步，还想跟我别苗头，掼浪头（耍派头），侬昏脱了头来！”

现在的上海方言里，极少有人会讲“纹达路瘪的生司”了，但是讲“我袋袋里瘪塌塌了”的人还是有的。至于那个“垃圾瘪三”，大概也只有在上海住很久的、有点年龄的人会得讲，一般小青年还是骂迭个人是“垃圾”的比较多，讲别人是“瘪三”的，多数是四五十岁以上的老上海人了。

上海方言里，保存了许多吴方言和古音，也体现了一方乡土的文化现象，和其他地方的方言俗语一样，是中华民族的一个家传宝贝。住在上海的新老上海人，一定要讲正宗地道的上海话，把这个吴方言系统的海派上海话保存下去，流传有序，千万不要使上海话消失了！

侬听过老好听的“沪剧”吗？那个唱腔好听来，赞（好）得来！但是，这是正宗的上海话，它与海派上海闲话，还是有一点点区别的。所以，有一年上海人民广播电台招聘沪语节目主持人，真叫吃力得来，找了老半天，才算寻到了，许多上海市区里人，面试时都被淘汰了。

老刮彩和小刁磨子

在上海方言里，“老刮彩”是指某人头脑活络门槛很精，总是不会吃亏的。比如一道上饭店吃饭，吃好饭要买单了，迭个老刮彩，手放在袋袋里，嘴巴里连连讲：“哎！我来，我来！”但一直到别人付账了，他的手还在袋袋里，没有拿出来。

由于这种人老是塌（占）朋友的便宜，老刮皮的，是个老刮彩，辰光长了，人家看穿了他的面孔，于是，背后讲起来都叫伊“小刁磨子”，还讲“以后再出去吃饭，不和他一道去了，老是吃白食的，没意思”。

彩色面子上，老是被人刮，也就是“老刮彩”了。总碰到老刮彩的话，彩色也要刮掉的。再讲，“小刁磨子”，磨子小，磨子上放料的眼子也小；眼子小，每次放料也只好一点点。所以，迭个“小刁磨子”，也就是小气鬼了。还有一说，“彩”作“铲”。“老刮铲”指总听到铲子刮锅的声音，不见盛饭出来。其他如“财迷”“袋袋捏得牢紧的”“铁公鸡”等等，都有差不多的含义。

贱骨头

在上海方言里这个“贱骨头”，既可以是一件玩物，也可以是指某人，骂某人。

小时候，经常玩的一种玩具就叫“贱骨头”，这是由圆木棍上锯下一小段，然后把一头用小刀削尖，聪明人还会在尖头上按上一颗铁弹子，手里拿一个小棍子，棍子的一头系着一根坚固而有点粗的柔软绳子，约二尺长，缚住这个“贱骨头”往平坦的地上一甩，这个“贱骨头”就会似陀螺自转，这时，你再用这根小棍上的绳索猛抽“贱骨头”，它会越转越快。所以，真是“贱骨头”了，越抽越转得快，转得稳。后来，这样的玩具在玩具店里也有售了，这些机械加工的“贱骨头”，当然要比小时候自已用手削出来的要好。记得小时候因为找不到圆棍子，自以为聪明，把木拖把的柄锯断一段，用来削“贱骨头”。可是，拖把的柄短了，我妈拖地板把腰弯得更低了，还让妈骂了一通呢。现在想来，很可笑的。

抽“贱骨头”这个活动很不错的，不占地方，简便易行，娱乐和健身两不误。后来，有人借这个“贱骨头”来骂一些自贬身价，出卖自己皮肉、灵魂，一味讨好别人的男人或女人，也称为“贱骨头”，指他们是下贱的“末是”（东西）、没有骨气的东西。

不过，有时也会在两人之间这么说的，甲要去帮助另一个人，有人会对甲说：“侬迭个人哪能嘎贱（这么这样贱）啦，他在‘文革’时还批斗过侬啊！”也就是叫甲不要去帮助这个人。这里的“贱”也是“贱骨头”的缩语讲法。

接令子和轧苗头

在上海方言里，“接令子”和“轧苗头”是一对意思有点交叉的词。“接令子”又作“接翎子”。但“接令子”，我以为这里用命令的“令”最贴切，因为古人今人都是用“传令”一词来传达命令或意见、意思的。这里的“令”，不是要你“聆听”，聆听一般都含有欣赏之意，是认真的听、专注的听；而“接令子”却是需要你在经意和不经意的时候都会接令子，能察言观色、眼观六路、耳听八方、脑子灵活、反应敏捷，很快明白理解另一方的动作、话语、暗示等的含义，然后会有所行动和反应，或者配合行动等。因此，这和“聆听”似乎没有关系了。而在这个意义上的“接令子”，就和另一个词“轧苗头”相近了。轧苗头，也是需要侬观察仔细，反应快。老上海人有一句闲话说：“勿会轧苗头，苦头吃煞。”也就是这个意思。

至于侬“豁令子（甩令子的意思）”，另一方是否“接令子”，那就要看另一方的反应理解程度了，如果另一方是个厚道人，或者是“书读头”，也有可能苗头不轧，要吃苦头了。

由于要写这个“老上海方言与掌故”的话题，也就细看了由某出版社出版的一些有关上海方言掌故的“辞典”，不过，看了之后觉得这类书的作者、编辑，可能不是老上海人，而是新上海人，对那些根深蒂固的老上海方言、俗语、掌故等还理解得不够，写的时候有点想当然的发挥，有点脱离上海闲话的根基实际。不过，书都是供人参考阅读的，读者自己也可有一个辨析的过程。

下只角

讲起“下只角”（“角”音“郭”），老上海人都知道是啥意思。那是指老上海的市区里一些居住条件很差的地方，包括棚户区，一些无卫生条件的，除石库门洋房、大楼等之外的老房子地区。至于郊区农村地区，那是另外一种地区了，因为这些地方在当时不属于上海市区。

既然有“下只角”，那么也有相对的“上只角”。在六七十年代，很多人以自己住在“上只角”自豪。不过，那时的上海人几乎没有自己产权房子，都是租赁小屋。私人搭建的私房，大都属于下只角范围。不过，上海人多，当时有钱也不能买到房子，于是在一些所谓的上只角房子的周边空档里，也会有人见缝插针，搭出了私房，挤在那里不动了。如果有管理部门把他们赶出住所，他们可能就只能住在马路上了。而迭种事体有点棘手，房管部门也只好眼开眼闭了。时间一长，再弄个户口了，也就成了事实房子。摆到现在动迁，那都算面积的。

当时，我住在虹口、黄浦和闸北三区交界处的石库门居住小区里，虽然离南京东路、四川北路仅五六分钟路，大概只好算“中只角”吧（没有中只角的说法，我自编的）。反正和人讲起来的时候为了面子，也是尽量往“上只角”靠，争个面子。那时的所谓“上只角”也就是指黄浦、静安、卢湾、徐汇的中心地带（现在，南市区、卢湾区都并入了黄浦区了）。但是，就在这些中心地带的漂亮马路门面房子后面的弄堂里，也会有简陋的住房、棚户房，这也就成了“大墙背后”的下只角了。所谓“上只角”也并非都是好房子，也有差的房子。

现在好了，上海已经没人讲“下只角”了，因为到处动迁造新房子，连郊区也称市区了，大家都进入了“上只角”。不过，还是有一些老上海人在聊天时开玩笑说：“哈哈，阿拉是上只角里出来的嗷！”“阿拉是上只角里搬过来的，搬到郊区乡下头来了。”至于下只角里的人动迁出来搬到好房子里去，原来的下只角也成为历史了，为了面子，也不会自己讲自己原来住在“下只角”里，哼哈一下也就过去了，反正老上海已经大变样，成为世界金融中心大上海，统统都是“上只角”了，而且还是世界上的“上只角”。

现开销

开销，应该是消费和买单的事。可是，在老上海人的俗语中，这个“现开销”竟然成了马上干仗、打架或行动的代名词，有趣否？

在上世纪 70 年代的上海生活，这个“现开销”真是常用词。有一股昂扬之气的男女老少，热血一来，都会脱口而出：“好的，那么就现开销吧！”好像一副壮士赴战场的样子，很雄赳赳、气昂昂的。

这个“现开销”可以是在大家商量搞一个活动或派对时，讲得来劲了，“那么现开销，马上行动，到老正兴饭店集合，AA 制豁上了”；也可以是两个猛汉相碰，互不买账，从练嘴皮吵架骂人，发展到上衣一脱，“侬不买账，格么（那么）现开销，阿拉两人掼（摔）一跤试试”。

两个老人碰在一起，为了争辩某事，互不服气，一个就会气呼呼地说：“格么现开销，阿拉请隔壁头的王老师来评评看，王老师见识广，学问好，他讲啥人不对，啥人就到阿 Q 酒家请客喝酒吃饭。”

这个“现开销”在小朋友之间也会用上。几个小朋友玩游戏，一个小朋友输了，想拉皮（耍赖），其他小朋友不服气、争辩，争到后来打赌了：“迭能嘎（这样），阿拉请楼上的爷叔来现开销作证，啥人输了，地上爬三圈。”

活学活用的语言啊！现开销！

悬空八只脚

“哎！侬迭个朋友，哪能拿迭种事体还来叫我办，我跟伊拉是悬空八只脚，一点关系也没有的啊！”迭句闲话的意思就是我和这个事情及其人，是一点关系也没有的、关系很远很远的、浑身不搭界的。也指一些人过于夸大事实，言无根据。

迭个“悬空八只脚”，其实是一句老上海的歇后语：“空运大闸蟹——悬空八只脚。”啥意思呢？1937年，日本侵略者侵占了上海，原来在上海的一些军政要员、金融大亨、大商人老板等，纷纷随国民党政府机构内迁重庆等大后方。这个时候也只有地位身份高贵的军政商贾要人才有条件叫人把大闸蟹从上海空运到香港，再由香港空运到重庆。迭个辰光还没有飞机航班直飞重庆，只好从香港再转机到重庆。迭种情况下，重庆的大闸蟹的价钿（价格）就几乎和同等重量的黄金一样贵了，真是非常人可以想像的。因为大闸蟹有八只脚，用飞机运来运去，大闸蟹的八只脚就好像悬空了，所以讲“空运大闸蟹——悬空八只脚”。

这是一句很形象的上海方言俗语，记载了当年日本鬼子侵略中国上海以后发生的一种奇特奢华的现象。后来，上海人也用这句话指某些夸大事实、捏造事实、没有根据的事情。现在还是有一些老上海人在使用迭个方言的。“迭个事情，侬勿瞎讲（瞎说）好哦。跟我悬空八只脚，一点关系也没有的！”这“悬空八只脚”，也有说“远开八只脚”的。

乌擦墨黑

“乌擦墨黑”，也作“乌漆抹黑”“乌测墨黑”，意思是一样的，只是读音上有点区别，是形容墨擦黑、黑咕隆咚，几乎一点也看不见。这是视线范围内的感觉：今朝夜里阴深深的，月亮星星都没有，乌擦墨黑的。老早子（以前）的武侠小说里描写“月黑风高，正是下手好机会”，侠客乘着“乌擦墨黑”的气候条件，可以夜袭目标。《敌后武工队》里也有武工队乘着“乌擦墨黑”的天气，夜袭日本鬼子和伪军的据点碉堡的故事。

这个“乌漆抹黑”，还是“乌擦墨黑”，还可以指一个地方、一样东西，被人用黑漆涂得“乌漆抹黑”或“乌擦墨黑”的，一塌糊涂，涂得墨墨黑了，一点也看不清原来面貌了。

以上都算是写实，这个词其实也可以用在虚写、象征性描写方面。如沙家浜的民兵队长对武工队长说：“现在这个村里的伪保长是鬼子的走狗奴才，还到处欺压百姓，敲诈勒索，不时地往鬼子那里通报消息，把村里搞得乌擦墨黑，老百姓都透不过气来，我们民兵的活动也只好隐蔽起来了，困难很多，希望武工队能帮我们歼灭这个汉奸。”这里的“乌擦墨黑”就是形容形势氛围和环境感受的。

这属于吴方言范畴，苏州、昆山和嘉兴一带，都有人讲近似的方言，而且发音也相近。现在长江三角洲一带连起来，成为一片经济发展区域，除了地理原因，吴方言也许也是一个纽带关系吧。

放空泡

上海话里有“放空泡”一词。“放空泡”也可以说成“放空炮”，只是没有“放空泡”那样逼真形象。真用大炮放一响空炮，侬总归还要架设好大炮，做好放空炮的准备工作，不然这空炮也响不起来。而“放空泡”，也就是吹一个大大的肥皂泡而已，煞有介事的样子，泡泡大大的，最后只听到轻轻一声“噗”，泡泡没有了，一切都是空虚、乌有的。

这也是上海俗语里指某人光答应不兑现的一个贬义词，和“放白鸽”“开大兴”“掼浪头”等词的意思相近，都是指不守信誉、承诺的无信义之人的行为。

扎台型

“扎台型”，是上海方言口语里的一个讽刺某人某事的贬义词。从字面上看，也很形象，好像指扎起台子台面的造型气势来，实质指那些在众人或某人面前炫耀自己很有能耐、很有花头，或有意摆阔气、讲排场的不雅不良的庸俗习气，也指有的人在众人面前要硬出头，以显示自己等，如“迭个人没啥钞票的，但死要扎台型，把排场搞大”。

十三点

老上海人在骂对方时会说：“侬哪能嘎（那么）十三啦！我吃勿消侬嗷！”这是无关痛痒的朋友之间的骂，勿会板面孔的。但在真骂对方时，就是：“侬迭只十三点，啥人勿晓得侬做的臭事啦！勿要面孔的东西。”

“十三点”，在老上海方言里，是谴责人做事出格、痴头怪脑、勿二勿三等。

这个“十三”的忌讳，有人说是来自西方基督教国家忌讳十三的风俗。如此说来，还是舶来品了。

中国古代风俗是不忌讳十三的，像十三妹、十三太保、十三陵等词都说明我们的老祖宗不忌讳十三，还把“十三”看成吉祥数字。忌讳十三，看来是近代的事情，因为老上海人指责一些人做事怪异出格，尤其是女性的出格，会说迭个人“有点痴头怪脑的”。而“痴”拆开来正好是十三画，直接讲别人痴头怪脑太伤人了，婉转一点就讲成“十三点”，于是这个“十三点”就流传开来了。而且讲别人是“十三点”的一般是以女人骂人为多，骂的对象也是以女人为多。只是到“文革”以后，这个骂“十三点”的人好像不限于女人了，男人有时也会骂别人“十三点”，当然，骂的对象也不一定是女人，也可能是男人，好像通用了，骂啥人都可以了。

老上海人骂人十三点也是有点水平的，有时会骂得别人听不懂。例如，旧时上海的延安东路称为“福煦路”，这三个字都是十三画，所以有人用“福煦路”代指十三点，“侬看迭个人动作怪伐，像福煦路来的”；还有早期的电话听筒的孔是十三个，也有人用“电话听筒”来隐指“十三点”；再有就是拿英文字母“B”拆开，也正好是“13”，于是“B拆开”也成了“十三点”的代名词了；还有就是用“十一点八刻”来骂别人是“十三点”，这是一种很幽默的骂人法。这样讲来，老上海人为了隐晦地骂人，用了不少委婉的说法，好像这样骂人就“文明”了，水平高了。不过，骂人还是骂人，只是说法的变化罢了。还有一种说法，这个“十三点”是从英语“歇斯底里（hysteria)”的读法走音而来的，似乎有点不靠谱，还待研究。

手榴弹和两百响

在上海上个世纪七八十年代，毛脚女婿上门看丈人丈母，或是毛脚媳妇上门看未来的公公婆婆，首选礼品就是“手榴弹”和“两百响”，而且，还以这个手榴弹和两百响的档次高低来作为扎台型，或是自我吹嘘的资本。啥叫“手榴弹”和“两百响”呢？放在现在，真是普通得很。“手榴弹”就是瓶装酒；而“两百响”，就是一整条的香烟，因为一条香烟有十包，一包香烟二十支，一条香烟也就戏称“两百响”了。那时，把“手榴弹”四个或两个一扎，香烟两条，送上门去是很有面子的。因为大家的收入每月也就四五十元吧，好烟好酒还要凭票，或有后门关系等，不然也难以如愿。尤其是那时的上海人绝大多数还是蜗居在很小的租赁屋子里，有的数代人齐聚一室，生活很是不易，毛脚上门送点礼物，一路走进去，左邻右舍都能看见，张家姆妈、李家阿婆、赵家阿姨等都会指指点点，进门后，都已经有人开始议论了。

说上海人精明，实际上并不如此。上海人在这样的环境里生存，处处考虑到关系面子，做大小事尽量注意能上点台面，因此不得不横算竖算。

塌皮和拉及皮

讲到“塌皮”和“拉及皮”，就会想到小辰光和一些邻居小朋友游戏的趣事，这包括刮香烟牌子、刮“豆腐干”（一种用小纸片折叠成的方块状东西，放在平地上对刮的游戏，不花钱还练身体）、打玻璃弹子等等，有啥人输了后想要赖，其他小朋友就会讲：“哼！侬输了还想‘拉及皮’（耍赖皮）。”输掉了想反悔，就是“拉及皮”。如果不讲信誉，或讲出的承诺，事后又后悔了，那也可以讲“拉及皮”。

如果游戏中有点小刺激，比如讲好输者要在地上爬一圈，第一人输了要爬一圈；但后来另一个人也输了，那么按规定也要爬一圈，这个时候就可以讲：“阿拉都输一次，那么大家塌皮。”这里的“塌皮”，就是双方扯平，谁也不输不赢，平手，也不用爬一圈了。

这个“塌皮”，也可以用在生意场里、生活中。一个人“啪”把一刀钞票扔在桌子上，“侬点点看嗷，这里是伍佰元，还侬的利息足够了，乃么（这样）我和侬就塌皮了”。拿一张皮摊开来塌塌平，是否就是“塌皮”？大家躺平了。

有人讲这个“塌皮”是从洋泾浜英语“par”或“pair”的读音发展而来的，指赌博双方互不欠账；也指相同点色的一对牌，洋泾浜英语读成了“皮”或“牌”，于是“塌皮”就成了双方扯平，各自算数了（结束了）。

至于这个“拉及皮”，侬想想侬和对方接触首先碰到的是啥？是对方的皮肤身体，“拉”也就是损伤拉开了对方的皮肤，所以输了想反悔，答应了想反悔，等于是损伤拉开了对方的皮肤啊！总之，生活里的“拉及皮”和没有诚信的人肯定是给人看不起的！

跳热水瓶自杀

在老上海方言里，有些词语短句的实义真是没办法从它的字面意思中去猜出来，比如迭个“跳热水瓶自杀”就是一例。

“跳热水瓶自杀”，迭个也太夸张了，这样小的热水瓶口哪能跳进去啊，除非是孙悟空会变大变小。因为是夸张的语言艺术，迭句闲话既可以骂人，也可以调侃玩笑，就要看语言环境和场合了。在以前的上海话里也是蛮流行的，尤其在一些有点年纪的中老年人那里，说得比较多一些。

“侬横勿好，竖勿好，那么侬去跳热水瓶自杀好了！烦煞脱勒（烦死人了）！”

与“跳热水瓶自杀”意思相近的还有：“侬去买块豆腐撞撞煞（撞死）算了！”都晓得豆腐软泼泼的，勿可能撞煞人的。

迭两句话在现在上海人生活里还会经常讲。只是，“侬去买块豆腐撞撞煞算了”比那个“侬去跳热水瓶自杀”要流行一些。

“哪能啦？侬勿买账是勿啦？侬迭个水平有勿啦？勿服气，就去买块豆腐撞撞煞算了，省得做人现世了。”

大兴和大卡

“大兴”和“大卡”，这似乎是一对含义相近的词，都是指那些假冒伪劣、不正宗的货色或人物，这个词主要是在“文革”后的上海滩一些中青年中流行，好像没有听到上了年纪的老上海市民中说这些话，除非这个老上海市民是一个和中青年接触交流比较多的老克勒或是老懂经。当然了，在一些做生意的个体商贩或打桩模子那里，这些词的使用率就很高，这和他们的职业行当有紧密关系，因为他们是碰到大兴货或大卡的东西最多的人群。但是，据观察，好像生意人用“大兴”一词多一些，其他人用“大卡”一词多一些。普通市民里的青年人使用这两个词较为普遍。记得当年我也经常说这两个词。“啊，这个东西卖相蛮嗲的，勿要是大兴货奥？”或者“这个东西勿要是大卡的哦！”

那个时候还没有消费者协会可以投诉假冒伪劣的大兴货或大卡的东西，但是有工商所、工商局可以去投诉的。不过，在生活里，啥人也勿想碰到大兴货、大卡货，也不想碰到大兴人、大卡人的。

不过，现在的上海人好像已经不讲“大卡”了，而是用“卡头的”来指那些假冒伪劣商品、假冒正经的某种人。至于“大兴”，还在用，但也用得少了，只有在指某人骗人吹牛等时才会说："迭个人老开大兴。"这里的"开大兴"和当年的"大兴货"的意思已经有所不同了。

放野火

"放野火"，肯定不可以写成"放洋火"。因为字面意思相差太远了，有一本"上海流行话辞典"，编著者肯定勿是老上海人。这本书的编撰实在有点太随便了，也不能号称为"辞典"，如是辞典，那就是权威所著的、可以引为经典的书。

"放野火"，不可以按字面意思去解释，那样是要闯祸的。这"放野火"是指某人、某些人无中生有地对某人、某团体等造谣中伤，以达到某种目的。正人君子、光明正大之人是不会去做"放野火"迭种龌龊事体的。

和"放野火"词义相近的还有"放喇叭""放风"等，都可以用来指某人在外面或背后讲别人坏话、编造谎言。这种事就是在国和国之间也是经常有的，这是一种厚颜无耻的编造策略；也是一种诈术；也可能属于兵家兵不厌诈的招数吧。

在"文化大革命"中，就有不少人因为被人背后"放野火"、捏造罪名等被压得抬不起头，由此精神失常甚至自杀的都有，那真是担惊受怕的年代啊。这种"放野火"的小人，现在也有，各位看官看人交友要仔细了哦！

戈闹忙

"戈闹忙"是正宗上海话里的常用词，又作"轧闹猛"，这个词写起来还真是形象生动得很。"轧"是"挤"的意思。怎样挤呢？就是要在人堆里"戈"过去、"戈"过来，像商周时期军队里的一种可以钩援、也可以横击的长兵器戈。那时候的人打仗，无论是站在马车上还是步战，主要武器就是戈。至秦时，戈成为一种仪仗用具，起威严的作用。因此，戈也被代指为战争。“戈”读如“轧”。上海人用“戈”来形容“挤”，真是太逼真了，如用“轧”，那是挤压、倾轧的意思，很不形象了。而用“戈”来代指，音似，意也似，这才是老上海闲话中的“挤——戈”啊。上海又称“申”，乃是战国时春申君的属地，历史悠远，故用“戈”来称“挤”，还真可能是古音遗传。

再来看“闹忙”。这个“闹”当然是热闹的意思。可是仅有“闹”还是不够意思，还要加上“忙”，忙里杂乱，不闹，不忙，那还要去“戈”啥个“闹忙”呢？这个词真是很经典很经典的老上海闲话啊！

有一些老上海人喜欢“瞎戈闹忙”，看热闹，可是越是闹忙的地方越可能要出事。所以，有些老上海人在小囡出门或上学时，常常会关照：“当心点噢，侬勿要去戈闹忙噢，会受欺负的。”侬小辰光碰到过吗？侬去戈过闹忙伐？还是当心点的好啊。

电灯泡

电灯泡是外国人发明的，上海是中国最早的五口通商城市之一，对外开放比较早，这个洋玩意“电灯泡”传进来也很早。1882 年（清光绪八年）4 月，前任工部局总董向工部局申请，借用原来的路灯木杆试装电灯。不久在南京路江西路口（今南京东路江西中路口）成立上海电光公司，并开始在乍浦路苏州河边筹建发电厂，发电只有几千瓦，只够几个地方的路灯照明。不过，就是这几处马路上有电灯，在当时上海也是新鲜事，很多人会专门走过去观看这个稀奇的发亮的灯泡，因为以前只有油灯。

电灯泡会发亮，聪明的老上海人由此发明了一个词“电灯泡”，笑指那些秃头的人、脑门发亮的人。有时是骂人的，有时只是熟人之间的玩笑，勿当真的。

又有聪明人活用这个词，把挤进人家夫妻中的人，或挤进人家男女朋友之间的人，也称为“电灯泡”。“侬迭个人哪能嘎勿懂经啦？人家小青年谈朋友，要侬轧进去做电灯泡做啥？”或者“侬哪能嘎拎勿清？人家夫妻道里，要侬轧进去充电灯泡做啥？”这种讲法就把“电灯泡”用活了。

后来，有些上海人把一些只是衬托别人当主角的配角、跑龙套的人也称为“电灯泡”，这是一种比喻说法。能把“电灯泡”一词用得如此生动有趣，那也只有老上海人啦。

肮三

老上海是外国人最早入侵并行商坐商的地方，“五口通商”就包括上海滩。在老上海闲话里有不少夹着外语的洋泾浜闲话，这个“肮三”，有一本辞典里就讲这是外来语，是英语“onset（开始，着手；发作；攻击，进攻）”一词的谐音，读“肮三塌”，还讲这是旧时指被他人攻击或欺负时，不敢还手反击，只会退却逃跑。实际上，这个词现在上海本地人口头语言里还是很流行的。在使用这个“肮三”时，一般会这样说：“迭个人蛮肮三的。”有时还会带个词尾“来”，说成“迭个赤佬肮三来”。由此来看，这个“肮三”未必是英语“onset”的谐音，因为“肮三”是两个音节，而英语“onset”却是三个音节，要读成“肮三塌”。

老上海人使用“肮三”这个词，是指事情办糟了，或者这个人品行差劲下流，和那个英语“onset”的词义浑身不搭界的。“迭个家伙肮三来西，借钞票不肯还的，老是要上门去讨的”。还有一说，“肮三”是英语“on sale（打折出售）”和“out side（打球出界）”的谐音。

希望在人生道路上勿要碰到这种“肮三”的人，否则也是蛮烦的噜苏事体啊。

打开思

“打开思”，在上海方言里是洋为沪用。“打”是动词，但不是打人的打。在“打开思”里，“打”是指男女两人嘴巴相接的亲密行为；而“开思”，我勿用“开司”，因为这里的“司”没有情感色彩，因此改用了“思”。男女两人嘴对嘴相接触的亲密，岂有不“思”和充满遐想的浪漫色彩乎！没有！那男女岂不成了植物人了。有了动情的“思”，才会有浪漫的“打开思”的接吻呐。因此，“打开思”即打 kiss，是一个动宾词组，中国的汉字“打”英文“kiss”的译音，是中国字打外国字哦，中国人打了洋鬼子啊！这是一个典型的上海洋泾浜式英语，也是英语进入沪语词汇的一个样板词。爱国同胞听了一定交关焐心（非常开心）的。

这个“开思”一词，最早出现在老上海洋行里的华人职员及早期从海外归来的洋派人员之中，后来一直流行在上海。大概在 1958 年至“文革”结束这段时期里用得比较少了，但是在改革开放之后，在充满活力的老上海和新上海中间，这个“打开思”又开始活跃起来了，而且讲这个词的人，有时还会有点自命清高的感觉，好像他（她）会讲一点洋话英语了，比别人要“懂经”（更显时尚）。

老上海人即使激情盎然地接吻，也是很注意场合的，不会在大庭广众之中，而是要选一个“雅雅较的”（较隐秘的）地方。但是，现在的小青年那叫结棍（厉害）呢，管什么大庭广众，甚至在闹市车水龙马之中，两人抱住接吻一二个小时不肯松开也是常见的。现在国内多个大城市也已举办过什么“接吻大赛”，得第一名还有大奖呢。国人对接吻看也看惯了，对“打开思”也未必有啥激情了，参加比赛也可能就为了多拿几个铜钿吧！如此，“打开思”只好写成“打开司”了。

黄鱼脑子

现在市场上的正宗东海黄鱼是非常吃香的。由于物以稀为贵，正宗的大黄鱼已经要卖到几千元一斤了，还常常无货；至于小黄鱼，也是奇货可居，以致市场上常见到以假充真的“小黄鱼”，比如市民买到“黄花鱼”，还当它是小黄鱼；运气差的，还会买到染了黄粉色的小鱼，回家一洗，一盆黄水，还当是染坊店里在染色呢！

既然这个黄鱼如此吃香，为啥还用“黄鱼脑子”来形容记性差、脑子笨、难以开窍、前做后忘记的人呢？而且这个“黄鱼脑子”的说法还主要在一些教师和中年人之间流行，小朋友和老年人倒不常说的。这个词在五六十年代里，说的人还特别多。因为这个辰光的市场上东海大小黄鱼的鱼汛特别多，市民吃黄鱼真是太平常了，天天可以吃，甚至不大当回事，从来没有想过今朝（今天）大黄鱼会变得这么奢侈，已经成为有铜钿人的专享。而如今的中年人，在那个时代还是青年或少年人，他们也时常去菜场买菜买鱼，金黄诱人的大黄鱼、小黄鱼，就像现在池塘里养殖的鲫鱼、鲢鱼那么多。当时的小菜场边上有不少代客杀鱼兼卖葱姜的小摊，就在菜场的马路边上，经常看到杀开挖出的黄鱼脑袋，木乎乎的，于是乎就拿来形容一些记性差、脑子不灵光很难开窍的人了，戏说他们是“黄鱼脑袋”。不过，这个说法基本不会伤及人，即使当了某人的面来说，他或她也不大会动气（生气），只是有点调侃的贬义罢了。一些老上海人有时记性差，把要做的事体忘记了，经别人一点，又想起来了，自己也会一拍脑袋：“啊，我迭只黄鱼脑袋，拿迭个事体也忘记脱了！”自贬是“黄鱼脑袋”。

大房东、二房东

“大房东”“二房东”，这里的“大”，上海方言读“杜”，而“二”在上海方言里要读“倪”。“杜”房东和“倪”房东在老上海里是很多的，遍布大街小巷的石库门、新式里弄，以及公寓房、别墅等。

“杜”房东（大房东）就是房屋的产权人，都是经济条件好的人；而“倪”房东（二房东）是把大房东的一套或一幢房子承租下来自己住，再按各个房间大小分租给其他房客住的人。这样，二房东可以在承租租金和各个房客租金的总和之间赚取差价，不仅自己住的那间房不花钱，还可有房客租金的收入。如果二房东向大房东承租的房子多，那么二房东也可以招揽更多的房客分租，自己收入也更高。我的祖父在旧社会里就曾做过二房东，承租了两个门牌号的石库门弄堂的街面房，店面房子自己开店，后客堂、前楼、后楼、亭子间、灶披间等，一家人住了还余有不少空房间，于是就分租给房客。这种状况一直持续到“八一三”日本鬼子进攻上海时为止。

抗战开始后，许多流离失所的外地难民逃到上海，于是这些分租的小间房屋变得很紧俏，也有大房东、二房东趁机抬高房租出租的。在老上海有一个很出名的滑稽戏《七十二家房客》，讲的就是迭种大房东、二房东和房客的故事。

当时租房子是要先付一笔押金的，类似于保证金，防止房客破坏房屋、损坏家具，或不交房租等的情况发生。新中国成立后，房子收归国有，房屋租赁制度发生变化，大房东、二房东也逐渐失去市场了。

爷叔、阿姨

在辈分中，“爷叔”“阿姨”的称呼是有专属的，也是其他人不可取代的。这“爷叔”，按上海民间俗称就是自己父亲的弟弟，如果比自己父亲年纪长，那就是“伯伯”。而“阿姨”，应是自己母亲的姐姐或妹妹，比自己母亲年长的称为“大阿姨”，比自己母亲年轻的就称“小阿姨”。如果，母亲的姐妹多于两人，有的就会在“阿姨”前面加上“大”“二”“三”，以区分阿姨年龄的大小。当然可以统称“阿姨”，不分大小，但是为了明确指哪一个“阿姨”，一般还是在“阿姨”之前用数字或形容词来区别大小排序的。前面讲到的“爷叔”，也是这样，父亲的兄弟比较多，那就要用“大爷叔”“二爷叔”“三爷叔”等来区别明确哪一位爷叔。

这讲的是按年龄大小排序中的称呼法。但是，在老上海人的生活里，碰到自己父亲那边的朋友，会一律称“爷叔”，碰到母亲那边的朋友一律叫“阿姨”。有的人家读书多，比较讲究小辈对长辈的称呼，就会把大于自己父亲的人称作“伯伯”，年纪稍大些的称之为“杜（大）伯伯”；但是母亲那边的朋友，则可以不论年纪大小，统统称为“阿姨”。

可是，“爷叔”有时候也是“爷缩”的意思，比自己的“爷”（上海人称自己的父亲）还小。小了，也就是缩了。所以“爷叔”有时候的意思是“爷缩”了。在一些特殊的生活场景中，“爷叔——爷缩”，也不一定指父亲的兄弟朋友们，也可以指一些调皮捣蛋的小家伙们。一个阿侄在晚上很晚了的时候，还在调皮捣乱，搞得屋里乒乓响，阿侄的爷叔、阿姨，甚至他的父亲等等，会对小家伙说："谢谢侬好伐，侬迭个小爷叔，我吃勿消侬了，我明朝还要去上班哦！"如果这个小家伙不听话，继续吵闹，那么这些长辈还会说："迭个小爷叔真没亲头（不懂规矩礼数），讲也讲勿好，实在没办法，叫伊拉爷娘（他的父母）来，教训教训。"因此，这里叫人家"爷叔"，是恼火辰光的讲法，不是真的爷叔。

还有这个"阿姨"，有时候也不称呼自己母亲的姐妹，而是指自己老婆的姐妹，但是往往会在"阿姨"前面加上一个"小"字，称为"小姨子""小阿姨"。在一些家境殷实的人家，请了女佣人，也会称之"阿姨"，如果阿姨姓杨，那么就称"杨阿姨"。当然，书香门第人家，规矩比较严，还是会按不同年龄来称呼这位"杨阿姨"的。

不过，以上按规矩来称呼的做法，在现在的年轻人中有了"简化"：不管三七二十一，不论年纪大小，看到男的一律叫"爷叔"，哪怕爷叔的年纪和他爷爷相仿；看到女的统统称"阿姨"，哪怕阿姨的年纪可以做他的奶奶了。如果遇到有人纠正，有的年轻人就会说："叫得年轻一些好。叫他们为爷爷奶奶，就把他们叫'老脱了'，还是叫得年轻一些好。"哈哈，他们还是振振有辞的啊！真没办法了，我现在也只好对迭些小年轻叫"爷叔""阿姨"了。

谢谢倷一家们

"谢谢倷一家们"意思是："谢谢你们一家门！"这个"家"，发音"嘎"。但是，在上海方言中，这句话是正话反说，不是真要谢谢你们一家门，而是讥讽或揶揄，实际含义就是："侬可以省省了，阿拉（我或我们）不需要侬来关心帮助。"

用这句话的场合大致有两个：

一是因为对某人或某一群人有意见，而感到讨厌，在不开心或碰到困难的时候，但面子总还是要的，于是装出一副维护自家尊严的样子，对感到讨厌的、来关心帮助他的人或单位表示拒绝："谢谢倷一家们，我勿需要侬关心帮助！"这个时候，他心里的怨气还在。只有先化解他心中的芥蒂或误解，才会使他接受关心帮助。

二是对某人或某一群人心存妒忌，或不服气，当人们得知他碰到了困难而主动来关心时，他会误会对方是故意来要其难堪的。这个时候，他也会气鼓鼓地说："谢谢俫一家门！侬跑开，我勿要侬关心帮忙，侬少来假惺惺装腔。"

这种正话反说的现象，是普通话和各地方言里几乎都有的一种语言修辞方法，只是不到身临其境时，仅仅通过书面语言文字是难以体会到这种语言文字的美妙之处的。

侬戳气来

上海女性在嗔怪对方（不论男女）时会讲："侬哪能介戳气啦！"这个讲法和"侬哪能介十三啦"有点相似。而且，讲这个方言的人还是以女性为主；至于男人，如果他在女人扎堆的地方浸染辰光长了，那么有辰光也会这样讲别人的。

"戳气"的"戳"，本义是拿尖状物件去触动或穿过别人或别人的东西，都应该是有形的，只是这个"气"，又哪能去"戳"呢？"气"又看不到的。所以，"戳气"也是意会之词。

在吴方言里，还有一个"惹气"，"惹"读音"柴"，意思是讲某人令人讨厌、不合世故人情。比如："侬迭个人哪能介惹气啦！一天到夜乱讲闲话，好像永远讲勿光的，烦也烦煞了。"再如："侬讲惹气哦。刚刚买来的新手表，戴了一天，就坏脱了，勿走了！"

所以，"侬戳气来"应该和"惹气"的意思是差不多。至于为什么会变成"戳气"的，我想跟老上海滩上汽车黄包车比较多，有的人拿一些尖尖的铁针去戳某人的轮胎，让伊漏气爆胎的事情有关，所以有了"戳气"的讲法，道理上和吴方言的"惹气"是一样的，上海属于吴方言地区，这种情况应该也是合于情理的吧。

侬嗲勿煞了

“侬嗲勿煞了” 在生活里也会讲成：“侬嗲煞忒了！”意思差不多的。什么意思呢？类似于普通话里：“看你美的！”“看你美死了！”但是，在普通话里，语气基本是没啥贬义的，也只是形容对方的一种高兴得意的状态。可是，在沪语中，这两句却是可以有正反两种用法：

一、张家阿姨对王家阿婆指着前面的李姑娘的背影说：“看伊一副嗲勿煞的样子，得意得尾巴也翘起来了，只不过寻到了一个爸爸是某区房管所所长的男朋友，有啥稀奇啦！”这里是对他人的得意带点妒忌心态的说法。

二、张家阿姨与王家阿婆为了一点芝麻绿豆的小事吵起来了，张家阿姨指着王家阿婆吼道：“是呀，侬格伲子（你的儿子）升车间主任了，看侬一副嗲勿煞的腔调，好像伲子做了市长一样，在弄堂里到处指手画脚，今朝还管到我门口来了，我在门口摆一张小桌子吃吃饭勿可以啊，管侬做啥啦？”这里就是用来骂人，贬低他人了。

细想一些老上海闲话，还是蛮有趣的，其中是包含了一定的地域文化现象。如有老上海人看到了，有啥高见，也请告诉我，谢谢侬了。

侬哪能介十腔啦

“哎！侬哪能介十腔啦！”说这句话的人，一定是有点年纪的老上海人了，现在的青年人里头，大概少有会讲这句话的人了，因为，这是一句比较老的老上海闲话，旧社会里的人就在讲了，而且是讲得比较多的一句老上海闲话，一直到五六十年代，这句闲话也是讲得比较多的。

这可以用在两人以上的客套场合，也可以用在两人之间的小吵小骂中。

一群人上饭店吃饭，也可以是两个人上饭店吃饭，吃好之后要买单了，有人争着要去付钞票，可能都是真心的，也可能有的是装腔做做戏的，一边争，一边拿着钞票要付的样子，争几下之后，一个就说：“侬迭个人，哪能介十腔啦！侬付我付，不是一样的吗？”

中国人的语词里，九是最大数，“九霄云外”就是一例。可是这上海闲话里，竟然把“九腔十八调”拉到了“十腔”，可想而知，这老上海闲话的档次有多么的高啊！但是，这里的“十腔”却是有点“龙头须”的，也可能都是真心摸钞票付铜钿的。

如果有两个人不小心走路碰了一下，客气一点的，说一声：“对不起！”那就过去了。可是，也会有一种人这样说：“嗨！侬做啥撞我？想吃生话啊？”“啊！侬迭个人哪能介十腔啦！我又勿是存心的。加上我已经打招呼了呀？”这个时候，上海俗语就是用在吵相骂上了。

“迭个人老十腔的”也是用来贬低人、骂人的上海方言，意思和上面讲的也很相近。也可以用来做客套闲话，或者装装腔调的。如果带点苏州腔，迭句上海闲话就还会更加“嗲”，女人讲还可以，如是男人这样来讲，会被人视作“娘娘腔”的。

不过，也会有人讲：“迭个人老死腔的。”意思和“迭个人老十腔的”相近，用法也相似。还有一说，“十腔”的“十”是“贼”，即“贼腔”，表示贼头贼脑或不正派的语调、表情之意。这说明，老上海闲话还是蛮活络的，同样或相近意思可以不同样的表达，语言就更活泼生动了。

侬哪能啦

“侬哪能啦？”“侬哪能啦！”碰到讲这种闲话的两个上海人，那么，肯定是在吵架寻相骂了，而且，后面一个人讲：“侬哪能啦！”声音还要比前面一个人来得响，这叫做“气势”。两个人要吵架，甚至动武打架，开始的时候一般是靠声音来压倒对方的，于是，一声高过一声，直到两人抱在一起格斗、掼式高（摔跤），甚至动刀动棍，至于拳打脚踢，已不在话下了。这里的“侬哪能啦”，是两人或两伙人相遇要打架较量时的口吻。

但是，这个“侬哪能啦”也可以用在问候对方时的亲切话语，问候安康，问候平安，问候康复，问候学习事业恋爱家庭的进展情况等等，甚至可以问一些私密悄悄话等都可以，这时候，说这个话的人语气是很温存很柔和的，不会是粗声大气的，否则，又变成吵架了。

要和谐社会哦，这个老上海方言俗语“侬哪能啦”最好还是讲得温柔亲切一点为好，听起来，适宜舒服有安全感。

城隍三巡

明清时，上海在每年的春秋冬时节都有声势浩大的祭坛会，举行邑神出巡游行，赈济各义冢以及幽灵孤魂，俗称“三巡会”。

这个老上海的“三巡会”起源很早，据说和明太祖朱元璋有关系。因为朱元璋出身贫寒，少年时曾投皇觉寺为僧，后来在濠泗跟随郭子兴起兵。郭子兴死后，朱元璋率军，经过十多年的奋战后得天下。既然登上了大宝，就要祭奠尊崇战死的弟兄军士，于是令有司在各自管辖区域设坛享祀。也有一说认为，起兵以来，军兵阵亡很多，现在天下大定，宫里却时常有厉鬼为祟，所以追荐阵亡将士，令他们各自回乡，但是乱离之后，无家可归者仍多，就下令各地方官在同一天祭奠，以飨馁鬼云。

《沪谚外编》中是这样描写“三巡会”的，而且更带有神话色彩。据说明太祖初起江南，苏州钱鹤皋拒战，将军徐达活捉鹤皋，送南京治罪。鹤皋被杀时放白血，太祖担心他在阴间为祸，搅扰地方，招来瘟疫，就命天下城隍赈济孤魂，立空案，每逢清明日、七月半、十月朔，抬城隍老爷到各处义冢走一遭，点香烛化冥币读祭文，钱鹤皋等都来受享免饥寒等等。

城隍出巡前一天，悬牒城隍神诣坛，出巡日清晨，众参与者“宰割三牲煮豆羹，更备粢盛丰且净，肩扛手擎又鸣钲，一路忽忽到庙中”。“香焚烟绕烛摇红，供齐礼物三斟酒，济济跄跄几鞠躬”；而供神筵席是“一筵收去一筵来，半日连般几十台”；焚烧冥币地方是“黄金白镪满炉煨”。在午饭以后，开始传点排班，由书吏集合诸鬼役到集后，三声炮响，出巡队伍就浩浩荡荡地开出了辕门。

随着城隍老爷出巡的仪仗舆，从皂隶到诸鬼相有一百几十人，都由活人装扮，按照阳间惯例，按等级排列分前后，走遍城内的主要街巷。这样的活动每年有三巡，所以社会影响巨大。

举办这样浩大的出巡活动，会首早于半个月之前就开始集资了，城隍出巡时的随从和诸役鬼，都按照出资人的钱多少和身份高下来定，不能逾越。迎赛当天，马队、隶役、香夫、轿班等都由会首充任。出五十元以上为正会首，得袭长衣，束五色带，执书卷墨板，充书吏之役；出二十元以上，袭洋布服，执神镇神签，名曰香案吏；出五元以上的会首，只能袭紫花布服，执长竹片，为站班之役，以及提炉掌灯；出一元以上者，为马上执事，携铁链顶枝，充当捕役；出五角以上者，抬轿和扛伞打旗，运送食物，充当众人之役。这期间，会首之间的等级非常森严，若有人违反规则，出资再多也要降级；而另一方面，如果平常就只是充当下役的人，即使出到了书吏的会金，也不可以充当书吏，否则就算越级，必须斥逐。这些等级早在神前花名簿中登记在册，在入会时已经写定，不可改易。如需待其缺，一直要等到充者亡故，或无子袭职位，或有子而力不从心，才可以补充。违反规则，众人一定会鸣鼓而攻之。于是，有人身为富绅，却只能袭黑衣扛大伞，而当有人笑着询问他们原因时，这些富人一定会说："我敬神也！"而实际上是因为其出身卑微才会如此。

西楚霸王项羽是上海吴淞江神

中国人都知道秦朝末年西楚霸王项羽和刘邦争天下，最后垓下一仗，楚霸王败给了昔年拒之门外的"胯夫"韩信，含泪别虞姬，自刎于乌江。在古今故事里，能像楚霸王项羽那样虽败犹荣，死后还被立祠祭祀的大概无第二人了。"词神"李清照还作诗纪念他："生当作人杰，死亦为鬼雄；至今思项羽，不肯过江东。"这首诗是何等的壮烈雄放？也是天下无第二人的。据说项羽小时候，其伯父曾问他要学"一人敌，还是万人敌"？项羽毫不迟疑的说要学"万人敌"。《史记·项羽本纪》记载，项羽在看到秦始皇的车驾时，曾自言自语："我今后要取而代之！"正是他的万夫不当之勇、力拔千钧的神力和气势，令敌人闻风丧胆。如果项羽不听小人言，不信命，不走乌江，可能这汉家天下要改称项家天下的。古代上海的吴淞江（不是今日小河模样的）其汹涌潮水对滨江沿海一带的百姓造成了极大威胁，人民顶礼膜拜江神，设法造设堤坝，可是仍无法阻挡吴淞江大潮，于是百姓敬畏地说它是“霸王潮”，“西楚霸王项羽做了吴淞神，故江水如此凶险”。《宝山县续志》记载：“本邑地滨江海，未建石塘之时，潮灾间岁有之，俗谓之‘霸王潮’。故里社间建立庙宇，多奉祀汉初功臣，以行压制。父老传闻如此，当不诬也。”古代上海的百姓认为是汉初各位大将合力击败了项羽，于是请出了汉初的很多开国功臣大将，为他们立庙建祠堂，以求压住吴淞江的“霸王潮”。据记载，古代上海人为镇住水神楚霸王，在吴淞江沿岸建立的汉初功臣庙宇祠堂就有 72 座之多。这也就是为什么今天的上海还有许多遗传下来的以汉初功臣大将为古地名的原因。例如，上海彭浦镇彭王庙（祭祀汉梁王彭越），桃浦两岸曾有的两座陈平庙（祭祀汉曲逆侯陈平），双浦两岸曾有的两座燕王祠（祭祀汉燕王卢绾），宝山境内广福曹王庙（祭祀汉平阳侯曹参），盛桥永寿寺（祭祀汉长沙王吴芮），杨行宝胜庵和月浦周世观音堂（祭祀汉赵王张耳），杨行浒漕庙（祭祀汉菌侯张平），慈恩庵（祭祀汉阳夏侯陈豨），嘉定城内的萧泽司祠（祭祀汉相萧何），钱门塘顾浦庵（祭祀汉淮南王英布），南翔曲逆侯庙（祭祀汉曲逆侯陈平），阳灌泾庙和西阳灌泾庙（祭祀汉颖阴侯灌婴），黄渡樊侯庙（祭祀汉舞阳侯樊哙），张留侯庙（祭祀汉留侯张良），宋王庙和问津庵（祭祀汉平侯曹参），青浦华新镇的华漕庙（祭祀汉梁王彭越），原上海县纪王乡的纪王祠、郛城庵、鹭山庵、慈济庵（祭祀代刘邦死难的汉将纪信）等等。这些也都说明了中国人为何自称“汉人”的原因之一，汉朝泽被至今呢。

老上海人过大年的众生相

农历大年是中国人一年中最重视的迎新除旧的节日。几乎所有的中国人都会在这个迎春时段，祈祷上苍，祭拜祖先，希望新年里有好气象、好日子、有好事。所以，新年里拜年，说得最多的一句话是“恭喜发财”，因为只有多赚到钱，才能改变生活。

说到除旧岁、迎新春的除夕的芸芸众生，三种人最有代表性：一是放高利贷的富人，他们收账，逼债，再放债，终日忙碌；二是躲债的穷苦人，四处躲藏，惶惶不可终日；只有第三种小康人家，不欠债的才可以欢度春节。

那么，老上海市井中，各色人群如何过大年呢？

上海在乾隆、嘉庆年间已出现了平时吃拿不付钱，至年底一并结账的赊账风气。到了年底，自己去结账的称为"归账"；而由老板去向欠账人索要的，称为"讨账"。当时有除夕夜老板带着伙计，打着灯笼往返街市巷中上门讨账的景象。也有躲债在外不见人的，却不一定是杨白劳那样的穷苦人。

天寒地冻的除夕夜，往哪里去躲呢？当时的上海是围有城墙的，在城东的商船会馆、潮州会馆等会馆在除夕演一天的戏，以敬谢天地神灵，躲债人则挤在其中看戏。而这些会馆知晓有躲债人在其中，故意听之任之，等于帮了躲债人的忙。因此有人把这些会馆的除夕演戏称为"躲债戏"。这也是老上海过大年的一个特殊景象。

而穷苦人家难以供养一家人，所谓合家欢、天伦之乐、欢度春节等，反而成为一件苦恼之事，于是有这样过大年的景象：

一是穷苦人家妇女在街边等处帮人做新鞋，挣点小钱过年。因为过新年，要穿新衣服、新鞋过大年，尤其是对于小孩子，更是希望努力满足他们。

二是失意落魄的贫士，在人多的地方设摊卖春联度新年。

三是在除夕前一段日子里，有人专门挑着担子走街穿巷卖祭祀灶神爷的专用茨菰。

四是挑担或推小车四处走，叫卖祭祀灶老爷的"廿四糖"的。这是一种黏黏的麦芽糖，据说灶神夜在腊月廿四，要上天向玉皇大帝汇报工作，提前祭祀灶神，供他一些"廿四糖"，可以黏住灶老爷的嘴，不让他说自己的坏话，多说好话。

五是走街穿巷卖鲤鱼的，当时称为"送元宝"。新年吃鲤鱼，也是寓意"鲤鱼跳龙门"的吉兆。

六是出卖色相的各等妓女，除旧迎新过大年，也是她们最能赚钱的日子。在老城的北门外，妓女如云，衣着鲜亮，驱车招风。也有妓女因新年去庙宇烧高香的人众多，趁机挤在其中寻觅客人。到大年初五，老上海的妓女也有"烧路头"的风俗，借着初五接财神的吉日，在初四夜就举行祭祀庆典，邀集熟客和商贾小开等聚贺，也是博取客人钱财之法，名曰“开账路头”“收账路头”，而客人必须用开台酒作回报，比平日每席酒钱八元十元的要加数倍。一席称之“一台”，客人为了场面，每次也以双台、双双台开席，以显示自己豪举。

只是这些为了面子开双台、双双台的花花公子也是按农历习惯统统在三大节时结账，平时不付现金，日积月累，债台高筑，到了大年除夕结账时，有的也成了躲债人，妓院老板只好四处派人去寻找欠债人，凡是酒楼茶馆等都是要去的。

而高等一些的妓院如“书寓”，会在新年时仿效官绅的惯例，送红笺拜年，显得与众不同，有文化味。不过，这些书寓中妓女很多是有文化艺术修养的，会弹唱吟诗歌舞等，气质自然不同一般，所以当时有诗云：“不信但看弹唱女，拜年也用小红笺。”

七是商贾大户的过大年，他们首要的是四处派人去追讨欠账，争取在除夕夜之前归账。有捐了官的富商，则会头戴花翎，穿起官服，在除夕之际分年红。那些富商也会寄出贺年信函，交由信局寄出，民国后，还印制年历分送客户。

这些富商的另一个主要活动就是交际应酬，花天酒地寻开心。也学官场的作风，看谁有气派。能到长三堂子摆双双台的也都是这些富商。

八是汇聚在城隍庙四周的各个行业会所、会馆，在年初大演酬神戏剧，称之“年规戏”。大年初三之后，他们也开市营业，计算赚钱多少了。

九是一些私塾教书先生，很可能在除夕前二三日，东家请喝送行酒，辞退了。此时，席上菜蔬再多，也不会有好胃口了。

十是官场的上下拜年来往活动，很多平时不来往的官吏，此时也会互相投刺拜年。这个“刺”，类似今日的名片，只是往往用信笺形式投送，一般是叫手下人去送，珍重一些的，叫弟子或儿子去送，这也称为“飞帖”。如是自己亲自去投送名帖，那就有拜年之外的含义了。这种贺年往往到元宵，之后开印办公。办公日还会燃放金红鞭炮二千响，准备鱼翅宴席欢聚一番。只是民国后，在这些传统的拜年习俗中有了西方的东西：燃放的鞭炮中增加了东洋的“金钱小炮”。

老上海人过大年的应景事

在老上海人的传统里，过农历大年是一个无比重要的年节。这一天的节日，是需集全家的智慧来安排的，力争“欢度春节”。虽然老上海的城里人和农村人过大年略有不同，但从文化源头来说，农村人群过大年的传统味更为原始淳朴厚道一些；而城里人，由于来了五湖四海移民，会把自家的风俗习惯带来，即使最后有所融合，城里人的年俗应景，也是和农村稍有不同。

喜庆活动和农村略有不同的是主要以家庭为核心来过大年，诸如做年、守岁、拜年、接财神等；还有合家欢聚、给压岁钱、说吉祥话、喝年酒等都承袭传统而来。过大年，一般各个行业休息关门停业四日，至初五开门迎客。由于老上海是一个经济发达的工商业城市，工商富裕大户较多，过大年也体现了这些大户人家的财力智力。其中，年初五凌晨“接路头”的风气尤为盛行。财神爷生日在大年初五，可是接财神的人总是急不可耐，在初四夜就开始了，供祭品、焚烧锡箔、磕头接神。到了午夜零点，锣鼓鞭炮声震天动地，通宵不绝。接财神的祭品，除了鲤鱼，还有羊头，甚至用三牲的。

第二个年景是新年各家休息，饱食无事自寻乐趣，这样娱乐就成为大事，各个梨园戏馆都是人满为患。而各梨园戏馆的演出剧目也是应令时尚的，如《宝莲灯》《洛阳桥》《斗年宫》等，都是很受欢迎的。不过在民国时期，也有一些受西方影响而组成的剧团演出新编的现代戏。这些新派剧目有《明末遗恨》《秋瑾》《黑奴吁天录》《波兰亡国惨》《孙中山伦敦被难记》等，据说很受欢迎，甚至有盖过京剧的势头，成为当时一种新时尚。

第三个年景就是一批商贾贵人到棋盘街、丽水台等处狎妓游玩，寻欢作乐，也有约妓出局，拉着一起去看戏玩乐。

第四个年景是元宵灯会盛况空前。人称：“十里珠帘都不卷，看灯人看看灯人。”可谓摩肩接踵。当时还有人做《申江元夜踏灯词》咏颂沪上灯会之盛况，这里就不冗叙了。

元宵节过了，一般来说新春过大年的年味也就逐渐消退了，各人都要办正事去了，毕竟生存下去才是最重要的。

清中期，就有人总结出“度岁贫富不同，三种人尽之矣”。年底时，这三种人就是放高利贷的富人、躲债的穷人，只有不欠债的小康人家才可以“欢度新春”。

老上海曾一年过两个新年

辛亥革命推翻了几千年的封建社会，拉皇帝下了马，并宣布废除旧历，改用民国纪年，通用公历（旧称“阳历”）。上海光复之后的第一个元旦，沪军都督府通令用阳历元旦作为年节，举行庆祝新年活动。但是不管是农村，还是城里，基本上是无人当回事，还是按老传统习惯过新年。

鉴于试图废除旧历改用阳历行不通，有关方面于是在每年四月后把次年的“新旧历对照”以及“节气时分”通告书商，准备编辑次年的新历之用，却还是新旧历并存，无法推行新历。后来，一切旧历年节的娱乐活动赛会和习俗等，统统按照公历日期举行，并且改正商店清理账目和休息时间，还作了大规模的宣传。可是，传统改不了，家家户户还是过旧历新春大年，过除夕，各行各业也要过旧历年，于是出现了一岁过两个大年的奇怪风俗。

沪军都督府没有办法，只好借元月十五过元宵节时，发动全市各个行业举办灯市。可是，市民仍然不予响应，只有各个行业所属的商团有点响应。传统的元宵节，改在阳历一月十五庆祝，结果出现了元宵之夜“夜观兵”的奇怪现象，一时成为别人的笑谈。

阳历虽然是世界多数国家采用的方法，却没有节气时分，农民要靠节气来务农，所以在农村无法推行。其次，阳历的每季每半年的天数又不一律相同，每月的天数也不固定，每年的日期和星期不发生相互关系，很难记住，所以在城区里也很难推行。

当时的文人还写了不少诙谐的“竹枝词”来讽之。这种奇怪之事一直到1917年（民国五年）以后才逐渐有所改观。

老上海人的新年十日歌

过大年，也就是过农历腊月除夕和正月初一这两个最为重要日子的前后十五天左右，这是中国人一年之中最热闹和花精力最多去准备的好日子，老百姓心里有杆秤，谁也改动不了的。

民国年间，老上海的农村里流行着一首《新年十日歌》，把正月初一至正月初十的过年年景，概括得十分周详细致，这实际上是老上海过大年的风俗传统习惯，也是一份宝贵的上海文化历史遗产。

年初一，一瘏觉来太阳照东窗，起身忙换新衣裳；家堂灶君天香点；祖宗尊像挂中堂。九子果盘装齐整，预备客人来来往；今朝叮嘱佣人莫扫地，小儿吃饭莫淘汤。

年初二，儿童更欢喜，昨日初一不出户，今日要到亲眷人家拜拜年。哥哥弟弟手相牵，东家留吃饭，西家排酒筵；临到走，还有二百压岁钱。

年初三，去拜丈母娘，姑爷带仔姑娘一同来，入得门，笑口开，拜见丈人道恭喜，拜见丈母说发财。茶又好，酒又好，隔壁伯婆含笑问姑娘，啥时候，踏月养个小宝宝。

年初四，夜不眠，家家接财神，处处放吉鞭。五路正神当中坐，招财利市分两边；斤头蜡烛煌煌亮，斋供羊头元宝鱼。阖家拜跪忙碌碌，一心奉敬亦至矣。呜呼，那有千万财神，分身到你店堂里。

年初五，夥友要吃开张酒，酒酣快猜拳；五对八马不离口。有个朋友联下去，有个朋友要分手，来来去去各自忙。来者心欢喜，去者心悲伤。劝君莫悲伤，以后须要巴巴结结争个好面光。

年初六，仍穿新衣服，锣鼓声喧震耳聋，预备元宵习练熟。元宵闹花灯，各处有风俗，龙灯身袅袅，虾灯芒簇簇；叮嘱小儿勿买糖，省下钱来买蜡烛。状元及第旧名词，要换共和称五族。

年初七，人生日，早餐餐毕拿秤来，称出轻重最划一。哥哥称了六十斤，弟弟称了四十七，开口向哥道休发诩，明年弟弟多吃肉，发个大块头超过你。

年初八，谷生日，农户家家祈丰年。世间一日没了谷，将有何物来充饥。

一粒谷，种下田，待到秋成九秋天，不知费了气力几许多，才得摔掼稻吃新米。

年初九，天生日，世间人人都靠天，做事先求弗欺天。婆婆拜佛好修行，新年无事都念经，修得百年无毛病；交好运，退灾星，好行方便发善心。

年初十，地生日，有天还有地。比是爷娘不多异，人畜房屋都依地；米麦百谷都生地，菜蔬几味拿来祭，祭他生日他欢喜，人生忠孝与节义，地维赖以立；作事须求脚脚踏实地。

从这首记载旧上海人过春节大年的十日活动的歌谣里，我们看到了过去上海人过大年的风俗习惯，还有每天要做的年节活动的主要内容，这对今天过大年、怎样除旧迎新、移风易俗地过好现在的农历大年、迎新春，也是很有价值的。因为，现在已经有许多人不知道老上海过大年的习俗和文化氛围了。

老上海八仙桥的来历

八仙是惩恶扬善的神仙，其扶贫帮困、治病救人的美名远扬华夏九州以及海外的华人、亚裔人的文化圈。八仙在许多地方留下了仙踪、传说。老上海也有一个大名鼎鼎的地名：八仙桥。可是，八仙桥的来源，却和八仙毫无关系，而是老上海人为了不用象征国耻的“八里桥街”地名，自发把这个“八里桥街”改称“八仙桥”。

八仙桥这个名称在老上海，除了上面说的地名，还有一个是桥名，两处相距不远。

地名是指今西藏南路和延安东路一带。为什么叫“八仙桥”呢？第二次鸦片战争时期，1860 年（清咸丰十年），英法联军向驻扎在北京以南通惠河八里桥的清军僧格林沁部进攻，清军主力被击溃，史称“八里桥之战”。其后，英法联军直逼北京，咸丰皇帝出逃热河。清政府被迫和英法联军签订了《中英北京条约》《中法北京条约》。因八里桥之战是第二次鸦片战争中的关键一战，上海的法租界为了纪念这个战役，就把法租界里的一条马路称为“八里桥街”。但是，于中国人而言，八里桥之战是国耻，老上海人不使用这个地名，就以谐音“八仙桥街”称之。

还有一个是桥名，横跨周泾的一座桥。在1900年（光绪二十六年）之前，周泾是法租界和华界的分界河，河东是法租界，河西是华界。1900年，法国又扩张法租界，周泾以西的打铁浜，包括今日的自忠路、顺昌路、太仓路、重庆中路以东地区被划进法租界新界，为了连接新老法租界的交通，于是在周泾的北端的公馆马路（今金陵南路）上修筑了一座木桥，因为这桥靠近八仙桥街，于是成为“八仙桥”。有人不知此桥桥名的由来，遂误传为八仙来过此地而名。这样，这个八仙桥还带上了神仙色彩了。

1905年之后，法租界又在原八仙桥的南面新筑一座桥，称为“南八仙桥”，原来的八仙桥也称之为“老八仙桥”了。“南八仙桥”是用刚刚进入中国的洋灰（也就是水泥）造的，这算是上海第一座水泥建造的桥梁，被称为“南洋桥”，桥址在今天的淮海路和金陵路之间。南洋桥在1914年填平周泾的工程中被拆除了，这段填平的路就是今天的西藏南路。法租界在原桥南的麋鹿路（今方浜西路）设有法租界公董局屠宰场。在20世纪20年代，那里建的几个里弄住宅也称为“南阳里”，于是南洋桥的名称保留下来了，即今西藏南路方浜路一带，因南洋桥是屠宰场所在地，故“南洋桥”在老上海方言里也作为贬义词，有“黄牛”或“猪猡”的含义。

后来，又在八仙桥街洋泾浜（今延安东路）上建筑一座桥，称为“新八仙桥”或“北八仙桥”。

1914年时，市政当局填平周泾为敏体尼荫路（今西藏南路），填平洋泾浜为爱多尼亚路（今延安东路），这些桥全部拆掉了，但“八仙桥”的地名一直沿用到今天，成为上海一段历史的见证。

老上海的结婚风俗

上海俗称“申”，乃是春秋战国时期春申君的属地，上海作为历史文化名城，其又地处文化底蕴深厚的吴越之地，因此其地的婚嫁风俗和其他地域既有相似之处，也具自身地域特色。

在封建时代的婚俗基本是以“父母之命，媒妁之言”为定，按门第财产为标准，将聘礼的多少作为条件等，这些封建社会的影响至今多有遗风飘浮。即使自由恋爱，到最后谈婚论嫁之时，那些门第财产等条件还是很重要的。

在老上海的婚俗中有一套很完备的婚嫁礼仪。

首先是订婚，这是谈婚论嫁不可少的一道程序，如果没有经过订婚就结婚了，会被视为丧风败俗。订婚包括“说合”“合婚”“行聘”。

说合就是请媒人往来于双方家长之间互通情况信息，主要不外乎双方是否门户相当、家里经济状况、家庭人口现状、想要婚嫁的人品貌年龄个性长处等等。一般情况下，男方希望女方是书香门第，女方则要求男方家里经济厚实。通过这第一关，接下去才可以谈“合婚”的事。

合婚，是把男女双方的生辰八字请媒人送到算命先生那里去推算吉凶，可否合婚，如是得吉，媒人通报双方家长。有些家长在通过合婚关之后，为了慎重，还会约定地方互相看望人选实况。双方家长认为满意，才开始办理行聘之礼。

行聘，是订婚的主要内容。先由媒人开彩帖至女方家里商量议定目录，然后男方正式行聘。这个行聘还要分为小礼、盘礼、大盘礼三次；聘礼有礼帖、礼物和礼金的区别，这个礼帖是最重要的，这是正式婚约的证据，相当于开出了结婚证书。行小礼时，男方一定要准备“敬求台允”和“纳采”的礼帖，而女方需要准备“恭允台吉”和“旋吉”的礼帖，这样，双方的婚约才算正式敲定了。俗称小礼为“送日”，行小礼时，需要略备彩果馈赠亲友。这个彩果是用绒线缠裹的果实，象征着美满结果。

行盘礼时，男方必须准备“纳币”的礼帖，女方则准备“旋筐”的礼帖，互相交换，还要互赠礼物。男方用服饰、茶叶、喜果等相赠，至少四盘，多者六盘、十二盘。盘中的饰物有项圈、蝴蝶花、钗、钏、球、环或者玉镯、戒指、簪子等，俗称“六礼”。有钱人用金珠或金钻六礼；差一些的用半金半珠的六礼；再差一些的用半金半银或铜的六礼。盘里的衣服，一般是单、夹、棉、裙四件，也有八件、十二件、二十四件的，有单衣，皮衣；皮衣的毛还有粗细之分，裙有缎、绉、纱、纺之分。另外还有茶盘、蜜糕、喜果、桃、枣、荔枝、红蛋、花生等，装成四盘、六盘、十六盘不等。

女方是四盘，有瓷器，男子的衣帽鞋袜、金表、金镜子、金花等；还有种植吉祥草、万年青等盆栽数对，寄寓吉利之意。有的金花长有一尺余，悬于床前作装饰用。所有的礼物都有详细清单，记载于礼帖之内。也有在行盘时约定迎娶时辰的，这称之为“随盘”；不约定迎娶日期的，称为“文盘”。这一天会设宴请亲友和媒人，以表示庆贺。

大盘礼在迎娶之前的数日里举办。这时，男方必须准备“迎鸾”礼帖，也就是“到门帖”。同时一并送去为新娘特制的漂亮礼服和花冠等上轿衣饰。

这聘礼中的聘金，基本就是作为妆奁的花销，一般都用橱、箱。要求成双成对，也有用四橱八箱或八橱八箱的，在新娘上轿前一天，命挑夫抬到男家，分两个人一杠，多的人家有数百杠以上，虽然这要由各家的经济条件来决定，但是一定会相匹敌，否则会被别人耻笑、看不起。所谓的千金之奁也常常因难以备足而使女方为难。

出聘礼之后，开始确定婚期迎娶事了。按风俗，姑娘出嫁上轿之前，一定要在娘家大哭一下，父母亲、哥哥嫂嫂都要哭，称为“哭出嫁”。但是，她们的哭法却各有特色，老上海里有不少描写“哭出嫁”的民谣民歌。如果出嫁的小姑平日被父母宠惯了，和嫂子关系不和睦，那么哥嫂会趁这个机会，借着哭的名义，不断数落谩骂小姑。一家大小哭别之后，母亲就要对女儿传授女儿经，什么在婆家不似在娘家，怎样勤俭持家、待人接物，如何处理好夫妻关系、婆媳关系等等，一一指点，这也是一种传统文化习俗的传承。

迎娶当天是结婚大典之前的最隆重、最讲风光的日子。在迎娶前一天，新郎一定要到女方家里会亲，可是只拜谒丈人丈母，同时和女方家的重要亲友相见行礼，还不可以和新娘相见。在迎娶那日，新郎需要亲自以鼓乐仪仗为先导，新娘和彩舆随后。到了之后，行奠雁礼，这个雁一般用羊代替。行礼毕，由司仪出来说催妆词，乐队奏乐，请新娘出洞天，到堂前登舆。在《沪谚外编》一书里有催妆词的全文。新娘在乐队的乐曲声里，在司仪的赞美词中走出堂前，父兄“抱轿”，抱入彩舆，新郎侍奉在舆车侧，挽着新娘登轿之后，于是就“请轿”辞行。这时，新郎新娘还是不能见面。如果新郎不能亲自去迎亲，这些礼仪还是必须照常进行。

新娘的彩舆到了男家时，需要“传席以入，弗令履地”。彩舆入门，金鼓齐鸣，边奏乐，边歌唱：“飞仙下降彩舆来，后拥前呼闪不开；鼓乐两班喧左右，红云一片驻瑶台。”

新娘出轿时，司仪要唱“开轿诗”，有一位多子多孙的妇人进彩舆把新娘扶出轿子来，先喂“粉团”给新郎新娘吃，寓意团团圆圆、和和美美，然后登堂，堂前红烛明灯檀香，新郎新娘各牵着红绿巾的一端，走到红地毯上相会，此时由司仪高唱颂词，然后行交拜礼，饮交杯酒，也就是“合卺”。结婚礼仪之后，新郎新娘终于可以入洞房了，在床前行拜床公公、床婆婆之礼，女向左，男向右，双双并坐在床前，再行“撒帐礼”。这时，会有一位妇女来抛散金钱彩果。

这些礼数之后，新郎新娘才是第一次见面，可以欢天喜地了。

结婚的当夜，也可以是第二天，新娘拜见舅姑，由小姑引导着新娘向各位尊长一一见过并行礼，如果没有小姑，就有一位同族的女长辈做引导。第二天晚上，新郎新娘可以在自己的新房里同桌饮食了，这称之为“暖房夜饭”。到了民国以后，婚礼大多在下午举行，这样，新婚夫妇的第一次暖房夜饭也就在第一天的晚上受用了。

婚后第三天，行庙见礼，设祭在宗祖先辈牌位前，有宗祠的就到庙里祭拜，意思就是我男儿娶老婆不只是为自己，也是为了家族的兴旺。

满月之后，新娘回娘家，称为“归宁”，女婿要多带各种礼物陪同，以示孝敬。当天，女婿返回自己的家，新娘则在母亲家里“住满月”。

如此，婚姻定当了。开始共同生活啦！生儿育女啦、子孙满堂啦、金玉满堂啦……又一个家庭开始繁衍了。

老上海的奇婚异俗

在上海曾有过一些特殊的婚俗，这些特殊的婚俗有的只是一个时期，有的曾留存了许久。

老上海的婚俗中崇尚早婚。农村里，男孩结婚的年龄常在十七岁至二十岁，过了二十岁还没有结婚成家，便会有人在背后指指点点说闲话，被“过而耻之”，越是有钱的人家越是如此。

而城里穷人的孩子要娶老婆，先要拿出一笔“礼钱”，这笔礼钱等同于女人的价钿，有的男丁为了娶妻几乎终身背债；有的连借铜钿也无门，于是只好终身光棍了。因此城里的男丁过了二三十岁没有娶上老婆的，还真勿少呢。

于是在上海出现过一种特别婚俗“抢亲”。不过，这种抢亲有一个前提，就是男女两家曾在幼时定过婚，等到长大了，却无钱来迎娶女方进门，抢亲的一方会邀亲戚朋友，在夜里人少灯暗，突然袭击，把女方抢去草草成婚拜堂；也有在迎神庙会赶集等时机，趁女方外出游玩时，一下子抢到车或轿子里，回家立即成亲，搞一个生米煮成熟饭。到了民国年间，还有军人护卫等帮着抢亲的。

抢亲也是要有胆量和魄力的人才会去做。有些人无胆去抢亲，也有选择去做上门女婿。在城里打工的的单身男子很愿意被人招女婿，他们单身无亲无戚，经济上也很拮据，能不花钱寻到老婆，有吃有住，白天上班，家里还有老人帮着照顾，比单身时好多了。但是，老人家对上门女婿看得很紧，生怕他出什么花头。也有从小抱一个别人的儿子回家抚养长大后，再和自己的女儿成婚的。

旧时，童养媳现象比较多，一些穷苦人家在女儿童年时就送或卖给公婆家抚养管束，成年后择日成婚。结婚时也要摆喜酒宴请亲友的，之后就是正式夫妻了，这种现象俗称“并亲”。不过，这些童养媳往往在婆家受到虐待，几乎就是苦力，有的童养媳甚至受不了去自杀了。

还有一种叫“指腹婚”，一般都是男女两亲家为了某个互利的目的而联姻，在双方的妻子还在怀孕的时候，就指腹为婚，结为儿女亲家。谁家生女儿，就把女儿嫁人。也是请亲友来聚聚，同时为之证婚，也按婚礼下聘礼。直到女人临产时，双方互相通知。如果，都是生男孩或都是女孩，那么前面的那个指腹为婚的约定也就不提了，但是，一男一女，那么生女儿的一家，就要把指腹为婚另一家时送的聘礼加倍奉还，作为祝贺亲家得子的贺礼。

还有一种婚俗是“阴阳配”。也就是男女订婚下了聘礼之后，万一姑娘不幸夭折了，男方还是要照常择日迎娶女方的“神主”，在神主上盖着红袱，新郎和“神主”举行交拜礼，也要回门去谒见岳丈岳母，只是已是新郎一个人了。女方所准备的全套嫁妆，也是一样齐全，包括女子一生中需要的用品。如果不幸是男方先夭折了，仍然择日准备彩舆去接新娘，到了男家，就和男子的神主牌位举行婚礼，入洞房，随后，新娘脱去鲜艳服饰，换上素缟衣装，举哀，称为“望门守节”。只是，这个活生生的姑娘只有终身守寡了，而男子是可以在阴阳配之后再娶妻的。

旧上海还有一种习俗是女子嫁到男家之后，男人不幸死亡，做妻子的也不准再嫁人，这也是封建社会的遗俗，对女人而言是不公平的。男人在妻子去世后再娶妻进门的，是正当的事，女子在丈夫去世后再想嫁人，那就是大逆不道了，需要遵守“烈女不更二夫”和“女子从一而终”的封建礼俗。

虽然在封建礼俗的压力下，改嫁是一件丢人的事，但若坚持改嫁，也会逐渐得到社会族人的默认。在贫民阶层中，男人死后，家里缺了主要劳力，妻子也是有通过再嫁，以求养家育儿女等。在旧上海里，也有女人在丈夫去世后，手里有点财产，族里也无人看得住，就会再找一个单身男人进门，俗称“填房”。这个“填房”不一定是指再娶的女人。

沪上还曾有一种“冥婚”。男女双方都已经去世，经过双方父母说合，定下冥婚之事。有这样一段记载：“其各种聘礼，咸以纸为之，衣服器具件件毕肖，斗胜炫奇”，所化银两几乎和真的结婚相仿。吉日到了，也会用彩舆迎娶女方神主过门，乾宅请人来抱住男女神主，行交拜礼仪，礼毕，送两人神主入洞房。“三朝之后，复迎女之灵柩和男者的合葬。以后男女两家居然往来如亲戚，诚怪剧也”。

那个时候，已经有同性恋了，在民国之后还曾一度公开盛行。这些同性恋者，虽然没有婚姻关系，却形如夫妻，有的还一旦结合，生死不离不弃。有一首“竹枝词”讽之：

一从邂逅订相知，终日追随不肯离；
同性居然生恋爱，个中事迹太稀奇。

不过，民国后，传统的包办婚姻礼俗受到重大冲击，男女青年争取恋爱婚姻的自由呼声日益高涨，逐渐扩展到社会各个阶层，并开始出现文明结婚的新时尚、新风俗。

老上海的嫁女哭女歌

在旧社会里，有“嫁出女儿，泼出去的水”之说，女子的地位在那个时候处于不稳定状态，女儿一旦嫁出去之后，也不属于娘家人了，要受婆家的各种管束，如果是妾，那么地位还要低一些。有一个很有名的沪剧《阿必大》，这个“大”，要按沪语来读“杜”，这出戏就讲了旧社会里姑娘嫁出去之后做媳妇的难处。有的姑娘嫁到婆家，除了生儿育女、传宗接代，还要做很多家务活，受众人的管束，是很苦的。所以，在女儿出嫁时，母亲和女儿会抱在一起，互相大哭一场，就像是生离死别一般，许多在场的人也会潸然泪下，很动人心的。

有一首歌谣是这样唱的：

花花世界几千春，要唱女儿出嫁谢娘恩；
双膝忙向娘前跪，阿娘含泪说叮咛。
娘诫训，囡要听，新做媳妇事事要担心；
别人家粥饭真难吃，不比在娘家早困晚起身。
娘诫训，囡要听，东天发白要抽身；
梳了头儿洗了面，烧好早饭做营生。
娘诫训，囡要听，夫妻和睦最要紧；
不可作小小丈夫来咒骂，称锤虽小压千斤。
娘诫训，囡要听，事事向公婆要禀明；
近事客人茶款待，远处客人留点心。
娘诫训，囡要听，待人接物要留心；
搬嘴弄舌招人怪，说话之间留几分。
娘诫训，囡要听，敬重丈夫面上人；
宝贝姑娘与小叔，公婆看见最称心。
娘诫训，囡要听，脚带膝裤不可晒当门；
男子衣裳门前晾，
女子裙裤晒在后庭心。
娘诫训，囡要听，男男女女古事分，
妇女不可轧到男淘里，惹的批评不正经。
娘诫训，囡要听，烹调饭菜要精明；
铜杓铲刀轻轻放，尤不可激气掼家生。
娘诫训，囡要听，里场事体全靠妇人身；
将来相夫育子称贤惠，我娘也有好名声。

在当时旧社会里，嫁到婆家做媳妇和做童养媳的命运相比，有时几乎是差不多的，这种新媳妇的生活情景，还有一首歌谣《做媳妇难》，下次再说了。

老上海的《做媳妇难》歌

在旧上海，有的姑娘嫁到婆家几乎和童养媳的命运差不多，生活很是辛苦，当时的上海有这样一首《做媳妇难》的歌谣：

梁山头上挂小篮，新做媳妇实在难，
早晨提水烧茶饭，到夜提水烧浴汤。
零碎生活节节忙，红鞋子，踏水荡；
眼泪汪汪哭进房，丈夫说：不要哭，
廿年媳妇廿年婆，再过廿年做太婆。

那个辰光，丈夫对妻子也是大多以夫权为准则行事，俗语讲“打老婆，骂老婆，手中无钱卖老婆”，这种情况在那个社会里也是经常有的。

做媳妇的一年忙到头，操持家务杂活，无空闲时间。因此，那时做媳妇的还有一首《十忙歌》，也是很形象地说出了当时上海农村姑娘出嫁做了媳妇之后的情景。

老上海媳妇《十忙》歌

在封建社会里，女人要出头总归是比较难的，虽然我前一篇文章里讲到了“廿年媳妇廿年婆，再过廿年做太婆”，但毕竟这还是在比较正常的大家庭里的情况，也有受到百般折磨而出事体的。可是，在正常家庭里要熬廿年，那也是很不容易的，于是有了下面这首媳妇一年四季忙到头的《十忙》歌谣：

一忙忙，青铜镜子照梳妆；
二忙忙，早起开门地扫光；
三忙忙，婆婆房里送茶汤；
四忙忙，满床儿女着衣裳；
五忙忙，柴米油盐管厨房；
六忙忙，丈夫出门拎衣裳；
七忙忙，端正男儿进学堂；
八忙忙，姑娘小叔汏衣裳；
九忙忙，男长女大配成双；
十忙忙，交代门头后辈当。

当然，这些情况基本都是在包办婚姻的年代里，后来开放了文明婚姻，自由恋爱，男女相对平等一些了，于是上述那些情况也有所改变了。不过，千年习俗的影响，至今还在有些地方、有的人身上有反映。现在人晓得一点过去的事体也是有参考意义的，毕竟这也是历史嘛。

老虎灶

在老上海人的生活里，“老虎灶”曾经是生活中的一个重要元素，一般人大概都需要它，包括像老上海里的一些有铜钿的小康人家。

“老虎灶”，并不是真有老虎在灶头旁，而是指一个大大的烧水灶头，像个老虎那样趴在那里。石库门弄堂里，一些狭窄的门面里砌出的一个烧水的大灶头。灶头上的前面是一个高又圆的木桶，是专用来储存烧开的热水的。木桶向外的一面，一般会装有二至四个放开水的龙头。龙头的出水口，总是用纱布围起来，一是可以让开水直接放入盛热水的容器里，因为来买开水的人带来的盛水器皿，各不相同，有锅子，有热水瓶等等，高低和开口都不一样；二是不会外溅烫伤买水人。迭块围住龙头的纱布时间长了，就会泛黄或铁锈色，于是过一段时间，老虎灶的老板就会换一块新纱布。

有的人家在自己的家门口划出一条狭长的地块，砌出一个烧水卖水的大灶，也就成为“熟水店——老虎灶”了。店面稍宽一些的，也会在老虎灶旁边放几个八仙桌、几条长凳，于是又成了小茶馆，也会有勿少人坐在老虎灶旁，来一壶茶，几个朋友喝茶聊天谈山海经。我当时住在市中心的一个石库门弄堂里，迭个石库门弄堂蛮大的，有总弄堂可以开汽车进去，两边连着分弄堂，也有一两千户人家吧。在迭个石库门弄堂里，一南一北，就有两个卖开水的老虎灶。到了冬天，家里煤球炉烧开水不方便，用水量又多了，除了喝的水，还有泡汤壶子捂被窝的，迭个辰光，老虎灶门口常要排队买热水。迭个“买热水”，老上海人讲是“泡开水”去，所以这个“泡”字在上海方言里，还有“买”的意思。就像老上海人去油酱店里买酱油、菜油等，勿讲“买”，而说“拷”，去“拷酱油”“拷菜油”等。

公私合营时，大多数老虎灶合并成“组”或“块”。后来到了“文化大革命”时期，老虎灶只有极少数还生存着。我当时住的石库门弄堂里，先是南面一家老虎灶歇业了，又过几年，北面一家老虎灶也关门了。夜里再要去泡点热水，就要到马路对面的一个石库门弄堂里的老虎灶上泡了。当时的大上海少有煤气，绝大多数是煤球炉煤饼炉，夜里一般就封炉子或歇火了，没有开水了，只好外出去“泡开水”。屋里有小人老人的，那就更需要热水汏脚揩面，小人捂热牛奶等都离不开热水。

迭个老虎灶的名称还是有来历的。据说旧时有个庙里的烧火和尚，俗姓傅。后来和村里一个相好私奔出来，跑到江南，开了一爿熟水店，兼小茶馆，所以称为“老傅灶”，后来说成了“老虎灶”，这样也就叫开了。不过也有一个日本人在一本《支拿风俗》中说迭个熟水店的烧水灶头像个蹲着的老虎，所以叫“老虎灶”。旧时老虎灶在春节时，还会贴上“灶形原类虎，水势宛喷龙”的春联等，可能这也是“老虎灶”的名称来源之一了。

上海在20世纪90年代以后，逐渐普及煤气等能源，煤球炉子变古董了，老虎灶更是没了生意，于是差不多都关门歇业了。不过，在郊区集镇一些地方，还有茶馆店带老虎灶的门面。曾听说，上海有新开的茶室（现在不叫茶馆店），迭个茶室里，也做一个老虎灶作样子，充作艺术点缀或怀旧了。

洋人办“老上海展览会”

1935年春，上海通志馆编纂出版了第一本《上海年鉴》，以煌煌二百万字的篇幅记述了上海的历史和现状，开研究上海历史的先河。这一年，上海通社编撰出版了汇集上海六百年来的重要掌故、著述、秘本等的《上海掌故丛书》第一集。到了这一年的冬天，法磊士夫人在当时的万国艺术剧院主办了“老上海展览会”，将西方人记录老上海的文史资料和图片、实物等，展示了八天，以至于人们把1935年称为“上海历史年”。

法磊士夫人的本名是陶拉斯·李·弗兰克琳（Dallas Lee Franklin），她举办老上海展览会的宗旨就是要把这些精心收集来的旧时的记录、旧图片、旧物件等等，通过展示陈列，让大家都知道现在的东方大都市上海的发展历程，同时了解保存历史文献资料的重要性。

这个老上海展览会的许多展品都是从工部局、怡和洋行，还有从白侠客和考辛尼亚两人（Mwssrs. S. B. Bosack and I. S. Coushnia）那里借来的。尤其是白先生和考先生的藏品都是靠自己的能力，用心收集来的，有很丰富的文献收藏。但是，这次老上海展览会的陈列展品，也仅仅是他们藏品的百分之一而已。但浓郁的上海地方历史氛围，生动而鲜明的上海历史发展的历程，已然对观众产生了深刻的影响。

上海公共租界工部局收藏的行政档案和其他历史档案很多。这次工部局也慷慨选择了一些重要的档案借给展览会展示陈列，其中有许多在今天已成为非常珍贵的历史文献了。

老上海展览会年代最早的展览陈列品是1854年即清咸丰四年的文物。展览会里还有1832年的上海法租界地图，但是经考证，证明其实这是1882年绘制的地图，只是因为年代久远，地图有些风化，第二个“8”字被虫或其他因素破坏了，误以为是“3”了，写成了“1832年”。其实，上海开辟为通商口岸是在1843年，1849年才有法租界，所以把那张法租界地图传为“1832年”是一个错误。

老上海展览会的地址选在圆明园路55号上海女青年会的四楼万国艺术剧院（International Arts Theatre，I.A.T.）的大厅里举行，展览会分为七个部分，层次分明，这在当时的上海是很有历史意义的重要事件，影响很大。现在的上海已经有了上海历史博物馆，其规模和展品，已经远非那个时候可比的了。但是，在那个历史条件里，老上海历史展览还是有其特色的。

上海弄堂口的“混混聚”

这个上海弄堂口的“混混聚”，不是贬义词，而是一个历史的存在。这个弄堂口，也只有上海的老式石库门街坊的弄堂口，才会有海派文化积淀的形式之一的“混混聚”，其他形式的街坊、聚集处基本没有。所以，这是一个海派市民文化的景象。

在上海，石库门房子是海派建筑民居的一大特色，和北京的四合院一样名扬天下。当然，从历史的角度而言，北京的四合院的资格要比上海的石库门老得多，因为上海石库门房子是近现代中外民居建筑结合的产物。石库门建筑的一大特点，就是一块一块的建筑群组成一个大的聚集街坊，取名往往以地名或以吉祥词为名，比如桃源坊、祥德里、淮海坊、鸿兴里、德兴里，等等。比较新一点的新式里弄，还有叫“村”或“邨”的，如四明邨等。这个“邨”实是“村”的异体字。这些建筑群的一个特点就是有一条主要弄堂穿插而过建筑群，再往两边辐射出一条条支弄，支弄和支弄相同，都是走九十度的直角，四通八达联系到街坊中的各家各户。靠着街坊边沿的，一般是沿马路的房子，底下往往是店铺面，也有住家的。而这沿马路的一排房子的两头，有的还在中间，开有一个出口，可以通到交通要道或马路上，这些街面房子门前都是人行道。

就是这个弄堂口连接的人行道这个巴掌大的地方，常常会成为一些“混混聚”的宝地，而且一旦聚的人多了，就形成一个似乎固定聚会的场所，聚会时间也有个大致的定数,这其中也会自然形成一二位好像“领头”的主要骨干人物。

这弄堂口的“混混聚”，也就是不固定的张三、李四、王二、小六子等的认得或不认得的人凑合在一作堆，天南海北地闲聊，谁的口才好，信息多，嘴皮子会翻会吹会说，天上地下，世界五大洲，东家长西家短的，上只角、下只角地卖弄，显得神通广大路子粗，时间长了这个人就自然成了神聊的核心人物，赢得大家的敬重。由于大家相聚都无功利性，只是闲来无事，自发走到一起神聊的，来而聚，聚而散，无定时，混混辰光（打发时间）罢了，所以称为“混混聚”。上海滑稽戏中有一个《路灯下的宝贝》，反映了上海弄堂口的“混混聚”的辰光日脚。

十几年、二十几年前，上海人的住房之紧张为全国之最，甚至一间二十平方米的住房，中间用块布挂起来隔一下，会有兄弟三人做结婚房间，我有个住在马当路的朋友就是这样结婚的。有不少上海人的后代就在这样的“猿人堆”里出生，并且长大了，成才了。

天气热的时候，石库门里的住户就拿个小凳小椅子，或者夹一个小席子到马路上人行道上。尤其是弄堂口，通风好，是个乘凉的好位置。泡杯茶出来，带把芭蕉扇；派头好些，弄把折扇摇摇；有个摇椅躺躺的，已经让人羡慕了。至于拉一根电线出来，弄个电风扇吹吹，那极少见。

有的弄堂口，还有修皮鞋摊、卖大饼油条摊、豆浆粢饭摊等。聊得夜深了，弄一碗吃吃，那时就是神仙日脚了，还是有点派头的。还有人在路灯下打牌，牌输了就吵架，骂山门，弄得马路边的街面房子里的人睡不着觉，于是就跑出来骂人，这也就是上海石库门弄堂口的独特风景、海派小市民特色。

由于大家是因业余文化生活的匮乏，出来找个地方“吹牛皮”，反正火车不是推的，牛皮不是吹的，谁能吹，就是一种本事。现在有什么“海派清口”出来，它的产生基础也就是上海弄堂口的“混混聚”。因为每天都有新的吹牛题目，有时一个晚上会有不少个吹牛摆噱头的话题，年长时久倒也真的出了不少口才好、接口令好的人物，上海说独角戏的演员有不少是在这样弄堂口的“混混聚”中寻到灵感，找到脚本和生活素材的。

这样的“混混聚”，大家来去自由，大都是本弄堂里的人，有时也会有外里弄来的、路过的加入一起的，或者当听众的。甚至有的互相并不认识，相处时间长了，会互相打招呼“相识”。大家是走到一起混混吹吹的，不需预先打招呼买票，如天上浮云，来去无形。

现在，上海的老石库门房子拆得所剩无几了，住房也大为改善了，拿把小凳小椅子出来乘凉的也很少了，这个海派市民文化形式的“混混聚”也很少见了。不过，在六七十年代，这样的“混混聚”，形成了新时代的海派文化的基础，有许多电影、电视剧中的情节就是来自这样的市民生活的。“混混聚”在那个年代，也是上海市民生活中不可或缺的一个不花钱的文化聚会之处啊！

上海人一度很“作孽”，用上海话就是蛮苦的。不过，那时上海人交给中央财政的钱却比全国的四分之一还多啊！这些贡献蛮大的上海人，很多的业余文化时段就是在这样的“混混聚”中度过的。不容易呐！

西方北美的历练

XIFANG BEIMEIDE LILIAN

平凡中显倔秀

夫人小记

我太太属于貌不惊人，语不惊人，在芸芸众生中不大会引起他人注意的小女人。可以说，她平生之财运、官运也没显示，是极普通的平民百姓，也从不与人争什么名和利，若无人把话去激怒她，再好相处也没有了。吃苦耐劳，乐于助人，热诚待人，凡事善于动脑想出快又好的办法，而且不保守，肯教人，为他人、为家庭、为丈夫孩子，愿意牺牲自己的利益，具有尊老爱幼等等中华女性之美德。不过，这些平凡之事往往不为他人注意。但是，我佩服她一旦做一件事就非常勤奋专注、刻苦认真的精神，同时有毅力、韧劲、智慧，因此最后总能取得好成绩。

我们这一代经历过“文化大革命”，停学在家，她也是读到初中开始就停课了。可是，二十年不读书了，她还是在忙完家务之后钻研数理化，以每门90分以上的优秀成绩拿下了财经大学成人学院的会计专业证书，这令我很是佩服。说实在的，我读书是得过且过，虽然坚持不辍，读了那么多年的书，成绩总是一般般，不像我太太那样成绩优异，令人瞩目。

我是钻研书画的，别看我太太不学书法，可是她的一手钢笔字，却令大学毕业的儿子汗颜，令不少来我家的朋友称道。所以，我的书画作品，太太是第一欣赏者，而且一旦评论，常有精到之处，令有的朋友也说妙。在章法上、用笔上，少言寡语的太太，冷不防指着作品说几句，时有高见。她似乎有无师自通的本事，常常令我称奇。

为了省钱，太太在温哥华自学中国烹饪技艺，每次回国，总要买十几种有关书籍带回来研究，凡有喜欢的菜肴菜系和点心，都会仔细研究，然后亲自动手试做，三四年下来，她的烹饪手艺大进，甚至超出了温哥华的一些中餐馆水平，让我们直说：“Very good！”觉得真有口福哦。

来到加拿大，语言不通成为一大障碍，我也把出门视为畏途，外文路名，乘公交车又没有报站，外面又是英语天下，旁边的乘客几乎都是说英语，有的亚洲人脸孔，却也是“香蕉人”，不会中文的。可是，我太太自有办法应对，不知她怎么摸索的，反正她现在乘公交车上班已不成问题了，而她以前从没读过英语。但我至今仍把出门当成大事，必须事先准备好才敢出门。有时还要儿子陪着走一遭呢。

一次，在一个教室里看到十几个孩子在唱歌，边唱边用手做着各种动作。我还以为是配合什么动作的表演，可是我太太一看就说这是模仿聋哑人的说话手势。歌唱完了，一位老师出来说话，果然是用聋哑人的手语来表明献出他们的爱。我当时就大为赞叹，我就没看出来嘛。

到了加拿大，一切要从苦和累做起，从零开始。我常常有所抱怨，后悔来加拿大。可是，我太太却成为我们的思想开导者，成为我和儿子的激励者，这就是中华女子的美德。中国人的勤劳聪慧和不怕吃苦的精神，应该就是从母系社会传承下来的吧。大概也是这个缘故，我太太脾气倔强，有时甚至自作主张，很顽固，难以改变，甚至让人觉得难以理解，不可理喻。没办法啊，家里谁让她是老大啦。太太虽然勤劳能干、聪慧，但如果把她惹毛了，那么“河东狮吼”也是很厉害的哦！

不尽长江滚滚流，光阴逝去不再来。现在，我和儿子好像是跟着我太太一定要干出一点名堂来似的，没有退路了，而不是跟着我。因为，我太太把我们逼到背水一战的地步，大家全力往前走，开拓一片新天空。希望在努力之中啊！这次如果翻身了，我太太的功莫大焉！这巢氏的宗谱要改写咯！

城市电视台记者家中采访儿子

作为移民加拿大的无钱少钱的华人，初始阶段的那种艰难和煎熬是局外人难以体会的。儿子初到加拿大，经过一两个月的磨合、接触，很快明白了生存才是硬道理，竟然能够立马改掉在上海时的懒散习气，到处找合适的工作，一两年里，什么重活脏活都去干过，至今令父母感到欣慰感动。没有儿子不怕苦不怕累不怕脏不怕重活的生存精神，我们一家三口早就打道回府了。更重要的，也是最使我感到欣然的是，儿子在社会这个大学里，通过和各种人士打交道，竟然大大提高了英语口语能力，有时看他和老外说话时，那种流利的口语，几乎不信他在第一次登陆过海关时，会把一万元说成一元。实践出才干啊，我儿子非常有自知之明，知道我这个老爸的资产家底微薄，无法什么都不干，先供他去上大学再深造，他只有先到西方这个社会大学中去学、去做，才可生存下去。虽然，由于各种原因，儿子还不是最努力的，养不教，父之过也，我也无奈，但尽力了。但我相信在这里加拿大大学本科毕业的学生，在具体生活中的英语交流能力也未必能够胜过我儿子。比如，有一次，他安装监控的一家独立屋给蟊贼光顾了，屋主忘了监控器的密码，打不开，警察无法察看监控录像，主人的女儿毕业于名牌 UBC 大学，也说不清，可是我儿子和现场调查的警察对答如流，就说这一点吧，儿子也可以算不虚度北美的这几年了。

后来，儿子在这个“社会大学”里找到了接近他国内大学专业的工作，设计安装保安监控装置和监控录像，设计安装家庭演播室，修电脑装电视机等等，先在一个小公司里跟着师傅做，后来小公司调整缩小了，他就自己去注册一个自雇小公司，类似国内的独资公司，自己开着工程车满街走，和一个原来的同事合作干，我儿子自己设计的公司广告车身招贴画，也成为几个同行模仿照搬的样板，我儿子很慷慨，谁想要这个车身招贴画，他就免费相助，帮助重印奉送。现在，大温地区至少有四辆这样的车身广告车行驶在大街小巷，俨然是一个很有规模的监控安装公司。

我儿子从未做过生意，而在这里，为了生存，他不但要学做接生意，还要对这行业的技术精益求精，要和三六九等人物打交道，包括洋人和政府部门，也学会了受顾客的无名气。他甚至一天内会去做四份工作，太阳初升时出门，月亮升起时回家。看着儿子不怕苦和累，不分日夜地连续工作，他妈妈很是心疼、但也很无奈，只好尽可能的给儿子做点他喜欢吃的饭菜，为他的休息创造一些条件。

时间长了，客户多了，关系多了，生意便比开始时多了，生活渐趋稳定，在这样的情况下，加拿大城市电视台介绍移民奋斗拼搏的专栏节目《新枫采》主持人找到了我儿子，要他介绍移民加拿大近六七年来的创业生涯和经历。那天上午，电视台一行三人扛着摄像机，去了儿子正在工作的工地，下午，来到家里，实拍儿子家庭环境和工作起居的现状，忙了三四个小时才离去，主持人埃尔伯特先生在采访完了之后，参观了我家，看了我的书画，他对我儿子评价很高，说他勤学苦练，善于适应这个社会的生存之道，精益求精，短短两年能达到这样的境界，非常不易，今后一定还会做得更好，更成功。

我对儿子说，电视台这样采访播出，今后对你在大温地区扩大知名度、发展客户很有好处，你应该把这个视为自己新的起点，总结经验，做得更好。

中国人素有养儿防老的传统观念，即使在今日社会保障条件进步了的情况下，还是有此观念。根深蒂固啊！我亦然。

儿子来到加拿大，面对生活的重担，毅然去寻找工作，几乎最苦的活，他都能去干。而他在上海时是连一块手帕也不洗的。

现在，我儿子不但干蓝领，替客户设计安装监控录像设备，设计安装卫星电视接收器，为了供房贷款和一家人生活得和美，他也去做一些挣钱不太多的活，或者有点累有点脏的临时工作。拿我儿子的话来说，爸妈都上了点年纪了，我年轻有技术有力气，我不干谁干？现在能挣的钱，你不做就有别人去做了。可谓任劳任怨无怨言。有时一早开车出门干到午夜才回家。我和太太心疼儿子，可也无奈，只好帮儿子把别的事给做了，以减轻儿子的负担。可儿子怎么说？他对他妈说：你从早到晚也很辛苦，我没什么，睡一觉就恢复了。

近来儿子在好几件事上做的很出色，好几位朋友多次向我们夸奖我们的儿子，说他很有绅士风度，为人翩翩有礼，谦和礼让，做事认真有耐心，而且乐意助人，有经济头脑，有远见，特别是能够吃苦耐劳，很是敬业。我们听了感到高兴，还是鞭策儿子，勉励他要再接再厉，不断努力，争取更多的成功。儿子高山能攀登，深海峡谷敢探之，这应该是可造之才也！祈祷菩萨保佑他。

父母几乎都望子女成龙成凤，但未必是当了大款老板、大领导或大腕明星才算成功成才了，能够养活自己，孝顺父母，养好子女，能够懂孝悌尊长幼，有社会责任心，尽心做好自己的事，能关心爱护他人，也是成才成功的表现，也是成功人士啊！更何况，当大老板、大领导还是要有机会契机和贵人相助，未必都是自己的真本事，没必要骄傲自大，自大一点会变犬。我想，这个社会中绝大多数的，就是像我儿子那样的平凡的成功人士吧！

平凡显真情实意啊！不虚伪。

Good luck，my son!

中国历来提倡孝道，历朝历代甚至打出“以孝治天下”的治国口号。虽然，各朝各代都会有不孝之子出现，可是，毕竟还是以孝子居多，《二十四孝》的故事是很多炎黄子孙都知道的故事。

在家里，也要提倡孝道，而且长辈们需要以身作则，身体力行于孝道，贯彻落实于生活之中。长辈做样子给小辈看，小辈方能懂得对长辈行孝道。

不过，我儿子对父母行孝道却是有点夸张的。母亲喜欢哪一款鞋，他就两种颜色各买一双。我喜欢吃咸蛋，有一次，他在肖普斯道大超市看到有中国上海来的咸蛋，他就一下子买了两大箱，里面有咸蛋贰佰几十个。他对他妈说，反正咸蛋不会坏，老爸喜欢，就多买一些，让他天天有咸蛋吃；又有一次，我看到一侧消息说，吃无糖巧克力对心血管病高血压失眠等有好处，他在一个大超市里看到有买，于是一下子就买两大盒，一百多块 30 克的无糖黑巧克力。这下子，我即使每天吃半块，也要吃半年多呐。儿子知道我喜欢吃南瓜子花生，一次在大超市里买来十包大花生，每包 2 公斤；南瓜子买散装的，一称就是五六斤。还有其他的事呢，儿子他妈说，这是儿子对老爸的一片孝心，尽孝心啊。

可是，说实在的这份孝心有点夸张了，我即使喜欢吃，每天吃，也不行啊！一下子吃很多也不行，这些食物对人体有益，可是多吃了，或集中某日吃太多也不成。尤其是那咸蛋，过了保质期，咸得发苦，扔掉不舍得，于是就每天和鲜鸡蛋搭配，炖鸡蛋羹，肉饼子炖蛋等，全家都吃，这才较快的把贰佰几十个大咸蛋逐渐吃掉了。

子女买好东西给长辈吃，图个解馋消遣很不错，只是一下子买太多了，吃不了，变质了，也是很可惜的。于是，我对儿子说，买吃的，还是适可而止，反正也是经常可以买到的。不过，我对儿子的这份心意还是很记在心里的。对于儿子的事，我的能力可行的，一律给予支持，助他办到。因此，儿子私下对他妈说，没有老爸的支持，他的许多事也办不了啊。

儿子和我在加拿大体现上海速度。从登陆加拿大，我除去中间回国筹办一个个人书画展等事宜，一年还不到；可是，作为新移民，在举目无亲、语言不通的北美努力着，在一年多时间里，我们已可以说：阿拉能够开始向更高的层次努力啦。这充分体现着上海人的聪明努力，自强不息精神以及上海速度，甚至可以说一年等于十年的历程呐！

儿子从最苦的工作干起，我去看过现场，觉得这简直不是人干的活，在比房子还高的垃圾山中掏挖出值钱的废品以及金属，然后由老板运到专门回收点去卖掉。每天回家，除了眼睛牙齿是白的，其余都是黑的，但是工资几乎是最低的。和我儿子一起干活的是一个“黑”身份的中国留学生，可我儿子是绿卡身份，有工卡的啊。可是，没办法，新移民找工作难呐！儿子发了一百多份简历，太太也到多家超市去填过应聘表格，我也看到有关招聘信息就寄信发电邮，甚至叫儿子开车送我上门去送简历，可是，都是泥牛入海无回音。这多少让我们有过失望，甚至后悔来加拿大。好不容易在某些场合认识个别人，说给我们介绍工作，但是碰了几次不是骗子，就是敷衍。虽没有骗去钱财现金，可是那么些日子折腾下来，费力费饭钱费车费，这对于用 7 比 1 的人民币换来的加币消费而言，倒还真有点支撑不住啊！毕竟我们带来的加币极有限啊。

儿子不负父母指望，终于凭自己的专业找到了合适的技术工作，同时，他又找到了其他工作，父母帮着一起做。尤其是我的太太在十分辛苦的大统华超市公司工作，下班后还要帮儿子去做，但是我们也看到了生活的希望，我和儿子甚为感动。

到了加拿大的第二年，我应大温哥华中华文化中心之邀，举办了在加拿大个人展“三个最”的书法艺术展。2008 年 1 月，我应大温哥华的中信中心展览厅之邀，又举办了个人书画艺术作品展，两次个人展个性鲜明，使我成为温哥华的知名人士。这里的报纸甚至这样说：“巢氏书法弘扬大温地区。”同时，我也有了教外国人学中国画的一个小工作，全家的生活开始稳定下来，家里可以考虑下一步的打算了。

当然，由于我们经济基础薄弱，许多方面还是要精打细算，所以，我们全家继续在努力。尤其是我儿子更需再接再厉，提高每小时工作的含金量，更上一层楼呐。因为，这世界是他的，这创业的责任重担在他肩上啊！

民风淳朴的老外邻居

儿子选择了以好学校为邻的区域搬家了，刚搬到那里的第二天，门外竟然有敲门声，开门一看：一个陌生的中年老外妇女手牵着一个五六岁的金发男孩，小孩捧着一盆花，脸上洋溢着笑容，友善地看着我。我还以为他们在找人呢。元元说他们是对面的老邻居，是来向我们这个新来的邻居道贺联络感情的，这盆花是送给我们的。

老外邻居这么客气热情，这太出乎我意料了！我们刚搬来，连行李也没打开，也无法送东西向他们致谢。情急之中，我拿起了桌上的一包咖啡糖塞到小男孩的手里。

第二天，右对面的老外邻居也送来了一盒甜点，欢迎我们搬到这里和他们作邻居；又过了两天，左边的老外邻居送来了一个大甜包，还是夫妇两人一起登门来欢迎我们到这里安家。同一日，隔壁的台湾邻居也给我们送了一个陶釉彩的大青梨，非常水灵，很有装饰性。左邻右舍都给我们送了礼物，而我们由于里外在忙，家里又没有整理好，乱七八糟，多日还没有来得及还礼，不过，心里老记挂着这件事，怕失礼于邻居。我想送从上海带来的皮带给老外邻居，可是儿子说不行，皮带在这里属于贵重礼物，送出去会让他们心里不安的，还是“礼轻情谊重”为好。这样，我也不知如何是好了。终于，还是夫人想到了，包一些中国江南特色的粽子，送给邻居们，这样，他们不会认为“礼重”了吧。

在我们现在住的这个地方，治安很好，夜不闭户也无妨，至于贼偷之类的事还没有听说过。虽然平时大家似乎都是鸡犬之声相闻，老死不相往来的样子，但是，一旦谁有事，那种相助的热情仍是很令人感动的。

我在北美教中国书画的经历

中国书画艺术无疑是这个世界上最悠久而博大精深的东方艺术。作为从小喜爱中国文化和中国书画的我，以为自己有了几十年的中国书画文化的积淀，也出版了四十几种书，以艺术家身份来到北美教授中国书画艺术，既可谋生，也可体现自身价值，并达到弘扬中国书画文化的初衷是很好的选择。可是，语言交流的障碍首先就把我挡在弘扬中国艺术的门外。加上早到这里的香港台湾移民，其中也有一直致力于弘扬中国书画艺术的，他们离开故土甚久，虽然在我们看来艺术造诣不怎样，可是能在这文化沙漠中开荒播种，拓展中国文化艺术的绿地，这本身就是一件非凡的工作。因为在这个异乡他国的土地上，首先必须解决吃住睡行的基本问题，才有可能去谈什么弘扬精神文化的事业，不然，皆是空论。所以，这些喜爱中华书画文化的老移民们基本已占领了文化艺术课堂，如温哥华大中华文化中心、华人教会的中信中心、华人协会活动会所等，而且有了一定的社会基础，那里的负责人也只认他们。因此，我自信过头了。我拿着中国教育部的大学教师资格证，教师证上注明我的“高等教育艺术学”教师资格，这是我出国的前两年去上海市教委报名，参加首批社会人士教师资格考试后得到的，我以为凭自己的能力和资格，找一个中国书画教师工作应该没问题的。我还把自己的大学教师资格证的复印件和大学的恩师徐中玉教授、黄霖教授的推荐信，加上自己的小传，以及曾在华东师大和复旦大学教书法的学院推荐证明，一起寄给当地最有名的卑诗大学亚洲文化研究所和其他与中文教育有关的机构。徐中玉和黄霖这两位老师都是当今中文研究领域中扛鼎的著名学者，世界上凡是研究中文教育的人莫不知之，我对找个教师席位充满期待。可是，四个多月的努力毫无结果。

虽然我没有灰心，可是全家三个人一直没有收入，总是吃老本，时间长了会发生经济问题。为了站住脚跟，继续发展，我儿子和太太也开始四处找工作，我又去报纸上刊登招生广告，终于开始有了两个来学书法的台湾学生。为了省钱，我也没去借租教学场所，就在家里上课。可是，初到加拿大时，租的公寓房仅为一室一厅，不宽敞，家具也很简单，没有艺术教育的氛围，加上教书画的收费问题上，我是高不成，低不就，所以来了几次也不来了，于是又是一阵冷寂。后又来了一位中国香港老移民学生钟小姐，她二十几岁背个包来到加拿大已三十年了，虽然年过半百，但是一直酷爱中国书画艺术，在艰苦的生存中一直想学中国书法，她看到报上介绍，又看到我在大温哥华中华文化中心举办个人书法展的报道，于是设法找到了我。这位钟小姐，不但学习刻苦认真，而且很有创意，三年之后，她已积累了七十余幅书画作品，筹办个人书画展了。

由于有了信任，钟小姐介绍我去温哥华最大的洋人社区学校教中国画和书法，她在这里生活了二三十年，关系多，英语又好，约好时间，她带我去和老外负责人见面，经过面试，老外又看了我带去的多本书画著作，他同意我在他们的学校开设中国书画艺术课，每周一次，两个半小时，55 元加币的工资，也就是 22 元／小时，这在当地也算较高工资了。一般劳动力的活，每小时只有 8.5 元至 10 元，最低工资为 8 元／小时。这样，我也算有了北美的第一份工作，有了北美工作经验的开始。因为在北美，老板都很重视雇员的工作经验，特别重视北美的工作经验，甚至成为了录用与否的砝码。我们全家人都没有北美工作经验，但是，从那时都开始有了。还有一个北美的实际问题是，这里找工作，有关系介绍非常重要。只靠找广告去应聘，除非那个职位是没有人选，不然，发应聘信都是白搭，这个问题大概各国都有吧。

面对老外，教很专业的中国书画艺术，对我这个外语仅有一点点的中国书画艺术工作者而言，确实是一件需要硬着头皮上的事。好在班级里有一个大学的退休教师，她是台湾来的老移民，英语好，普通话也棒，实在不行，就请她帮助翻译几句。只是，专业的中国书画语言词汇，很多在英语中难以找到对应的词句，于是只好用肢体语言形象地表现出来，或者当场用笔或色彩在宣纸上表现作画的过程，一遍不行，就两遍，好在学生理解力甚高，每次教一幅画，学生都能临摹加自己的创意，发挥很好。尤其是一位英国女子，她毕业于英国的美术专科学校，她的母亲和外婆也是学美术的，可谓三代画家，她所作的国画，会加入西洋画的用色方法，每每有奇异之处，我看了也佩服，觉得中西画的技法确实可以融合交汇的。只是，学艺术虽然崇高，但是要靠此谋生度日，过上好日子，却也不是很多人可以做到的，这位跟我学中国画的女画家坦诚地说：“我、我母亲、我的外婆都是专业画家，可是却不能靠画画为生，还要靠丈夫来吃饭。画画难以为生。”我听了这番话，感慨良多，中外书画艺术家其实大多数是不能靠手里的艺术来谋生的啊。书画作品在进入市场卖出好价钱之前，主要还是美目赏心、醒脑提神养性之精神艺术产物罢了。

因为可以用来和学生交流的英语词汇太少，我每次备课时，都会把一些关键词汇通过查词典，写在一边备用，可是有的专业词汇在英语里也找不到相对应的，只好用肢体动作和现场用笔用色来示范，在课堂里，我用的最多的词句是“Like this!”意思是：“像我这样来做。”跟我学画的老外中，一位意大利移民、一位美国移民和两位台湾移民学得不错，两年多来，她们都有了几十幅画作，甚至也想联合办个画展了。

在我的书画学生中，学得最好、最有创意的还是钟小姐，她是一位虔诚的基督徒，由于她是香港居民，加拿大又认可双重国籍，所以，钟小姐每年在温哥华和香港各住半年，很是悠闲，她的画也是在两个城市画的，其中最有韵味的是她的宗教画，虽是基督徒的意境，却也充满了禅意，很有中国文人画的韵味。她去年就装裱了八十幅书画作品，准备在今年秋冬时举办个人书画展。这也是我在海外教中国书画的成果之一。

唱赞美歌

临摹王羲之《兰亭集序》

钟小姐的书画作品

在我的学生里，也有不少小朋友，其中最引人注目的是一个金发小老外，他酷爱冰球运动，但是在他的妈妈教育下，也喜欢中国书法，这个小老外跟我学书法一年多，很有长进。有一年新春，还和我一起登台表演当场挥毫，博得很多掌声。其他小朋友在参加大温哥华一些侨团协会组织的书画比赛中也曾得过二等奖等奖项，不过，这些小孩只是今年春夏之际才来跟我学书画，基础还是不稳的，必须继续努力。

在西方，在北美，虽然以前听到过不少神话，说某某人办学教书画发财了，还买了大豪斯（HOUSE 别墅，这里称为独立屋），可是我到加拿大这些年，就是没有碰到过，却知道有不少一度名气蛮响的中文学校消失了，一些学生很多的教书画的先生们回流了，连在大温哥华中华文化中心这样老牌子的中国书画教学场所，学生也零零落落的，教师只能苦熬等待新学生来报名。我曾应邀参与了大温哥华两个颇有实力的侨团筹办的一个艺术文化学校工作，我还被封了“艺术教学总监”的头衔，印好了彩色名片，教室都粉饰布置好了，我还作了一些书法国画作品布置教室，招生广告也登报了，新闻发布会也开了，雄心勃勃的样子，忙了几个月，就是没有学生，最后不了了之，现在那两个教室已灰尘蒙顶，空着。至于我们付出的劳动，那也就白费劲啦。所以，再有人吹嘘什么“神话”，我即使不驳斥，也只当是痴人说梦话。一个国家的文化艺术想要在另一个语言文化完全不相同的国家里做点弘扬的事，那也只是对于本民族的移民同胞而言；至于其他，至多是极少人的客串兴趣而已。至于生根开花，那只是想当然的故事。

这些年来，我已先后在北美这块洋人土地上举办过三次个人书画展，所有的华文报纸、电台电视台也多次介绍或专版介绍过，可谓有名声了，也算这里的知名书画家了，有的学生就是慕名而来学书画的。可是，即使这里华人移民众多，如要想把中国书画作品卖个好价，几乎不太可能，因为在这里的移民们挣钱不容易，要拿出一笔钱来买书画作品，甚难，至多是二三百元，除非是在某种捐助性质的义卖会上，因为捐钱可以拿到抵税的收据，可以用在每年初的报税抵税中，一举两得的好事，其他少有可能。我可以把自己的作品标个像样的价钱，可是能否卖出又是一回事了。所以，我很清楚，自己要想靠这门中国书画艺术在这里解决吃住行的问题，还是很有距离的，我在这里教中国书画，普及书画理论常识，只是挣点茶水钱罢了。在这个事上我不敢说“明天更美好”，只希望每天能过好，明天比今天好。

西进还是有别于北漂

我在隐私之外，一般的文字都是实话实说，力争以情感增强阅读性，何况我是说自己的感受，不会有侵犯他人隐私之虞。所以，即兴所言，虽然也常常会挂一漏万，不过，有机会时还是要润色修正的。前些日子，我写了《我在北美教中国书画的经历》，都是我这几年来的酸甜苦辣的人生新阅历，也就是记叙写实吧。我几乎是无保守的记录了这几年来的经历和感受，希望这些文字能成为一段真实的历史。真实，才有参考的价值。

一般而言，出来的人都要挑好的来说，怕说真话丢了颜面，给人小瞧了。其实，真实的才感人呢！我在加拿大曾碰到过一位中央音乐学院的教授，据说还是刘欢的老师之一，他也很实在，除了教几个学生的声乐，自己也找了一个超市的工作。有餐馆老板对我说，在他们这里打工洗碗的，有教授，有博士，不稀奇的。因为在这里，基本生活费还是要努力保证和维持的，不然就要打道回府了，白来一趟了。站稳脚跟之前的拼搏努力还是很重要的。搞艺术的，最终目标是出好作品，作品卖个好价，可以有持续发展力，继续研究创作；在暂时做不到的前提下，教学生，坚持高标准原则是一回事，维持生存条件，继续研究创作是另一回事，可是，对自己的艺术作品坚守自己劳动的价值，也是艺术家的自尊自爱，对自己多年努力的自信。如果有人要以低廉的价格来抢市场，那也是他的事，以低价进入市场，那么他就永远只好在低价中徘徊了。一般而言，这种急躁的心态都是发生在对艺术无深入研究、没有下过苦功、拜过名师的或者无系统学习研究过艺术的艺术票友之中，毕竟进入市场，能抢到的都是“麦奶”（Money）啊，可以换面包牛奶的啊。只是，这对艺术市场和艺术教育市场的冲击是很大的，造成不小的混乱，误人子弟的后果严重。因为有的人想学书画艺术，不求教学方法是否对路，是否科学系统，只要便宜就好，能混混就行。

我作为西进的艺术家移民、中国高等教育艺术学专业教师，能在西方北美经受一下磨练，考察一下西方文化，在弘扬自己本国的中华艺术中，如我的同学沈嘉禄所说的“为国争光”的同时，吸取西方文化艺术中有益的东西，对自己的中国传统书画文化艺术创作还是很有益的，而且不再是道听途说之人啦，是自身的真实体验，这本身就是一大收获。这种收获，可能是“北漂”难以比拟的。“北漂”中也只是极少数艺术家得以冒出头角，而西进，远渡重洋，去异国他乡的艺术中体验真实，这是一种难得的生活之宝，有可能对艺术创作带来不可估量的影响，这是“北漂”难以做到的。在书本上看的，和去生活中寻觅得到的，完全是两种感受啊。

中国的过大年和西方圣诞节

中国的过大年、西方圣诞节，都是一年中最盛大的欢乐节日。

中国的过大年可谓历史悠久，已有数千年历史了。据说，可以追溯到六七千年前的炎帝黄帝时代。西方的圣诞节是基督教纪念耶稣诞生的节日，多数教会规定以 12 月 25 日是圣诞节，24 日夜视为“平安夜”“圣诞夜”。后逐渐成为一年中最盛大的节日。中国的过大年，从腊月节、祭灶，直至正月十五元宵节以后，都是过年的气氛。

我在西方住了七八年，对于中国的过大年、西方圣诞节，有以下一些感想：

其一、中国的过大年，在历史上传说是我们的祖先要驱赶“年”——这个每年在寒冬将去、暖春将临之时出来伤害人畜的凶恶怪兽，同时祈求祖宗神灵保佑。大家利用“年”害怕响声和红光的弱点，用放鞭炮、点燃火堆等来吓走“年”之后，便聚在一起互相庆贺赶走“年”，同时举行各种喜庆娱乐活动以示庆贺，以后形成了过“年”的传统。因此，中国的过大年，从其形成之初就是和祭神祭祖宗相关联的。在公历（西历）传入我国之前，我国一般以夏历，即农历来记四季变化，这适合于以农业为主的经济社会。农历的岁首第一天就成为元旦，现在称为“春节”。我们的过大年还是以农历来推算的，所以，每年的春节日子都是不同的。

但是，也有专家指出，在中国历史上，“春节”并不是农历岁首这一天，而是二十四节气之一的“立春”。秦汉以来一直如此，只是清朝被民国取代之后，改换公历，春节也改为农历（夏历）正月初一。由于立春也在正月初，以正月初一为春节的提法得到了民众的认同，逐渐形成今日的春节。在农业为主的社会中，一年之计在于春，这个春节也有四季转换的意义，因此，围绕春节展开的风俗活动都有迎春的主题。

再看西方的圣诞节，虽然在其诞生之初带有宗教色彩，可是，圣诞老人慈祥可亲的形象，圣诞老人给孩子送藏在袜子里的礼物，受到了各个阶层的民众欢迎，圣诞节也成了全民的欢乐节，带有深刻的人性化和社会化特点。在圣诞节期间，人们装饰圣诞树，树上挂着各种花彩和礼品；那个穿红衣服的白胡子圣诞老人，给百姓带来了欢乐吉祥和喜庆。人们感到圣诞老人就在身边，是可以见到并交流的慈祥可爱的长者。甚至有邮局设立了圣诞老人信箱，以圣诞老人的名义，给那些写信给圣诞老人的孩子们回信，受到了极大的欢迎。

其二、西方圣诞节之所以人情味重，受到妇幼老少的喜爱，主要是有一位慈祥可亲的圣诞老人。如果，我们的过大年也请出一位可亲可爱又慈祥的老公公、年爷爷，那么也可以增加许多欢乐的内容。

中国的过大年是从腊月初八即腊八节、十二月二十四的祭灶，一直到新年正月十五的元宵节。腊八节是辞旧迎新贺新岁的开始。这些辞旧迎新的活动包括喝腊八粥、祭灶老爷、扫尘、拜年、畅饮欢宴、放爆竹烟花，等等。由于传统中国社会以农业经济为主，这些活动和农事紧密相关，农村的迎新春活动气氛比城镇更为浓厚。但是，从腊八到元宵的迎新春活动中，却少了一位具体的、可以贯穿主题的人物形象，活动虽多，却显得不够连贯、紧凑。在西方的迎圣诞活动中，始终有一位慈祥可亲的圣诞老人，还有天使童女伴随，这就让活动有了具体连贯的主题和主人公。在任何活动中，只有一个主题，而缺少其中的领军人物，那么这个活动可能就会缺少感染力。我们中国人的过大年需要有一位可以贯穿辞旧迎新活动的人物形象，而在中国过年风俗里，最受欢迎的莫过于财神爷爷。

正月初五是财神的生日。传统习俗中，初五凌晨子时，万家爆竹争鸣以迎财神。初五也叫“破五”，破五的目的就是“送穷”，搞一次大扫除，把垃圾“穷土”倒掉。在这些日子里，有的地方还有丐帮的“跳财神”活动，人们举着财神像或大元宝，也有化妆成财神的，敲锣打鼓沿街走，到富裕人家或富商门前祝新年发财，被祝贺的人家免不了要给红包或散一些小钱打发走人。旧时出版的《点石斋画报》对“跳财神”活动有很生动的描绘。

中国人的财神爷形象也逐渐受到外国人的欣赏和欢迎。在国外，外国人也会说上一句：“恭喜发财！”因此，以财神爷爷作为“新年公公”“新春老人”，无疑是最为民众所接受的。

其三、中国的过大年、西方圣诞节，都在一个月之前就有人制造节日气氛了。在西方，有些家庭在一个月前就已在家里门外张挂起了彩灯或圣诞树，商场也开始布置圣诞彩饰，有的还开始了 24 小时营业。这在晚上难觅商店的温哥华或北美，都是一件好事，多了许多的方便。但是，西方人过圣诞节，再怎样制造节日氛围，内容却远比中国简单，没有中国人过大年那么多讲究。

中国的过大年是在腊月初八的“腊祭”开始的，为了过好这一年一度的节日，人们开始准备过年的各色食品（年货）。在农村，尤其是在南方，许多人家还做年糕。而在北方，过年吃饺子，成为节令风俗。还有就是要做新衣服。在《白毛女》中，杨白劳即使再穷，也去买了一根红头绳给喜儿扎上，象征穿

了新衣服过大年。我也记得童年时代，长辈在过大年之前，必然会给我们小辈做新衣服、新鞋帽等，在除夕吃年夜饭时才可以穿，或者在大年初一起床后穿。在正月初一早晨，小辈们穿着新衣服去给长辈拜年。我记得在我家的后客厅，这时张挂起画有祖先像和牌位的中堂立轴，我们随着爷爷奶奶一起向祖先磕头之后，按辈分大小就坐，由爷爷动筷之后，大家才可以进餐，很有过年气氛的，这也说明过年是从祭神祭祖先开始的。

除夕那天，人们会挂出红灯笼，门上贴门神和大红春联。

除夕和初一，都会有人放爆竹送旧岁迎新年。见到四邻朋友亲戚等，都要恭贺新春新年，说吉祥话，说得最多的就是："新春快乐，恭喜发财！"以后，到了初五凌晨接财神放爆竹，再到十五元宵节，闹花灯吃元宵，年俗活动远比西方圣诞节要丰富。假如过大年系列活动是因缺少一位"新春爷爷"而显得不够连贯、紧凑，那么，以迎财神为中心来展开过大年的辞旧迎新活动，一定会比西方圣诞节更为丰富多彩。因为我们过大年的历史更久，文化内涵更丰富。

中西退烧文化

中国的中医治疗风寒感冒发烧的方法，大多是采用驱风散寒、发汗逐邪等辨证施治的治疗法。中医认为，感冒属于以风邪为主的四时不正之气或挟时疫所引起的一种外感性疾病，临床上以发热、恶痛、头痛、浑身酸痛、鼻塞、流鼻涕、打喷嚏和咳嗽等为主要特征，一年四季皆是发病季节，尤其以冬春寒冷季节为多见病。又因为，人体体质和环境等差异，感冒也有偏寒、偏热的差异，因此，中医按其辨证施治的原理，在症候上分成伤风、风寒感冒和流行性感冒等症状，其病因，六淫外袭，以风为主。“风为百病之长”，风邪侵袭，常和其他症状相携。而以兼挟寒热之邪为多，或挟时疫之气。当身体虚弱、卫气不固或气候变化、寒热失常之时尤其易生病。

因此，中医治疗风寒感冒常用辛辣药性的中药或食疗法，如喝姜汤、艾灸热针、烧酒刮痧以及服用可以发热出汗的中药。有个食疗偏方葱粥，只需葱白5根连须，白大米60克，食盐少许为调味，趁热喝下出汗了，感冒也就好了或减轻了。小时候，我记得感冒时，祖母或母亲，会让我服红糖姜茶，喝下后盖被子捂住全身，等出汗了，感冒也好了。

而在西方，伤风感冒发热，除非体温超出40℃，医生才会给你退热药，一般除了要你多喝水，还是多喝水，哪怕是婴儿幼童，都是这样“诊治”。可是看一次医生的预约或排队，就会是一整天，甚至一二周，如果高烧超过40℃以上，医生会给你安排躺在冰床上，吃冰棍，用冰块搽身，冰袋捂住额头等，以物理降温手段为主。40℃以上，婴幼儿病人才会得到医生配给的退热药，有炎症才会给一点消炎类的药。

可是，我清楚地记得小时候有一次发高烧，退烧了，嘴馋，天又热，于是吃了一根棒冰，一下子，高烧热度又上去了，达到39.8℃，又躺在床上了。

中医从内治源，西医从外治源。两者差异竟然如此之大。孰是孰非啊？

中西比较之后，我总觉得看医生，还是中国的大城市方便。

在温哥华中央图书馆办个人书画展

在北美著名的大图书馆——温哥华中央图书馆里举办我的中国书画艺术展览，在布展基本完成后的第一个感受就是自豪：我终于把中华文化中的国粹——中国书法和中国画艺术的炎黄大旗插进了西洋文化的重地，为在海外弘扬中华文化和中国书画艺术迈出了自己的重要的一大步。虽然自己也已经在海外举办了多次展览，可是，这一次是真正在西方文化浓郁的温哥华中央图书馆中举办中国书画展。

凡是民族的，才是世界的，我始终铭记这个格言。我的中国书画艺术的形式和技法必须是最传统的、中国式的，具体创作中可以有继承和创新，功力也会有深浅之别，但是，真正的民族文化艺术是不可本末倒置的，不然，画虎不成反类犬，那也是一种难以言表的感受。因为，遵循千年的传统，即使由于功力不足，尚未到火候，毕竟那还是中国艺术，就好像老外学中国功夫，即使一招一式还很嫩，但谁也不能否认这个老外是在练中国功夫。所以，继承传统很重要，不然，贻笑大方也是难为情的。

在温哥华中央图书馆底楼的展览厅，四周挂满了我的书画作品，老外们驻足观看，一幅幅都是正宗的中国式锦绫宣纸装裱的中国书画作品，连展览会标，我也是用一幅四尺中堂立轴用中英文书写而成，再盖上多枚中国印章，其本身就是一种地道的中国文化，更不要说那些我倾心倾力创作的中国书法和国画作品了。

作为一个中国书画家，我为此自豪！中国书法艺术已经被联合国列为人类非物质文化遗产代表作名录了。我这次中国书画展也是对联合国决议的一次呼应吧！也真希望通过这个中国书画展，和一些老外艺术家建立起交流关系，毕竟弘扬中国文化才是长久之计。

大丈夫坐不改姓

中国人是很重视祖宗的。延续祖姓，也就是祖宗的一脉香火后继有人，血脉不断，而且祖宗墓地风水据说也会直接影响子孙后代的兴旺发达。因此子孙们是很重视给先人长辈的下葬看风水选择墓地，有的人在世时就为自己选好了墓地作为长眠之处。

在中国古代、近代，都有人为了泄恨，把仇家的祖坟掀翻、挖掉，甚至鞭尸，目的就是想断了仇家这一姓氏的祖脉风水，让他们的子孙旺不起来。其心恶毒矣。伍子胥就因为这遭后人非议。

在现在的城市、农村里，也有为了孩子跟谁的姓而上法院的事，有为了让孩子跟女方的姓，女方娘家贴大把的钱，或者提出许多优惠条件“招女婿”。

中国古代说“不孝有三，无后为大”，把生育子女，尤其是儿子，作为继承祖宗血脉的头等大事。

但不知为什么，不少中华子女移居到国外之后，却改用了洋人的姓氏。原本认识的，碰到之后，却不知如何称呼好了。

而我到洋人的学校学英语，洋人老师要我取个洋名，说方便称呼。我说大丈夫行不更名，坐不改姓，不起洋名，如果为了称呼方便，那就像国内那样称名不道姓吧。于是，我巢伟民在学校里就称“WeiMin”（伟民）了。

中国古代忌讳直呼其姓，只称名，不呼姓，以示尊重，如今洋老师称我“伟民”，却是在恢复中国古代礼仪了。

越是民族的越是世界的。在姓氏上也同样如此。

温哥华的社团和免费报纸

今天的加拿大，华人人口据说已达到三百万，几乎占了加拿大人口的十分之一，中文也成为加拿大的第二大语言。华人最多的城市是温哥华，其次是多伦多和满地可。人多了气旺，于是各种华人侨团社团和华文报纸也很多。

据说在大温哥华地区，华人社团竟然达四百余个，当然，会员多少各有不同，甚至也有社团只有几个会员的。有的社团似乎人数较多，成立比较早，有二三十年就是老侨团了。可是其中的会员很多是和其他社团交叉“感染”的，一个人会是好几个、甚至十几个社团的会员。这样，某某社团号称有多少会员的事，也就是很有水分的事了。

许多的社团也就是成立时挂一个“名牌”罢了，至于想做点什么事，那还是需要有空余时间和加币来操办的，不然还是动弹不得。所以，这里有人说“社团就如派对处，是一个有钱有时间人玩的工具”。这里要成立一个协会社团是一个很容易的事，只要有五六个人签名认可，写个章程，登记一下，交上数百元注册费，就可以拿到协会成立的批准文件和执照了，都是政府部门发的，一点不假的。协会会长没有国内那样的“级别”，大家无非可以借一个平台开展一些活动而已。但是，有的人还当真了，内部搞不团结，甚至分裂，自己再去另立一个山头，都是曾经碰到和听说过的事。

按加拿大的规矩，协会应该是“非牟利”团体，如有收入来源，比如赞助、会费、政府对立项活动的拨款等，都是要有帐可查的，包括用途。据说有的同乡会的会长，在国内有大生意，于是，这个协会的活动也多，活动搞多了，社会影响也大些。只是，这样的社团是极少数。至于一些没钱的协会社团，就靠会长的面子和关系来搞点活动经费，组织一些活动罢了。

社团就是一个派对俱乐部，不少社团都制有自己的横幅和大旗，外出活动搞派对时，也是很有点气势的。外出派对，大多也是每人自带一个菜，或再交几元钱，协会负责买点奖品饮料小礼品等，作为开奖助兴之用。也会组织一些人唱歌跳舞、表演节目，甚至把当地政府要员和使领馆的领事请来助兴，提高声望。每次到了选举时期，那些平时没空的省市国会议员候选人就会成为这些社团协会聚会的积极分子，而且每次都会毫不推辞地上去演说一番，目的就在于拉选票，为自己当选加油加码。

对于新移民，为了尽快融入社会圈子，参加一些社团协会活动还是有帮助的，就好像有的新移民被介绍去教会参加宗教活动一样，都是为了生活得更好一些而去找机会找人缘的。只是这样的“缘分”在这个大家都想找的小圈子里去找，往往数年碰不上一个，甚至是缘木求鱼，何其之难矣！所以，心态很重要。抱着玩玩的心态最好，这样，既不至于觉得上当受骗，也不会觉得太失望而误了其他事情。世上万事皆随缘吧！只是也不要总希望天上会掉个馅饼下来，毕竟买彩票中大奖的也只是偶尔的事。不过，在大温哥华地区也是有一些社团的活动是很有意义的，甚至很实用的，他会帮你解决移民加拿大之后的一些生活上和找工作等问题，比如那个“中侨”就是，我也曾得到过他们的帮助。不过，要想在加拿大立住脚，稳定下来，关键还要靠自己的语言和技术能力，想要做一个自己的生意，那么还要有资金起步。不然还是很困难的，需要慢慢地熬过去，等待老天爷的恩赐。至于我这个国家级的中国书法家、画家和艺术理论家，想要靠中国书画艺术来谋生，在这个西方社会里，还是很难很难的。我迄今没有碰到过一个可以完全靠中国书画艺术谋生，解决自己生活大事——租房、开车、水电煤和吃饭的。或者只能解决一部分，其他还要做点其他生意或工作来弥补。书画艺术还只是以养性修身的文化功能为主。

至于加拿大的一些免费报纸，差不多就是一个靠印报纸、拉广告赚钱的小公司。在这里，想要办个报纸也很容易，花钱登记注册一下，弄个报刊号就可以自己去开印了。至于怎么生存下去，那是自己的事，没有宣传部和政府来管你。当然，如果报纸总挑一些敏感的事来骂政要和政府，还是会有点麻烦的。不过这里的自办免费报纸主要目标是为拉广告挣钱谋生而办报，基本不会去抨击政府找麻烦，即使“讲政治”，那也是随大流的应景政治，没有自己的独特见解和要论的。尤其是这些免费自办小报，不肯花钱请高人写专稿，文章几乎都是网上免费“偷摘”的稿子，都没有自己的特色，所以张三李四也差不多，因为办报人的目的是借此拉广告赚钱。可是，没有特色的和没有可读性文章的报纸无人要看，广告效应也差。

印报纸，派送报纸，组稿找稿都要靠办报者的能力水平，报纸还要吸引读者看，有社会影响力，才会有人出钱在报纸上登广告，不然没多久也就悄然隐退，不知去向了。到了温哥华数年间，已经看到多种免费报纸不知去向，无踪影了。有的免费报纸虽然也想仰仗国内一些著名晚报的名气，搞个某某晚报的版面，希望增加影响力和阅读群面，只是国外同胞人群主要还是忙忙碌碌为生存大计，为养儿育女大事在忙，对那些身外事关心不是太多，报纸如果缺少可读性，和生活离得太远，或者广告太多，都会成为印刷文字的废纸，成捆扔在地上无人拿。所以即使白送报纸让他人看，没有内容和质量，生存也是不长久的，有了这一期，不知是会有下一期。这里的寿命较长的几个免费报纸都是这里大报的副刊，靠着大报的支持而生存的，如《都市报》是《星岛日报》的衍生物，《明声报》是《明报》的衍生物等等。有的免费报纸办得不错，也会有人看中，把这个报纸连原样买下来，自己来办，那么原先办报的人借此就会赚一笔钱了，这也是一种生财之道。

这里也有不少洋人办的免费派送的报纸，每个市或区至少有一份或多份。只是，这些报纸送到不识外文的移民手里，等于前门送进，后门就扔到垃圾桶里去了，也属于浪费之类。不过，送报人只要完成派送的份数，就算完成，可以拿到相应的报酬。

移民群体中，艺术家之类，或者技术移民，基本是靠自己的本事和能耐，作为人才而被加拿大政府吸纳进来的，总体素质明显要高。这些移民往往也是社团协会里素质较高的会员，在某些方面可以起到提高活动质量的作用。

北美的移民社会也是一个鱼龙混杂的世界，为了生存和发展，谁都要使出浑身的解数，社团协会和免费报纸等也是一个可以使招数的生意平台。

向温哥华图书馆捐书

古人云：人过留名，雁过留声。和儿子一起住在加拿大不列颠哥伦比亚省大温哥华地区的列治文市也有多年了，心里也一直想为这个地区的文化艺术做点微薄之事。去列治文图书馆搞明白了如何向图书馆捐赠自己的著作或藏书的程序，于是，我思考怎样向该公众图书馆捐赠自己的著作。首先是选择自己的著作里有哪几种类型适合向这个西方世界的公众图书馆捐赠。这是以英语和法语为官方语言的西方国家，图书馆也是以英语图书为多，当然，由于华人移民逐渐增多，讲究多元文化的加拿大图书馆也增加了一些中文图书，于是，决定选择自己还有重复的艺术类著作赠之，既可以弘扬中华文化，也容易为这里的东西方读者接受和阅读。经过二三日的选择比较，选了《巢伟民书画艺术册》，这是一本 16 开的精装本书画册，汇聚了我在 1996 年于上海美术馆的个人展的大部分作品和一些其他作品，虽是以前的书画作品，却也代表了我的艺术风格和追求。第二本是我的《百家姓小辞典——个性写意钢笔字帖》，这是我花了近四年的学习和研究考证后的著作，字字句句有来历，只要《百家姓》里有的姓氏，都可以在其中找到出典，同时也是我的钢笔书法的题印本。我认为既然是图快捷便利的钢笔书写，那么用钢笔写字绝对不会再像用毛笔那样特讲究运笔的技巧和笔法，只要书写美观易认即可，要比毛笔书法实用简单。可是在书店里出售的硬笔书法字帖，都是用钢笔来按毛笔那样描摹每个汉字，如此的话，用钢笔书写的快捷性没有了，还不如直接用毛笔来书写，就像古人那样。于是，我一直想出版一本个性写意的钢笔字帖。上海辞书出版社赏识我的书法，支持我出版了这本《百家姓小辞典——个性写意钢笔字帖》。这本书也被世界上很多国家和地区的中文图书馆收藏，加拿大的三联书店唐人街的书店里也有出售。在我出版这本辞典兼钢笔字帖的时候，我还没有见到过哪一位如我这样年纪的人出版了影印的著作，以前也只看到有老前辈大学者的影印著作。因此，这是我一生感到荣耀的幸事。我的手迹——毛笔的、钢笔的，在这个世间都有流传了，我的笔迹世人都知道了。第三本是我的书法教学著作《柳公权〈玄秘塔〉碑临写法》。学书法者，一般都从楷书学起，而楷书除了魏碑、初唐四家，又以唐朝的颜真卿和柳公权两位的楷书为顶峰，迄今无人超越。故学楷书，常从这两位大师的墨迹开始。有句成语叫“颜筋柳骨”，也就是说颜体书法多“筋”，柳体书法多“骨”。初学者需要尽快掌握书法的用笔，尤其是中锋用笔，那么从柳体书法入门，再逐渐转向其他书体，这是最不会走弯路的事了。我编写出版的这本著作，如今的书店里早已不见了，这是 1991 年由上海书店出版社出版的书。在国内外，对于那些初学者，我基本都是用这本书来教学。当然，我还有其他多本书画艺术的著作和教学教材，可是已经没有重复多余了，自己至少也要保存一本留念吧。于是，我拟写了一封英语信，表明捐赠这三本拙作的想法，附在三本捐赠著作之中，送到了列治文公众图书馆。一个月以后，我收到了列治文图书馆负责人签名的回信，感谢我，也希望我继续能为图书馆捐书。想到数年前，我曾向加拿大的 UBC 大学的中文图书馆捐赠过一本拙作《中国书法创作章法手册》，我在加拿大已经留下痕迹啦！

我在出国之前，把我的藏书的一半约五千册图书捐赠给了我的家乡常州市图书馆，也曾向北京的国家图书馆捐赠过十余本拙作，收到馆长的亲笔回信和捐赠证书。这些，都是我的人生轨迹啊！只是个人能力极有限，有许多想做的事也做不起来，只能藏在心里了。

希望在努力之中。

“天狗”多多逸闻

“天狗”多多虽只是一只重六公斤的红贵宾迷你型犬，可是其身材匀称，四腿修长，金褐色狗毛卷曲飘逸，其神威风度，绝对不输给二郎神的哮天犬。多多飞奔时可以四足离地疾飞而行，长耳毛在飞奔时形成箭簇一般，简直就像离弦之箭，一往无前地冲向目标，勇猛无比。

可是，多多在家里是一个胆小鬼，主人一声大喝可以让它吓得不动弹，可

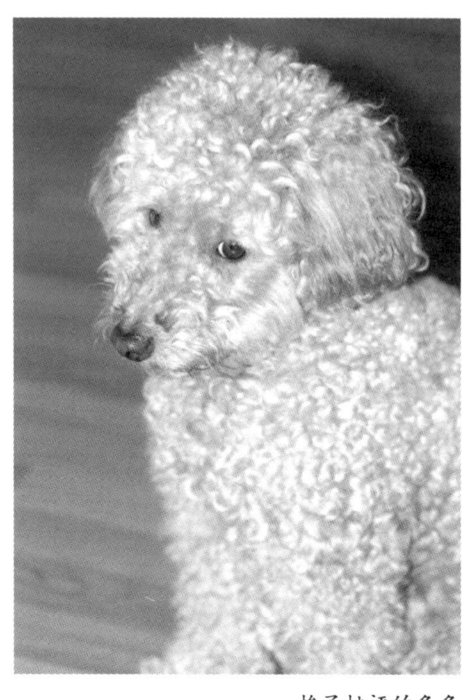
挨了批评的多多

以吓得从楼梯上滚下来，但一出门，见到其他的狗，它就会耳朵竖起，全身金褐色狗毛竖起，双眼炯炯有神，如张飞怒睁豹眼般瞪着对方的狗，不管对方是大型狗还是小型狗，如果遛狗时绳索未拉住，一不小心让多多窜出去，那就无计可施了，叫也叫不住，一眨眼，多多已经把对方扑到在地，还紧紧咬住对方的脖子。为这事，我们曾几次赔医药费给对方的狗主人，或者连连向对方道歉，赶快抱住多多一走了事。有一次，在一个每天带着多多蹓跶的小花园转弯处后面的草地上，忽然会冒出一条大型狗，至少在八九十斤，体重是我们多多的十倍，我想这下惨了，多多要被对方大狗咬死了。不料，这小多多如离弦之箭，一眨眼已扑到对方的背上，一口咬住了这条大狗的脖子，这条大狗吓得直叫汪汪，我也只好冲上去一把抱住多多，拍打它的头，一边再三向对方道歉。对方大狗的主人也傻了：连连说这么小的狗也这么厉害！两条狗的身材体重太悬殊了。可是，我们小狗多多完全战胜了那条大型犬，成为胜利者了。不过，我还是有点后怕，怕那个狗主人找上门来索赔医药费，已经赔过一次啦！在加拿大，狗看病的医药费比人贵得多哪！赔一次就至少一百多加币。为了避免再遇见那条大狗，我遛狗也不再走那条道了。

多多在家，绝对是忠于职守的好狗，门外如有人靠近，第一个报告主人的肯定是多多。多多还会帮着照看婴儿，那时我儿子的两个月大的婴儿醒了，哭了，第一个来报告主人的也是多多。多多还会帮着推摇篮，用舌头舔小孩的脚底，帮主人哄孩子。如果以辈份论，这个狗多多和狗佳佳生的小狗也比我儿子的小孩大，那么对婴儿而言，这个狗多多也至少是“狗爷叔”啦！嘿嘿！自娱自乐涂此文。

春游卡佩兰努吊桥公园

在加拿大，在北美，由于地广人稀，出门少不了汽车，因为许多地方没有公共交通，没车也就没辙了。所以，我每次出门几乎都是大事情，需要事先让儿子安排，择日出行。这次，趁着招待儿子的朋友游览温哥华风景点的机会，我和太太也终于有机会去慕名许久的卡佩兰努吊桥公园（Capilano Suspension Bridge）。据说这是被列入人生必须要去旅游的五十大名胜之一。

这是一个依山谷而建的融自然风光和人工建筑为一体的公园，是大自然的杰作和人类的伟大工程。吊桥虽长，又总在晃动，但是，臂膀粗的钢索和上下严严实实的钢丝如织网似地拦住，底板又铺上了厚实无缝的木板，因此走在晃动的吊桥上，还是觉得很有安全感。由于这一日是加拿大国定假日，天气又佳，所以桥上桥下到处人流如织，但是，由于游客自觉性高，又懂得谦让他人，因此，虽然看不到公园工作人员，也没有警察，四处还是秩序井然，无人推挤喧嚷，遇见最多的是陌生人的微笑。从吊桥的两头看吊桥，另一头几乎只有一条带子宽而已。由于语言的不通，我还没有了解吊桥的具体历史和概况，但是，这吊桥在加拿大、北美是很有名的风景名胜旅游点，我也早已久仰其名的。

不过，这样的吊桥在中国南方各地甚多，著名的泸定河铁索桥就是吊桥，但是，由于四周环境没有此桥秀美，加上当地宣传组织活动力度不足，所以旅游观光者人数似乎不如此桥。

观其桥四周皆峭壁峡谷，耸然而立，桥四周上下皆是参天如云的柏树、杉树，有的需七八人合抱才行。有棵大树前竖着一块木牌，上写着此树树龄已达350年，寿命可达千年。也有奇景，如有棵树一杆耸天，却在数十米高之后分为两棵树，再并立笔直地高上云天，是平生罕见之奇树矣！我称之为夫妻（情人）恩爱并身树。可惜加拿大人不会文学想像，所以没有在树边上竖立牌子来吸引更多的游客伫立观看，浪费了这奇妙佳景。

桥下是著名的费萨河源头，山溪潺潺而下，并且有一块图文并茂的指示牌说明：这是天下美味——著名的三文鱼（学名鲑鱼）回流之地。

伟大的三文鱼母亲到了秋天，奋力洄游，溯江而上，到上游去产卵，不管前面有多少障碍物，逆水而进，也要跳跃过去，继续逆水往上游，体弱的也就是撞死在山壁障碍物上了。这是三文鱼选择进化的英雄壮举。我还没有亲眼看到如此壮举，但是听人说了此事之后，对三文鱼肃然起敬。鱼尚且如此伟大，何况人类呢？优胜劣汰，勇猛前进呐！不过，三文鱼是可以让人大快朵颐的鱼鲜美味，生吃最佳。当有人把三文鱼放上餐桌时，我还是随众，一起品尝英雄的三文鱼的美味，这似乎有点滑稽了。

游吊桥公园已过去多日了，但是，关于吊桥，关于三文鱼的故事，还是萦绕在我脑海中。

奋勇搏击溯源的三文鱼

加拿大不列颠哥伦比亚省盛产的三文鱼是享誉世界的，可是三文鱼的那种奋力搏击、逆水溯源上游、万里洄游到出生地产卵的伟大而感人的舍生取优精神，却未必是世人皆知的。

有一年，在三文鱼回流产卵的季节，在儿子的提议下，某个周六上午，儿子开车三个多小时，带我们到著名的菲沙河源头威化溪观看三文鱼洄游到源头溪水中待产卵的壮举。

不是人类的介入，这威化溪就是在深山峻岭的山谷中，山谷陡峭，怪石耸立，溪边草木茂盛。在这水流湍急的山溪中，三文鱼硬是千方百计地逆水而上，冲向前方，遇到隘口或有溪水落差的瀑布处，就在瀑布面下洄游蓄劲待发，一有可能，就奋力一跃，跃上更高一层的水面，于是又奋力向前搏浪击水而进。如果一跃跳错方向而落到岸上，那么挣扎不到水中，就只有干涸而死；跳到隘口卡住了，那也只有束手待毙。也有好不容易跳上去了，可是由于体力不济，又给湍急的溪水冲下来了。我们去的那天还不是三文鱼洄游的高峰期，虽蹦跳飞跃的三文鱼不少，但还是未形成群鱼争跃的壮观场景，可是我们已经感受到三文鱼为了优生下一代奋力搏击、永不言败的进取精神。我们许多人也没有三文鱼这种为了实现目标、舍生取优、千山万水难阻挡、死生全在九霄云外的进取精神啊，细想来真的很感动。我们在品尝三文鱼的美味时，也应该细细回味三文鱼的伟大牺牲精神噢！

1965年，在威化溪源头，加拿大渔业部门建设了一条2932米的人工产卵水道，仿造真实的溪水山石环境，柏树成荫、稳定的流水和清洁的碎石给三文鱼提供了最佳产卵繁殖的场所，三文鱼（红鲑）的产量达到了1965年前200倍以上。

细鳞鲑和大马哈鲑的鱼苗向下游迁徙至菲沙河口，开始了海水里的生活，细鳞鲑两年后洄游，大马哈鲑大多在三年后才洄游产卵；红鲑鱼苗则顺威化溪向下游去，经过莫里斯湖到夏理逊河，然后逆水而上游到夏理逊湖，在那里生养一年后，第二年开春，银色的未成年红鲑鱼顺流游出，到大海里再生活两年后，由于基因使然，长到四岁的成鱼就自然而然奋力搏击数万里洄游到上游威化溪产卵，每尾雌三文鱼，此时由于要产卵，身子已变成斑斓红色，远观似中国的锦鲤鱼，花团锦簇。雌鱼在一条较大的雄鱼陪伴下用尾鳍开始挖掘产卵小坑，然后下卵到小坑里，雄鲑同时射出一团云雾状的精液，黄色的鱼卵在缓缓降落到碎石间的同时受精了。接着雌鲑再挖下一个坑，重复前一个步骤，直到完全排完鱼卵。产卵完成后，鲑鱼就会逐渐死去。所以在源头，不断有管理员来收集死鱼，把它们埋在威化溪上游的岸边，让它们为它们的子孙后代祈祷祝福。

回家的路上，脑海里还是不断地涌现出三文鱼奋勇搏击跃过一个个障碍，逆水冲下来，兜几圈，转身又奋勇向前冲刺前进的感人情景。做人要学这种顽强进取精神呐！死也不足惜。

列治文，大温哥华地区最宜居城区

列治文是大温哥华地区国际机场所在地，也有港口码头。这一地区曾多次被评为世界上最适宜居住城区。看温哥华建市 125 周年的历史，看大温哥华城区的变化发展历史，日益美丽的温哥华城区有无数靓丽的名胜景点，到处都是宝石一般的湖泊，映照着戴着皑皑白雪帽子的崇山峻岭，映照着五彩缤纷的城市景象，在风中猎猎响的高高飘扬在海与河之清新晨风中的红色的枫叶旗，在阳光映照下更是一番北美好风光。而 Salish Sea & Fraser River 的河海风光，形成了大温哥华的列治文地区特有的一道风景线，而在这河海之间的一个 Sea Island 海岛上，正是大温哥华地区的温哥华国际机场，这个国际机场，把大温哥华和世界各地紧密的联系起来了，每天有数百航次的飞机从世界各地飞来温哥华，又从温哥华飞往世界各地，来来往往的世界各国的人群，把大温哥华变成了一个世界大都市，成为世界级的国际游客的旅游城市。而这个担当温哥华成为世界城市的国际机场就在列治文市区临海靠河的地方，因此，列治文是大温哥华地区的通往世界的窗口和通天的航道。

列治文还有大温哥华地区历史最悠久的渔人码头，也是一个著名风景点，那里的加拿大特产如新鲜的三文鱼、吞拿鱼、鲜虾等等，历来是大温哥华地区的人们最爱的鱼鲜。每逢双休日，渔人码头都是人山人海，摩肩接踵，伴随着码头上熙熙攘攘的渔船桅杆上的渔旗在海风中唰啦啦的飘舞声、海潮海浪声，还真是别有一番北美情趣。高兴了，也可和几个朋友租一条渔船，自己出海钓鱼去。

如是要出海游，也可以在列治文海边的国际游船码头登船出海，直通北美和世界各地。所以，列治文是一个大温地区最有现代和近代城区特色的旅游城区，海陆空交通很是方便。

自从列治文开通了天车加拿大快车线，列治文市成为加拿大线天车的始发站，从列治文去温哥华市的市中心也成了快捷便利的事，一路上穿行于温哥华的中轴线上，和大温哥华各处的交通也组成了一个四通八达的交通网络。作为从喧闹的拥挤的大城市来的移民而言，列治文是一个各类生活软硬件齐全的城区，无所不有，却又是一个在人气旺盛之下的安谧的城区，这可以让居住者享有真正的生活乐趣，可热闹，也可安宁；既有现代城市风貌，又有田园风景的情趣；既可以做陶渊明、竹林七贤；也可做曹植、司马相如。

说到旅游，那么吃喝住也是非常重要的大事，一顿没吃好，没睡好，整个旅程就不爽快。可是在列治文有数千家融集了天下美食的饭店酒楼宾馆，尤其是中国各地美食料理更是琳琅满目，美不胜收，足可以让各路食客大饱口福。

许多大温地区的美食家们常在休闲时专程驱车到列治文的饭店酒楼，品尝心仪的美食。大温哥华地区绝大多数是丘陵地带，甚至许多马路都是上下如登山下坡，有的坡度也很陡。如遇上大雪天，那个陡峭的马路坡度可以让你的车子刹不住地往下滑，很容易出事，或者撞到行道树上，开上人行道，冲进路边人家的屋子里等，这种险景在大雪天时常见到。可是在列治文这块大温地区唯一的冲积陆地平原地区，就没有这样的惊险、危险和风险，即使是大雪天，只要你的车辆是四驱的，驾驶技术也熟练，那还是可以出行自如的，只是车速需要减慢。

自从日本仙台福岛地区地震海啸之后，又引起了福岛核电厂的核泄漏事故，引起了世界各地莫名的恐慌，世界末日好像真要来临了。列治文虽临靠海边，外海却有温哥华岛作为强大的保护屏障，在温哥华岛外的海上发生的地震海啸想要波及列治文地区，首先就通不过温哥华岛；其次，列治文的沿海早就筑就了足以抗击百年一遇的海潮大浪的大坝，这道足够高度的防线也是牢不可破的屏障；其三，列治文的大陆平原地带是由成千上万年的海河沙冲积而成，按照沙漏的科学原理，凡是有空隙的地带缝隙，都会被海河冲积的沙泥逐渐填没塞满，是一块最安全的后生成的陆地，从地层形成原理层而言，成千上万年也不会有变化，是个令人安心的地层。如遇上大地震，即使是震中区，平原地带也最多是地面开裂一条缝，可是山岭地区遇上地震，那才险象众生，除了山地开裂，还会造山岭断裂，山地滑坡，整个山岭上的建筑和生物植物都会随之下陷甚至埋没，成为化石标本，这是远比在平原陆地更危险的情景。

因此，在人类最适宜居住的大温哥华地区，列治文城区无疑又是其中最适宜人类安居的城区，也是最安全、生活最惬意的城区，就因为列治文城区是最安全的由千万年的海河沙冲积形成的稳定的地层。如果你是华人，那么太好了！列治文城区是全北美地区华人最多的城区，几乎占了那里人口的一半。如果你在马路上行走，或在商场里购物，随时可以听到乡音在你耳边响起，似乎就在祖国故乡一般。至于各类商业服务店，几乎都有中文提示，有会讲普通话或粤语的人士来帮你。真是远在万里之外，还真如就在故乡哦。

列治文，是大温哥华地区最具有中华文化影响的城区，也是世界上最适宜居住的、最安全的城市之一，也是正在奔向进一步繁荣的西方城区。

列治文市只是不列颠哥伦比亚省（简称“卑诗省”或“B.C.省”）内大温哥华地区的一个独立市。大温哥华地区共有温哥华市、列治文市、本拿比市、

著名的大温哥华列治文渔人码头景色

西温哥华市、北温哥华市、新西敏市、兰里市、素里市、高贵林市、满地宝市以及三角洲区等。加拿大西岸的温哥华岛上的南端有个维多利亚市，这是卑诗省的省府。

洛基山观感

北美的洛基山肯定是那里最为神秘和变幻莫测的仙境。据说，至少在十万年之前，印第安人就已居住在那里，成为洛基山中的仙人、主人，他们称这连绵起伏的崇山峻岭是“闪耀的山脉”，在这些大山里创造出了多姿多彩独立于世界艺术之林的印第安艺术文化。现在，这些印第安艺术文化已成为北美国家的历史文化艺术的象征。

洛基山的大部分地区还保持着原始的风貌。但是，随着经济的发展，旅游业的发达，洛基山的面貌正在一天又一天地改变着。

行进在洛基山脉的腹地中，只见公路延伸至天际处，一条高速公路就像天上垂下的银白色的彩练，一望无际，却又无法左右环视，因为公路两边都是保护得很好的郁郁葱葱的白桦树或云杉树，只有在经过树丛的低凹处，才可以看见雄伟的洛基山的英姿。有时，树林中会走出这里的老主人——灰熊、黑熊、大角鹿、羚羊、土拨鼠等野生动物，他们不仅在高速公路的两边散步，还会悠闲地漫步在洛基山中原始和现代结合的山道上，而这些，又是游洛基山的观光客十分想看的自然景观。这说明，洛基山的自然保护措施很有效，自然和现代文明和谐统一的成果显著。

在洛基山的深处，不时可以见到一个个湛蓝湛蓝或碧绿碧绿的宝石般的大大小小的湖泊，一个个风格各异的山中小镇，令人惊喜。这些自然景色和人文景观相得益彰，成为洛基山中的奇葩。

虽然已到春夏之交的季节，但是还有许多山披着白大氅，戴着白帽子，只是冰雪挡不住夏天的攻势，正在逐渐化去，成为一道道似乎凝固的冰溪，从山头蔓延垂下到山脚，于是，我们看到了史泰龙拍《第一滴血》的黄金镇、玛丽·莲梦为主角的《大江东去》中急流的弓河和大瀑布。

洛基山既有北美山川的雄峻奇伟和冷寞，也有秀如中国国画中的崇山峻岭，只是很少、很少，其中有两座山号称“国画山”，据说因为极似张大千的一幅山水画而得名。

在洛基山中，一天可以遇见四季的气候，一会儿朗日高照艳阳天，一会却是风雪夹着冰雹袭来，打得汽车的挡风玻璃噼里啪啦响，大雾和雨水迷茫，能见度仅数十米而已。这样变化莫测的气候，也是洛基山气象的一大特点。

洛基山很美，也很寂寞。可是坐落在山中的路易丝古堡大酒店却客房爆满，连旅游团的导游司机也只好睡到外面去了。这个酒店据说原先是英国女王的四公主路易丝下嫁一位加拿大前总理后的住处，早先还通铁路，有照片为证。这个古堡酒店也是英国女王指定的下榻处，酒店中至今还挂着路易丝公主的大幅画像，年轻时还真是个仪态万般的大美人呢。

洛基山中的班福镇更是山中的奇观，这是1883年开放的风景区，那条连贯加拿大的太平洋铁路直通这里。这条太平洋铁路的建成才诞生了今天的加拿大联邦，为了建造这条铁路大动脉，许多中国劳工献出了宝贵的生命。可是，这些开创了最早的加拿大联邦的中国劳工，却一直未被加拿大政府公开承认，连歧视中国劳工的人头税的平反，也是近些年的事，每个劳工后裔得到两万元加币的补偿。但是，是中国劳工造就了今天的加拿大，这是不可否定的历史事实。

在连绵不断的洛基山的深处，竟然还会有一座一百多年历史的既现代化又古朴的小镇——班芙，这里曾是加拿大最著名的太平洋铁路的指挥中心。在班芙镇的干道上，除了穿梭不断的现代汽车，还有一辆专供游览的极为漂亮的雪花马拉的四轮马车，车夫是一位潇洒的中年人。他驾驭马车在大街上奔走的姿势真是如一幅北美的画，很有美感。我连连向他翘起大拇指，说："Very good!"他也很得意地向我招手，一边挥起了马鞭，潇洒一挥："啪！"我拿出相机连拍了数十张雪花马和车夫的照片。这样的人文景观是他处难得一见的。

在班芙镇上的一家宝石店里买北美著名的七彩石，竟然比住宿旅店里的价格便宜五分之一不止，这使我很庆幸，没有在露伊丝湖大酒店里上当啊!

班芙镇不太大，却是什么都有，真是麻雀虽小，五脏皆全。我们在镇上的麦当劳吃了午饭，然后游览了数家感兴趣的百货礼品等商店，感觉好极了。虽然是走马观花，前后的游览不足两小时，不过，我对这个既古老又现代的洛基山中的小镇——班芙，却留下了极其深刻的好印象。

秋游维多利亚

在秋高气爽、风和日丽的日子里，乘兴随旅行社去游了加拿大不列颠哥伦比亚省府维多利亚市。导游说，维多利亚的唐人街是北美最早出现的，只是温哥华市发展起来以后，这温哥华岛上的居民逐渐迁移到温哥华市里去挣钱了，于是岛上开始冷清下来，成为老人的天堂、旅游的地方。这倒好，它的知名度更高啦。

天蓝、水清、花美、人和、建筑古美，是这个城市的特色。虽是北美地区，却因为是英国殖民者开发了这个温哥华岛，所以，岛上到处洋溢着欧洲的风韵。省府大厦，和上海外滩的原汇丰银行（今浦东发展银行大厦）很形似，大概都是英国人、欧洲人设计建造的缘故吧？因此，对于我这个上海人而言，并未感到何种惊讶。只是马路上，那美女驾驶着漂亮的仿古马车，令人联想到了18世纪的欧洲。

在那里，我驻足时间最长的是印第安人的手工艺品的摊位，有不少件艺术品让我流连忘返，有位赤露双臂、并有文身的印第安男子的雕刻作品还真是够水准的呐，他摆摊和雕刻两不误啊。

维多利亚市的The Butchant Gardens，华人导游称之为“布查特花园”，这是一个由废弃的矿山改造而成的巧夺天工的人文与自然相结合的杰作。布种了各色奇异花草，是典型的欧美风格花园，也有他国风格的花园间杂其中，因此风格多样，目不暇接。当然和典雅精致的中国园林也大不相同，是不同的历史文化园林。但是，这是加拿大的一景，很多去加拿大旅游的中国人成为宝丽花园的嘉宾，花园里还悬挂着中国五星红旗。

可能还不到深秋，我想看的枫叶红火的景象还没有出现；我还会去找，因为我想找灵感，启发创作。但是，我已用想像作了构图，借用了维多利亚的古老建筑的内涵在构图。因此，虽然只是短短一日游，我还是有了收获，看成果吧。

温哥华街上充满妙韵的灿烂樱花

温哥华的樱花又盛开了。有不少的街从头至尾都是灿烂阳光般的鲜艳樱花，令人赞叹不已。

樱花树先是开满灿烂的樱花，花开满之后，花瓣逐渐萎谢，树下便铺开了一层灿烂的樱花地毯，当樱花零落成泥之后，樱花树爆满了嫩叶，碧绿似青春蓬勃，直至秋天逐渐落叶，周而复始。

樱花成街、成片，这是温哥华樱花的特色，这和在日本看樱花有所不同，在日本看樱花，大都是在一些区域中成片成群的爆放；可在温哥华，大小马路街道上几乎随处可见樱花，有的成片成区域，有的就只有一二棵，孤芳自赏也是一种不错的意境啊！

温哥华岛上的布查特花园

在不列颠哥伦比亚省省府所在地维多利亚市，有一个用废弃工厂改建的人工大花园——北美著名的布查特花园（The Butchant Gardens)。这个公园占地达55公顷，是一个集中了世界各地奇花异草的下沉式花园，最初是由珍妮·布查特夫人收集世界各地的名花异草以及灌木、乔木，种植在这块废弃的石灰石矿坑上的。后来，这个花园在不断的扩建中，又增加了日本园、玫瑰园和意大利园，布查特夫妇用意大利语“欢迎”来命名这座花园。

2004年，在布查特花园建园100年时，它被评为“加拿大国家历史遗迹”。现在，每年有超过100万的世界各地的游客来此花园参观访问。

在花园的入口处飘扬着四面

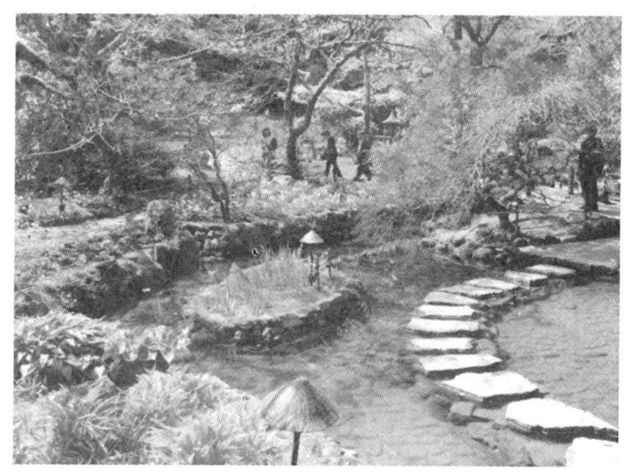

国旗，一面是东道主加拿大的枫叶旗，其中一面是中华人民共和国的五星红旗。这大概是中国来此的游客很多，显示主人的欢迎之情意吧，这只是我的猜想，没有考证。不过，作为中国人而言，看到祖国国旗很亲切。

虽然已是仲春时节，还是春寒料峭，许多花还没有绽放，玫瑰园里的玫瑰刚剪枝，仅开出嫩芽。不过，这是我迄今为止看到的最大的西式花园。

洋人商场里的中国春节气氛

中国的农历春节，现在也逐渐为西方人接受，并且参与恭贺新禧的迎春过大年活动的洋人也每年在增多。在大温哥华地区的著名的洋人大商场——时代广场里的中心位置，不但布置装饰了许多中国的大红灯笼，还有可爱的白兔形象、中国孩童，尤其是那位可敬可爱的财神爷更是在商场的最显眼处，向每一位进商场观光购物的顾客祝愿新年发财、康乐、心想事成。

商场中央还布置了欢乐庆祝中国农历新春的表演舞台，以及乐队演出的座位。迎春节的气氛真的一点不亚于中国国内啊。

在过大年中，财神爷是最受东西方人士欢迎的可爱人物，不论中国人、西方人，男女老少，看到这位中国财神爷，都会忍俊不禁，笑嘻嘻地学着双手抱拳拱拱手，互相祝福："恭喜发财！"因为谁都想把经济条件搞上去的呀！

美国的直销市场

在美国各地，陆续开出了一个个直销市场，所开设商店都是专卖各种著名品牌，这类直销市场远比加拿大多得多。现在，这样的名牌厂商的直销市场也开到了中国，在上海也已经有了。这样的直销市场，由于是产品升级换代的过程中的产品集中销售点，所以受到了喜欢穿戴名牌的人士的喜爱。当然，大名牌的低价直销，让大名牌走近了大众。可是，如要是奢侈品消费，那么，这还只是少数人的事，因为来钱太容易的人才会"只买最贵的"，这是一种炫耀性摆阔消费。这种消费与普通大众、与讲究实在的人无关。

俄勒冈州的一个直销市场 Woodburn Company Stores

我在这个名牌直销市场里，看到了一个很漂亮的豪华厕所，而且是完全免费的。这使我感叹不已！大概也是我见识太少的原因吧。

西雅图水族馆

原本以为在美国西雅图这样的著名大城市里，有世界著名的微软公司、波音客机等公司，因此这个城市里的普及科学知识的水族馆也一定是很现代化有气派的。可是到了那里参观，才发现其外观和内部都是很古老久远的样子。那个水族馆的外貌就似一座古董建筑，和上海的水族馆相比，那真是相差甚远了。不过，等我一一参观完了水族馆的所有展示，又觉得这样的水族馆仿真、实在，虽不豪华，却对各种水族的生态环境作了真实的再现，甚至连三文鱼回流这样的复杂生态环境也能重现在观众面前，使我感到了这个水族馆的科技含量。是啊，不在于设施豪华、气派、场地宽敞、面积多大，而在于内容的普及、生动和准确，西雅图水族馆做到了这一点。

西雅图水族馆建在海湾处，在这个靠山临海的城市里，这也是个风水宝地。好几个展示厅都是借天接海，稍加点缀而成，有一种“生态环境就是这样”的朴实无华感，这和不少展示的水生鱼类动物那样仿真的生存环境一样，就是几

块石头、几块木板组成，可以说是用最少的钱，办成了一个最实在的水族馆。这是既懂科学又会理财的办事人的做事方式。不铺张浪费，把展示的科技内容活生生地再现出来，这才是高明的普及科学艺术的方式。因为对参观者而言，看得懂、看得生动有趣、记得住其中的科学道理就好，并不在乎设施是否豪华和气派。

在美国欣赏郁金香五彩田野

郁金香是一种色彩强烈、艳丽夺目的花。一棵一朵大花色彩独一无二，你想看其他颜色的郁金香，那就只有欣赏另外一个品种。郁金香，在园圃中常被几十棵合于一处，一起开花斗艳，形成一片色彩强烈的美景。我以前看到郁金香最多的一次是在上海的花展上，那成片的不同色彩簇合的一重重、一丛丛的郁金香，确实让人眼睛发亮，看得喜悦，觉得大气，既靓丽，又不显得娇嫩；既姿态高贵，也处世随俗。好像在长风公园的一次花展中吧，那一次的郁金香家族的集中展示，至今让我难以忘怀。

那些布置在花园里、公园中的郁金香花展，虽然花丛聚集甚多，构成了一片郁金香的花湖、花池，可是，我在美国华盛顿州的郁金香节里所看到的美国花农所种的成千上万亩郁金香，那简直就是郁金香花的海洋：这一片，让你极目远眺，都是黄色的郁金香海；那一片，再让你放眼望去，又是一片红色郁金香的海洋。还有，玫瑰红的、白色镶玫瑰色边的、紫色的、绿色的郁金香等等，都是一眼望去连着天际的、接着远山的，似乎天上的白云也在郁金香花的海洋上飘荡、云游，那种极目远眺花海的感受，那种色彩带来的震撼力，真是在城市里、花圃中难以见到的奇景哦。

隐藏于美国大山深处的德国村

在美国，从西雅图驱车近四小时，其中大半时间是奔驰在大山里的高速公路上，直达深山中的Leavenworth，被称为“德国村”的地方。这个德国村，准确的说法是“巴伐利亚村”（Bavarian Village)。据说，这是由一个游牧民族逐渐形成的村落，拓荒者在1853年到达那里的时候，有两千人左右的Wenatchi部落的人数已经只剩三百多人了。眼看Leavenworth要就此没落了，此地居民从阿尔卑诗山的美丽景色中获得灵感，于是有人带头创建了一家瑞士阿尔卑诗风格的旅馆，后来，全体业者也纷纷效法，1965年，大家一致同意“go alpine”，并且正式定为巴伐利亚风（Bavarian theme)，把建筑物都予以重新

装修，他们完全靠自己的能力，没有一点政府资助。终于，形成了今天坐落于美国一个大山中的德国村，并且名闻遐迩，近悦远来，游客络绎不绝。如果是圣诞前后，那里更是张灯结彩，歌舞声乐不断，犹如天上人间。

德国村里有名的以大音乐家莫扎特命名的饭店（Cafe Mozart Restaurant），整天播放着莫扎特的音乐，很是优雅。他们的德国黑啤酒、烤牛排和咸猪手是非常出名的，游客都以尝鲜为快。女主人很是殷勤，几个女招待充满了日耳曼民族风情，值得光顾。

东西书画艺术心迹

DONGXI SHUHUA YISHU XINJI

明朝时期的上海书法名家

在上海的历史上，明朝时曾出现了数位大书法家，其中董其昌是当时以及后来独领风骚的一代大家。董其昌是松江府华亭县（今上海松江）人。除了董其昌之外，这松江府华亭县还出了两位书法翰林学士：沈度、沈粲二兄弟，他们以一手好书法被明成祖征召入朝为翰林学士，而且沈度的书法最得明成祖赏识，因此待遇也最高。

明成祖在位二十二年（1403—1425），年号永乐。明成祖喜欢作文和书法，他四处寻访擅长书法的人才进入朝廷并且从中书舍人中择优选取28人专攻“二王”（王羲之和王献之父子）的书法，还把宫中秘府珍藏的古代名家书法拿出来展示，让众人学习观摩。因此，明成祖时期的“帖学”最为兴盛。

当时，能擅长书法的人很多，除了“二沈”兄弟之外，还有解缙、胡广、梁潜、王琏、滕用亨和陈登诸人。可是、明成祖最喜爱最欣赏沈度的书法，因此，沈度每日在宫内便殿侍候，凡是金版（天子祭告上帝镂刻文辞或铭记大事的金属板）、玉册（皇帝祭天或上尊号时用的册书）、朝廷用的文书等，必定有沈度书写的作品。他婉丽清秀的书法风格太让明成祖喜欢了。而沈度也由此被提升为翰林典史、直讲学士。会写一手好字，在明朝时多么有用。明朝嘉靖年间甚至还有一位上海人张电，字文光，号宾山，连进士、翰林都不是，却凭一手好书法得到嘉靖皇帝的宠爱，最后做到了礼部左侍郎，一生官运亨通。这张电的书法行书学李北海，楷书学“二沈”，一手好字得到当时大书法家，也是上海松江人的礼部尚书陆深的欣赏，带入京城，后来张电的书法又为相国夏言发现，把他的书法作品献给了嘉靖皇帝，于是被召进国史馆，有了发迹的机会。不过，这不是本文所叙内容，容另文叙之了。

沈度的书法在明朝初年的影响很大。他擅长篆书、隶书、楷书、行书和汉隶，可他的楷书最佳，从沈度的《四箴帖》可以看出他的书法广泛吸取了唐人楷书和赵孟頫楷书的精华，形成了自己平稳秀媚的楷书风格，大得明成祖喜欢。但是，沈度的书法过于平稳秀媚，因此显得气势不足，尤其是缺少一种气魄。由于沈度长期供奉在皇帝身边，名重朝野，成了实用书法的楷模，因此明朝的“馆阁体”书法多出于沈氏兄弟。

沈粲是沈度的弟弟，字民望，号简庵。他的书法楷书、行书都很好，特别擅长草书。由于他忠心跟随哥哥，因此他的书法受其兄影响最大。但是，沈粲的书法遒劲秀逸却胜过沈度许多。从沈粲的书法作品《自书御赐五箴》来分析，他的书法当取法宋朝大书家米芾，有一种风流飘逸的韵味，而且笔墨之间有赵孟頫的圆润、宋克的遒劲，所以，沈粲的书法自有其特色。

当时在皇帝的推崇下，大臣们为了拍皇帝的马屁，媚上讨好，形成了一种流行的“馆阁体”，于是中国书法日益走下坡路，就成了庸俗之书。而沈氏兄弟同为朝廷显贵，又互相推崇标榜，为了让沈粲享有专享权，沈度甚至对外不写行草书。于是当时的社会上以学“二沈”的字为一种时尚。

莫是龙的行书

上海历史上的松江地区，著名的书法家层出不穷。明成祖朱棣时期的沈度、沈粲兄弟，是当时独领全国书坛风骚、兴起“帖学”的书法家，尤其是沈度以一手好书法成为明成祖最宠爱的书法家。此外，还有明朝嘉靖皇帝时的陆深（陆文裕）、张电，明成化年间的张弼。也就是说，祝允明也在其下咯。明神宗时期的董其昌（董文敏），更是在中国书画历史上影响深远的书法大家、大画家，其知名度也是上海书法历史名家中最高的。

松江地区的书法名家，还有莫是龙和他的父亲莫如忠，他们都是明朝时期松江书法家群体的代表人物。

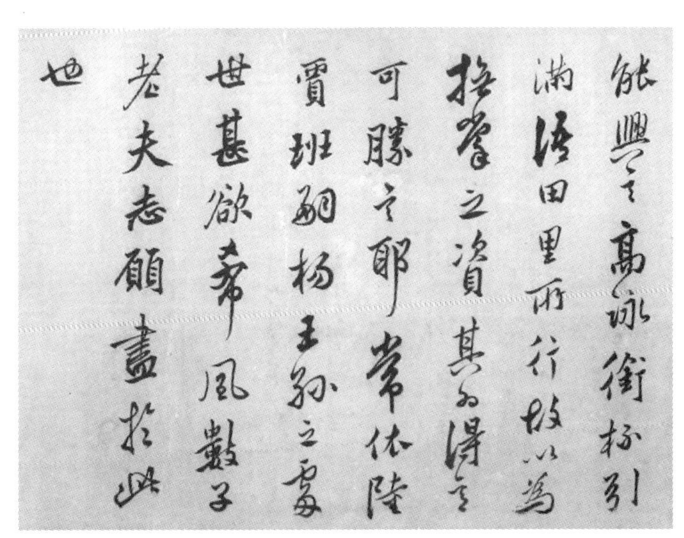

莫是龙《录晋书王羲之与谢万书》（部分）

上海博物馆里藏有一幅莫是龙的行书立轴，纸本，纵 39.7 厘米，横 20.2 厘米。书法内容是一段深刻的诗论和画论，在这幅作品里，莫是龙强调作画在“意”，不强调“形”；强调含蓄内敛，不主张外露张扬，要求形象在于自然流露，不主张脱离形象的直接说白。整幅作品气势如虹，墨气酣畅淋漓，如湍流直泻，结构布局章法自然随势，自成一种奔放沉实俊美的阳刚风格。在书法上，其还与文字内容相适应，行书和草书不时变换，显示了“帖学”书法的书卷气，有儒雅之风。

在书法实践上，莫是龙提倡扎实地学习古人，却也不要拘泥于古人之法。莫是龙曾下大力研究学习过王羲之、王献之的书法，在明朝朱之赤编著的《朱卧庵藏书画目》里，就录有莫是龙临写的二王法帖的行书卷。莫是龙最喜爱宋时大书画家米芾的书法，他曾觅得米芾的亲笔书“云卿”二字，这成为莫是龙形影不离的第一宝贝，一有闲暇即研究米书的笔法，这对于莫是龙的书法长进帮助极大。莫是龙在书法上学习古人，可是他又主张把古人的宝贝变成与自己性情意气相符合的艺术表现手段，开自家的风格。正因为莫是龙在书法艺术上能正确认识抒情述怀和学习古人传统的关系，所以，莫是龙的书法有一种豪逸之气，运笔疾而不燥，有变化而不粘滞，显示了莫是龙在书法上深厚的传统功底。

莫是龙从小就聪明好学勤奋，十岁时已能写诗文。成人后，出色的书法功底曾得到了当时的大学者皇甫汸、王世贞等的赏识，评价很高。莫是龙在书画、诗文和评论上都很有成就，莫是龙的画被评论为“殊有远韵”及“极写意”；他的画论文章也有独到见解。莫是龙从小在虞山长大，他的父亲莫如忠曾是浙江布政使。他未能跻身仕途，始终只是一个贡生。莫是龙的生卒年资料不详，去世时约五十岁左右。

王铎《琅华馆帖》

王铎的《琅华馆帖》是传世的最完好的王铎法帖集，但知之者似乎不太多。

1958 年某日，河南省洛宁县的陈吴公社新寨村的村民在村中张氏旧宅遗址上掘土盖房时，突然发现地下有一层青砖，青砖下面有砖砌方池一个，方池里整齐地排列着汉白玉条石十二方，方石的两边都镌刻着文字，石面漆黑光亮，字迹洁白晶莹可人，石面的侧面纹理清晰如新，好像是刚镌刻好之后就有意埋放在地下的。当时发现这些汉白玉的村民也不知这是做什么用的，后来向县里做了汇报，不久，县文化馆派车到村里，把这十二条汉白玉条石运到了县文化馆内，藏在一间空屋里。以后再请有关专家来作研究，认定为明末大书法家王铎的遗帖《琅华馆帖》的石刻珍品。

石刻《琅华馆帖》中有王铎的跋文，跋文中说："是帖皆予与中丞葆一年伯、玉调亲家往还牍也。"这部法帖的内容所写的绝大多数是王铎和他的姻亲，也就是《琅华馆帖》的汇刻保存人张鼎延氏往来的书信、聚谈唱和之作，总计有书信15函，诗44首，传记1篇，纪略1篇，跋文1则。

《琅华馆帖》全帖分为两册，第一册约有2800余字，第二册约3300余字，书体有草书、行书、小楷。汉白玉条石长62厘米和98厘米，宽30厘米，共有12块，刻字20面。全帖刻石精细，石面完好似新，为王铎书法中的珍品，这让书法爱好者以及王铎的研究者又多了一个宝贵的研究资料，其历史文化艺术价值很高。

王铎的书法集除了较著名的《拟山园帖》和这里简介的《琅华馆帖》之外，还有《龟龙馆帖》《弘月馆帖》等。《弘月馆帖》久已失传，《龟龙馆帖》据说只有一二个拓片可见，至于《拟山园帖》由于过去经常拓印，失真度较大，而且石面斑驳，大部分字迹已经难以辨认。现在，只有《琅华馆帖》保存完好如新刻，这对于文化界和书法界无疑是一件很有意义的幸事矣！

清初六家之首恽南田

清初六家之首的恽南田，江南常州人，是"恽派"（也称"常州画派""毗陵派"）的创始人。因为恽南田是我祖母恽氏的先人，所以，我一直对恽南田怀着一种敬先祖那样的敬仰之意。

恽南田，初名格，字寿平，后以字行，改字正叔，号南田，别号云溪外史，晚年居住常州城东，号东园客、草衣生，后迁居白云渡，又号白云外史。他是

恽寿平国画作品

恽日初（1601—1678）之子。恽寿平家境贫寒，但是聪敏勤奋好学，善于作诗。他的画以北宋徐崇嗣的没骨法为宗，继承发展了没骨花卉的画法，在中国画坛上有自己独特的地位，恽寿平和唐于光等人被称为“恽派”，也可称之为“常州画派”或“毗陵派”。

恽寿平的画清秀飘逸，有仙人之风，所画花卉天趣盎然，所画山水高古劲逸。恽寿平的书法在当时也著称于书画界，他淡墨娟丽的书法独具特色，把绘画中的墨分五色，即浓、淡、干、湿、焦，结合运用到书法之中，这使得他的行楷书更有书画韵律味。他的楷书学褚遂良，写得遒逸可爱动人，自成一家风格，这就是恽寿平能够学褚遂良又能吸取褚遂良神韵而为己用之故矣。

恽寿平甚重友情，蔑视权贵。他和王翚结交后，就自谦曰：“是道让兄独步矣，格（恽寿平的初名）妄耻为天下第二手。”于是，恽寿平就多画花鸟，斟酌古今。而其实恽寿平的山水画，清秀超逸，用笔隽雅，是胜过王翚的。王翚也十分推崇恽寿平的山水画，赠诗道：“墨花飞处起云烟，逸兴纵横玳瑁筵，自有雄谈倾四座，诸侯席上说南田。”另一位大画家华岩也在恽南田画册上题诗盛赞其画艺。是啊，恽寿平如无独创之处胜人，又如何能被誉为“恽派”，清初占主流地位的“清六家”之首，又如何能自领“常州派”呢？

恽寿平为人落拓雅尚，遇见知己，愿意整月为其点染；如不投合，则视百金如土芥，不愿画一花片叶。正因为恽寿平为人高古自重，不愿让自己人格屈就，所以恽寿平遨游数十年，依然故我，清贫如洗。体现了中国文人的一种高尚气节。

何绍基和回腕法

何绍基是中国封建社会最后一位大书法家。他生于1799年，卒于1873年，字子贞，号东洲，晚年又号猿叟，湖南道州（今道县）人。

何绍基不但是一位大书法家，也是一位精通经史、小学的专家学者、诗人，被誉为“有清二百年来第一人”。在清朝，何绍基也是继邓石如之后，大力推崇碑学的人物。他主张书法必须发展和张扬个性，他曾说：“书家须自立门户，其旨在熔铸古人，自成一家。”

何绍基一生为他的理论努力不止，勤奋挥毫不已。《书林藻鉴》中说他博洽多学，书法由唐颜真卿入手，上追秦汉六朝，写古篆书时，回腕高悬。每得到一种碑帖，总要临摹几十遍，甚至上百遍，即使在外旅游时也不间断。何绍基的隶书和行楷书，都以篆法入笔，行笔如屈铁古藤般的老辣坚挺，有一种如惊雷坠石，硕果累累参差，曲折回荡之气势。从这里所举的一幅何绍基的书法作品中，我们已经可以体会到何绍基书法的那种鲜明的个性和动势。我们既可以看到何绍基书法的渊源承袭、书法的个性特点，也可以看到何绍基那种与众不同的以回腕法执笔进行书法创作的效果。

所谓“回腕高悬”执笔法，就是在执笔时要尽可能做到腕肘并起。但是，腕一旦回执，手腕的运笔就很不便利，显得笨拙僵硬，容易失去腕的运笔作用，而且在无法运腕的前提下是难以做到完全中锋运笔的。可是，何绍基能够应用“横平竖直”的书法规律法则，按照自己的个性需要，用回腕法执笔运笔，而且是手持柔软的羊毫笔，把全身之力用于笔锋上，把柔软的羊毫笔的长处发挥得淋漓尽致，并且写出了自己的个性风格。何绍基各体书法皆能，各体书法皆有自己的个性风格。

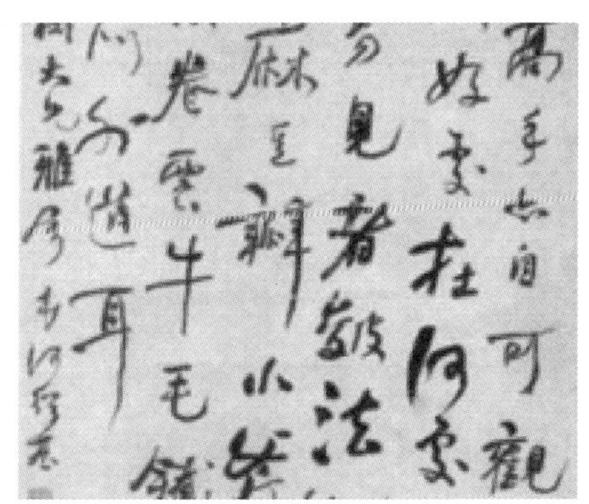

回腕法执笔非常之累，何绍基本人按自己手臂比别人要长的

特点运用回腕法执笔书法，临写《张黑女》，还没有临完一半就已经汗湿衣衫了。明朝大书画家董其昌曾考证说："唐人书皆回腕，能留得住笔，不直率溜滑……"可是何绍基和唐人的回腕法不一样，他手臂高悬，小臂悬成半圆，手腕又把掌、指悬成垂平的半圆，以大拇指鼎力其余四指并排扣住毛笔，形成了最大限度的虚掌，运笔时，又再提起丹田之气，高著眼光，盘曲纵远，自运神明，坚持不懈地勤奋苦练，其成就在有清二百年中，无人能及其右。至晚年，何绍基已经可以每天数写百幅对联而无倦容，无一笔松懈，达到了炉火纯青的高超艺术境界。尤其可贵的是，经过何绍基的运用，羊毫笔的变化无穷的效果得到了极佳体现，于是，羊毫笔成为市场最为普及的书写工具。这一点，何绍基功不可没。因为，狼毫等动物毛已经日益稀少，而且价贵，而大量的羊毫产量正可弥补制造毛笔的不足。

今日的书法家和书法教育家，基本还是采用唐人陆希声所讲的"擫、押、钩、格、抵"五指执笔法，这也成为书法执笔的"正宗"，可是，何绍基却能以其勤奋聪慧的执笔实践，创造出杰出的书法艺术，再一次证明了苏轼说的"执笔无定法"。今日，已不再是过去那种以毛笔为第一书写工具的时代，能够继续学习书写中国毛笔字的人已经成为传承中华文化的积极推广者了，所以，回腕法也只需要学习了解一下足矣，大概是不会有人会学何绍基那样刻苦勤奋用回腕法执笔创作书法艺术作品啦。

馆阁体
中国书法史上的一劫

清朝统治者在入主中原之后，开始学习中原文化礼仪和中国书法艺术，除了皇帝自己学，还规定子孙也要学习中国书法艺术。这既是清朝皇帝为了统治天下的需要，也因为知道了中国书法是一门展示自身才华、显示知识修养的一门综合文化艺术，尤其当他们看到历代一幅幅书法大家的书法艺术作品时，对这些书法作品展现的各种艺术感染力非常佩服，十分赞叹，于是，这些清朝皇帝贵族们在从政后的闲暇时间，都把学习中国书法艺术作为一门必修功课，临池不辍。顺治帝在处理完公案之后，经常临习《黄庭遗教经》，书法艺术大进，常把自己的书法作品颁赐给部院大臣们作为奖赏。到了康熙帝时，由于康熙帝的天赋及文韬武略修养高，在他以武功平定海内外后，即以翰墨颁九州。在康熙帝在位的六十一年里，中华四海九州的许多大书院、寺庙、古迹胜景都留下了他的墨宝，著名的有曲阜孔庙大成殿的“万代师表”横匾，还有白鹿书院、邵康节祠、横渠书院、紫阳书院和石鼓书院等等。可是康熙帝独爱明书家董其昌的书法，就如当年唐太宗李世民独喜王羲之法书一样，他四处搜集、寻访董其昌的书法，哪怕片纸只语都要，搜集来的董其昌书法全都精心装裱成册或成轴，康熙还亲自在这些董其昌书法作品上题字题款，然后珍藏于密阁。大书画家董其昌的书法在明朝末年就已誉满江南，而在康熙朝，经过康熙帝的大力推崇，董其昌书法身价日益为世人所重，当时的朝殿考试、斋廷供奉等，都把董其昌书法作为进阶之法宝。朝野几乎独尊董其昌书法，这种影响一直延续到康熙之后的雍正年间。

雍正之后的乾隆年间，由于天下承平很长一段时间了，书法风格也趋向滋润丰圆的风格，而到了乾隆年间，更是一片歌舞升平的繁华气象。乾隆皇帝多次下江南巡游，每到一处都题诗勒石。但是，乾隆帝十分喜欢赵孟頫的书法。此时的天下人对流行的“纤弱”的董其昌书法也有日久生厌之感，想有一种新风格的书体出现，而正好乾隆帝爱好赵孟頫书法，于是赵孟頫的书法取代了董其昌书法，独步天下书坛，那些需要靠一手好字进阶谋生的人又都以师法赵孟頫的书法为进入仕途的手段本领了。赵孟頫的书法取法王羲之、王献之，其体势紧密，姿态朗逸，尽得二王神采，其书法上，篆、籀、分、隶、真、草、行，无不冠绝。而且其篆刻也能以“圆朱文”著称，至于其画也是名噪古今，赵孟頫真是一位冠绝古今的天才人物。故赵孟頫在生时已有当朝王羲之、颜真卿之誉了，而且在那帖学风行的明代，人们已经把赵孟頫的书法奉为至尊宝了，而到了清乾隆帝时，有皇帝如此尊崇赵孟頫书法，于是，天下再一次兴起了赵体书法热。

董其昌和赵孟頫的书法在当时确实是独占鳌头，尽得书坛风流，只是由于皇帝个人喜好，天下人趋之，天下人为了仕途而尽学董赵二人书体，于是形成了一种书法上的“馆阁体”，天下书风皆是一个书体，成为一种失去生机的书体，阻碍了中国书法艺术的发展，成了中国书坛史上的一个灾难。这种情况一直到清中期碑学兴起才逐渐改变。

以帝王一人的喜好为转移，以帝王喜好的书体为学书法的范本，天下千人一字体的“馆阁体”埋没了多少有灵性的书法艺术人才，而且让中国书法艺术在那时走进了死胡同，这真是中国书坛上的一劫矣。

擂响石鼓的一代宗师吴昌硕

在近现代的中国书画文化艺术史上，吴昌硕是一代宗师，成就巨大，他不仅是中国海派艺术的开拓者，更是一位在书法、绘画、篆刻等方面都能汇集古今各家之长，从而开拓了自家风貌的大师。吴昌硕、齐白石、潘天寿和黄宾虹，是中国现代中国书画艺术史上的四位宗师，他们在中国书画领域是四面各具特色成就的旗帜，而吴昌硕是其中硕果最丰者，于后世影响也最大。

吴昌硕（1844—1927），初名俊，后改名俊卿，字昌硕，一作仓石，又称破荷、老缶，晚年号大聋。七十岁以后称字昌硕。吴昌硕出身贫寒，自小勤奋努力自强而成，十四岁在父亲的指点下学习篆刻，十六岁时由于家贫无钱买刻刀刻石，于是就以废铁磨制刻刀，用砖代替刻石。因为工具差，左手无名指受了刀伤，当时又没有医药治疗的条件，最后，吴昌硕竟然烂掉了半节手指。但是，吴昌硕就是凭着这种“钝刀砍入”的勇猛精进的进取精神，成为中国最有影响力的一代宗师，绵延不断，并且远播海外，学其书画艺术者一代又一代。

吴昌硕的书法初期学颜真卿，后又学钟繇；隶书学汉石刻；行书始学王铎，以后又学习欧阳询、米芾的笔法，形成了一种刚健苍劲的艺术特色。吴昌硕的篆书学石鼓文，一开始也是尽力临摹，要求自己所写的篆书，精气神，一笔一画都像石鼓文，积累多了，又参以两周金文和秦代各种石刻的体势和笔意，尤其是《琅琊台刻石》和《泰山石刻》的结体和用笔，被吴昌硕化解最多，终于形成一种凝练遒劲、貌拙气酣、圆熟精悍、醇雅古朴、刚柔相济的石鼓文书体风格，成为近百年来在国内外书坛上影响最深远的一种书体风格。曾经沉寂千百年的石鼓，被吴昌硕又敲响了，而且吴昌硕石鼓文的气势宏伟，结体的紧密，用笔的酣畅力度等都能胜于秦石鼓文，这是一种学识修养和艺术功力的再发扬。在临摹石鼓文的几十年的岁月里，吴昌硕的石鼓文书体也有不断的变化，结体以左右上下参差取势，不断趋向老辣浑厚，升华到一种崭新的艺术境界。到了晚年，他的新派石鼓文已经达到遗貌取神、质存形换，进入恣肆烂漫归结于醇和浑厚、朴茂雄健、凝重苍劲老辣的最高艺术境界，成为一代开山立派的书法宗师，在国内外的影响之大，可谓无人可出其右矣。日本书法界对吴昌硕极为推崇，还专为吴昌硕铸造了铜像，置放在杭州的西泠印社内，以表示敬仰之意。

石鼓文是中国可信的最早的石刻文字之一，其用大篆籀文分刻于 10 个鼓形石墩上，所以称之为石鼓文，也称“十鼓文”，每个石鼓高度和直径约二尺。石鼓文分刻 10 首为一组的四言韵文，记述了秦国国君游猎的事。石鼓是先秦遗物，时间约在秦献公十一年，即公元前 347 年，距离吴昌硕有两千数百年呢，在吴昌硕之前，也有人在研究石鼓文，可是，能够蔚然成为大家者只有吴昌硕。更可贵的是，吴昌硕除了其新派石鼓文，他的画和篆刻等也是到了一个出神入化的艺术最高境界，不是非常努力、非常悟性、非常刻苦者，不能如此也！真大师矣。

哪位中国书法家的墨迹影响面最大

中国哪位书法艺术家的书法影响面最广大？从两千多年的历史而言，王羲之父子、欧阳询、颜真卿、柳公权等无疑是知名度极高的中国书法艺术大家。可是，要论谁的书法墨迹在世界上覆盖面最广，凡是公共场所，书刊报纸上经常能看到人最多，那么肯定是已故的上海著名书法家任政先生，谁也无法与他比拟。为什么呢？任政先生那一手娴熟精到的王羲之书风流韵下的“任体”，是第一个被国家有关部门选为国家通用书法手迹印刷体的。由于任政先生的书法源于帖学一路，加之舒美流媚华贵蓄劲流畅，不论各界人士皆能喜欢之，又因为任先生的行书书法被制成了存于电脑字库的国家通用印刷体，公众人士可以随意选择使用，再加上审美民意的驱使，任政先生的行书书体成为全世界凡是用上中文的报刊杂志商品包装品上使用最多的书法体。因为许多人喜欢“任体”啊！只是使用者未把任政先生的大名署上，也没有给任政先生付润笔费而已。这是对任政先生的“刮皮”和“剥削”呐。我在加拿大温哥华，在北美，几乎每天都可以看到任政先生的书法——“任体”印刷书体赫然在各种华文报纸上，在商场的华文广告上，还有一些招牌上。每次看到“任体”书体，我总是要注视一下，并怀着一种敬意。这并非因为任政先生和我是亦师亦友的关系，我曾提出拜任先生为师的要求，可是，任先生说：你已出名了，不要拜我为师了，有空就来走走，我们是好朋友啊。

想当初，任政先生在全国二百余位书法家的应征稿中被国家有关部门选中，这本身就说明了任政先生的书法艺术受欢迎。现在，全世界的华文华语范围中，任政的书法成为华人最喜欢使用的一种中文书体，这种民意的选定，确实是没有什么背景作依靠的，是真正的民意使然矣！如果具名，那么，也可以说，任政先生是古今中国书法家中知名度最大的书法艺术家啊！没有那位书法家的字体流传得如此广泛呐！

任政先生当年书写近七千个汉字，所得稿费仅为七十余元人民币。但是，任政先生在身前就已看到了他的书体广为流传的伟大荣耀，这又是其他书法家只能望其项背而兴叹的事。之所以任政先生的行书能成为全世界华文圈里最受欢迎的书法字体，这和任政先生宽容大度的书风、仁和慈祥的为人有关。因为在任先生那里，书法是有价的，有钱人就只好出钱买他的书法作品；但是对喜欢他书法的平民或下岗无业者等等却又是无价的，你只要有一片真正爱他书法的诚心，那么，你就有可能在任政先生的“兰斋”里得到任先生的墨宝，而且，宣纸也是任先生的。任先生当年曾说过：“现在谁还能看到王羲之的书法真迹呢？大家喜欢我的书法，得到的人越多，那么流传下去的可能也就越大。”现在，任政先生的想法实现了。

任政先生无疑是在世界上书法墨迹流传最多、影响最广的中国书法艺术家啊！这是不朽的中国书法艺术家啊！

任政先生已仙逝多年矣！这点杂感也是一种纪念吧。

海上书法大家侯殿华

海上书法大家侯殿华先生，应邀为我的陋室题书“东方一线天”五个草书大字，收到之后非常之欣赏，其墨分五色的笔法，奇崛峻峭有致的布局章法，让我感慨颇多，于是一直想写点文字记之。

侯殿华先生是上海书坛硕果尚存的几位八十岁以上的书法大家之一，称其为书法大师，也真是名副其实的。因为，侯殿华先生除了有杰出的书法艺术成果，还有著述，而且桃李天下。说到侯殿华先生的书法成就，仅以其曾创造新魏碑体书法，就可以独步中国书坛了，他在中国书法史上也是可以记上一笔的。新魏碑体书法是在北碑和汉隶的基础上发展而来，在20世纪60—80年代里，这新魏碑书法是一种流行书法，从基层里弄街道，到工厂、部队，到处可以看见用新魏碑书体书写的标语大字横额等。那时的侯殿华先生可谓名噪一时啊！我以此事当面咨询侯先生，他微笑一下带过了，说这个新魏碑书体是几个书道中人的共创而已。不过，我在那时可只知道侯殿华先生的大名哦。

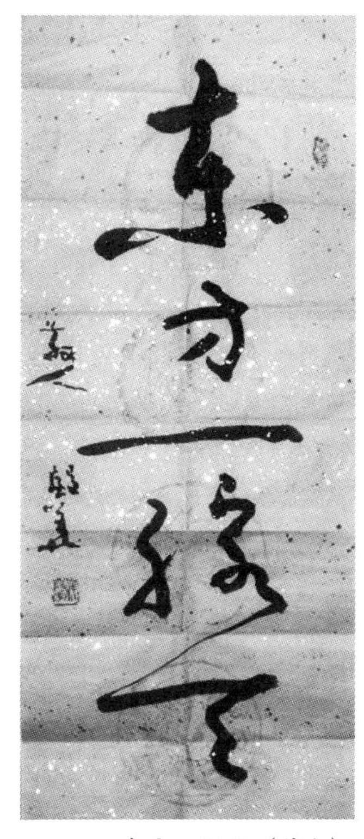

东方一线天（草书）

侯先生的书法除了独步书坛的新魏碑书法，其隶书和大草书也是独具个人风格的。可以这样说，在满墙挂满了书法作品的时候，你可以远远地一眼看出哪一幅是侯殿华先生风格的作品，可谓个人书风鲜明的大书家矣。由于其人书俱老，其雄健纵横老辣的书作一挂，其边上的作品就要冒不出风头了。

侯先生的隶书，得力于他数十年的汉隶功底，他从《华山碑》起始，纵跃《乙瑛》《史晨》《石门颂》《礼器》等诸多汉碑，终于在隶书书风上开自己面目。他的隶书，既有古韵，也有现代风，但是一看就知出自于汉碑传承。侯殿华先生的大草，则是融入了籀文篆书笔法，同时结合了晋唐书风，既有王铎那样的连绵转折，波澜迭起，变化随势，章法有度，也有其汉隶北碑唐楷的笔意参入，于是乎，其大草整幅作品犹如长江源头水，潺潺而下又有湍湍急泻，变化多端，随书法内容和字意，顺势而挥毫而去，可以说，在今日活跃于书坛者，草书个性分明如侯殿华先生者甚少矣！因为，这绝非数年之功可得也，就是侯先生本人也是过古稀之年之后，方见个人风格日益鲜明也。正因如此，侯殿华先生很不张扬其书法、其书风。可是，侯先生在书法艺术领域的成就，却使他声名远扬，不少外省的书家和书法爱好者，还有国外的书法爱好者慕名前来求教于侯先生，甚至还想求取侯先生墨宝予以珍藏。可是，由于侯殿华先生经历太多了，他也很看淡这些身外之名利，他只和知遇者相谈，和知交者论书，鄙薄于趋利之徒。

年过七十之后，侯殿华先生还致力于国画艺术创作，这又使得他的书法增添了文人书卷气息，在他八十岁以后，大草书风又变，章法如天上星斗散布，奇崛得法，如道家步罡施法，书中有仙家风云矣。

由于养生得法，侯殿华先生虽已八十余高龄，却持笔稳健如中青年，站着书写数小时而无倦意，可谓书坛中的老将廉颇、黄忠也。书家如只会写字，再努力，也可能只是书匠而已；而侯殿华先生曾是商务印书馆和上海人民美术出版社、上海画报社编辑，除了书画功力，还有文字功底，故其做书画不只是“抄录”古人名言名句，还有他自己的艺术文学中的领悟文字，这就是侯殿华先生作为书法大家的深厚基础了。更难能可贵的是侯殿华先生在高龄之耄耋年，还能创作六尺、八尺宣的巨幅隶草书，真是书坛健力士矣！

功夫在书外，书画功夫在文学艺术的修养之中。这就是侯殿华先生耕耘书画艺术七十余年的大悟。

海上书法字典一哥

走笔上海人民美术出版社老编辑孙国彬

说起中国书法大字典编纂者一哥，我会毫不犹豫地说：上海人民美术出版社的老编辑孙国彬先生应该是当之无愧的。在我的书法生涯几十年中，也几乎收集了能力之中可收集到的书法碑帖法帖，也关注国内外的书法类书籍和工具书，但是我认为，国内外没有人比他编辑出版书法专辑更多的了。我曾买过北京某某出版的六七十本八开的《中国书法全集》，后来看到了上海人民美术出版社孙国彬先生策划出版的历代书法名家的《墨迹大观》，有大名家的个人专辑，也有数位名家合集的专辑，洋洋数十个墨迹大观，作品收集书家多之广，可谓达到了尽其力而为之了，后来我也参与编辑出版了《何绍基墨迹大观》，这是一本真正的大观巨作呢，厚厚的。这数十本《墨迹大观》合集成堆在一起，真如一列书法列车啊，洋洋大观，而且采取硬封平装本，价格大众化，内容书库化。《中国书法全集》却贵而作品少，真是不能与之相比的！于是，我毫不犹豫的又买齐了这套上海人美的《墨迹大观》，至今还是很管用的参考书。

孙国彬先生在出齐了历代书法大家的《墨迹大观》之后，又策划出版了一系列历代书法名家的碑帖、墨迹的临摹指导书籍，而且也都用平装本，以利于更多人能接受、买得起。其中《魏碑·张黑女》临摹指导、《兰亭集序》临摹指导两书，还是我编著的。

孙国彬先生不愧是书法专业书籍的老编辑，久经沙场，他在近二十年的书法编辑生涯里，注意积累各位书法家的墨迹碑帖，无论篇幅大小，一经其手，必然留下复制件藏之其书法宝库之中。冰冻三尺，非一日之寒。经过数十年的努力，孙国彬到达了唐僧东土取经成功的阶段了，孙国彬编辑出版了各类书法大字典，如《楷书大字典》《行书大字典》《草书大字典》，还有《实用楷书字汇》《实用隶书字汇》《实用草书字汇》等等。近来，他又出版了《多体书法大字典》，像《辞海》那样厚厚的两大本，十斤重哦！我还知道孙国彬先生有更为宏大的计划，也是筹备多年，即将成功的书法界的大事：出版一套书法碟片，一篮网尽古代书法家的碑帖墨迹，既有全本，也有按需选取所需书法字等等的功能，他自豪地说："我不是书法家，但是，我今后可以是所有书法家需要寻找的人。"这真是中国书法界中的建功伟业啦！有此一套光碟，电脑里一插，历代书法家的作品，无所不有，可以说"盖了帽了！"余下的人还想编辑书法大字典，除了另辟蹊径，真难于上青天了。

韩天衡是韩国人

在上海的海派书法家中，韩天衡先生无疑是前辈以及在老中青艺术家中起担纲作用的一代书法篆刻家中的杰出人物之一。我和韩天衡相识也二十多年了。当然，韩先生是在中国画院专业的艺术家；而我还是在市里有关部门工作的业余“书画艺术家”，虽略有点名气，也只是在野的、业余的而已。

20 世纪 70 年代，上海兴起了一股书法篆刻热。那时，老一辈书法家赵冷月、任政、胡问遂等人，还有其后的周慧珺、韩天衡、张森等人，都是当时书法讲台上的炙手可热的海派书法家的代表人物。而韩天衡又是其中突出的书画印文并进，并且各项成果卓著的艺术家。不说他的“韩派”印风曾风靡国内外印坛，有“韩流滚之”之誉，就是韩天衡主编的一部砖头那样厚重的《中国篆刻大辞典》，也足以奠定韩天衡在中国书法篆刻史上的地位。

我一向只敬重有才艺的、有成果、有贡献的人。不然，无论其名气再响，地位多高，我都是不以为然的，因为，有的名气和地位，未必是真本事，其中有不少玄机和运气等因素，唯有真才实学的具体贡献或成就，才能使我由衷地敬佩。在我的视野中，韩天衡就是这样的一位有独特艺术贡献的海派艺术家。

曾有一年，有人撰文批评海上担纲的三位中年书法家——周慧珺、韩天衡和张森，正好当时中国书坛也缺乏有力到位的艺术批评，于是乎，上海书坛上凸现几位“领衔”批评人物，每逢艺术讨论会，就以大批韩张周风光一时。但是，仔细研究这些批评文章，都没有深入到内容或在确实品论基础上进行批评。于是，一二年之后，这些一时风云也就消散了。作为一个可以上书法史的艺术家，首先要有自己独特的艺术风格，开一家面目和风气，在书法艺术理论建树方面有独到贡献。而上述三位在当时海派书坛上都是有自己独特艺术风格的艺术家，在海内外影响很大。尤其是韩天衡先生，不但篆刻风格独创一路，“韩流滚滚”是当时书坛上的一句形容韩先生篆刻艺术风格影响之大的形容词；其次，韩天衡的书法风格也是独具面孔：厚重凝劲宽舒张扬，融篆隶行于一体。不少的书法家很少涉及专业理论的研究或撰文，只是长于挥毫书写，于是，往往也因为缺乏艺术理论的修养研究，在艺术上难以深入下去，可是，韩天衡却能在艺术理论上也著述颇丰，甚至别具一格，并且在国画艺术上也具有很高造诣。在韩天衡艺术成就如日中天时，其书画印的润格已颇高之时，我请他为我书斋“篁风斋”题写榜书大字匾额，韩先生欣然为我挥毫题匾，还专函寄到我家中。我至今珍藏着，成为国内甚多的书画名家为我所题的匾额之一。

我曾去韩天衡府上造访，和他谈到书坛上一些批评他艺术的评论，韩天衡只是一笑置之，不以为然。是的，一位已经在书法篆刻和艺术理论上很有建树的艺术家，还怕他人的横批竖评？！

从媒体上得悉，韩天衡先生在妻儿的支持下，慷慨捐献出1003幅历代大师和名家的书画艺术作品等，用于筹建位于上海嘉定的韩天衡艺术馆；据说，他还要向北京通州捐献书画艺术作品，也是筹建韩天衡艺术馆。韩先生几十年的艺术收藏何等珍贵？在当今文物市场上不知价值几何？可是，韩先生很坦然地面对这将要“嫁出去的女儿”，他要把他的精心收藏很丰很精的众多艺术品捐献给社会，与社会共享。这是何等的气度和涵养啊！我看到这条消息，真是很敬佩。我祝韩天衡艺术馆早日建设成功，对外开放。

我说韩天衡是韩国人，并非说韩天衡是今日韩国人，而是说韩姓源于春秋战国的七国之雄之一的韩国。法家韩非子、“有韩信点兵多多益善”之美誉的汉初名将韩信、唐宋八大家之首的韩愈等都是韩国人之后裔也。据《风俗通》记，“韩之先与周同姓，武子事晋献公，封于韩原，因以为氏”。“韩氏，姬姓之别族，出晋穆侯少子曲沃成师，是为桓叔，生万，是为武子，食采韩原”。见《通志·氏族略·以国为氏》。《新唐书·宰相世系表》记载：“周王室叔虞的后人封于韩原，其子孙遂以韩为姓。”

韩天衡比我年长十一岁，可是要论艺术成就和艺术收藏，那么，我是赤脚也赶不上咯。他的收藏丰富，捐赠也很丰富，而艺术成就又能开风气，能追及的不会多的。

我是佩服韩天衡先生，能把这么多的个人珍藏捐献给国家，如同其书法和印，真是豪情如火矣。我在万里之外的加拿大遥祝韩天衡的艺术成就更加丰厚。

忆心龙

前几日，忽然接到同学心龙的胞弟心洪的电子邮件，倏然一下回到了四十年前。真的好久啦！

乐心龙是我初中的同班同学，也是最为默契投机的朋友。心龙比我生日小几个月，但是，他的艺术和学术思想成熟得比我早。那时我们才十四五岁，可是，心龙已能够说出莫奈、黑格尔等西方哲学、艺术大师的思想观点，而且自学了一手小提琴，只是在拉上弦音时，总会发出一声类似叹气的音，颇为奇怪。我常常到他家去听他拉小提琴。后来，他不拉琴了，说学不出名堂的事不做了，改学画。于是我们常常拿着个本子在学校午间休息时，外出到校外去写生。有什么美术展也一起去看，还一本正经地坐在地上临摹展览作品。休息日，也到他家去写生石膏像。大概他是有了老师的指点，我还没有，只是一起临摹，一起外出写生。过了两年，他不画了，说要学书法了。于是，我们一起买了字帖，临摹法帖。那时，我的毛笔字在祖母的督导下已有点基础，写得有模有样了，常得到大人的表扬、老师的好评。这样，我们两人又成为书法同道好友。

“文革”中，停课闹革命。我因为家庭出身问题不能参加红卫兵去闹革命；而心龙是职员家庭出生，他可以去闹革命，参加红卫兵的组织，去大串联，游祖国山水。我那时在家的事就是临摹柳公权《玄秘塔碑》、颜真卿《多宝塔碑》，仿连环画的线描人物，还有就是看《毛泽东选集》的文章注释。那时全国人民只有一套书可以读，那就是《毛泽东选集》四卷。以后又有一本红宝书《毛主席语录》。其他的书都是“四旧”，属于“封资修毒草”要烧掉，或者上缴封存。也好，这套《毛选》还真的让我增长了不少历史、文学知识。因为在书中有不少引用中外典故的文字需要注释，于是，就成了我的好读本。

后来，在时间上熬到了“初中毕业”，分配工作或者上山下乡。我被分到上海市禽蛋公司；心龙则是顶替父亲到新华书店工作。但是，书法艺术已成为我们的共同话题。

乐心龙学书法非常刻苦，在同龄人中不多见。当然，他的住房条件也比我好，一人独居一间，可以昼夜不分地苦练创作，在周末的晚上，因为周日休息，能写到第二天中午睡觉，地上迭起了几尺高的练习纸。心龙不收拾房间，都是他妈帮他收拾的。但是，心龙的刻苦学书法的劲头，也影响了我，我于是也在周末苦练到天明，上班时中午从不放弃临摹法帖。

心龙练习书法刻苦，又有了名师指点，他比较早凭功力参加了上海书法家协会，后来又进入中国书法家协会。在这些方面，我都晚于乐心龙。在他已取得一定成就，要我帮他写一篇介绍文章时，说实在的，我的书法还真不如他。如果在今天。以乐心龙的书法成就，在上海也是名列前茅的。以他的行草书风、功力，即使在今日，上海已经很少有人超过他。启功先生看了他的书法作品就曾给予了很高的评价，还为他的书斋题写了匾额。

心龙做事很入迷，很专注，常常会忘了身处环境和其他人，所谓“个性张扬”，这造就了他的书法成就，也成了他英年早逝的原因。有一次，心龙看完一个书法展骑自行车回家，已到家门外的大桥上了，下桥左转时，这桥是不准左转的。心龙大概还在回味展览上的作品，被一私家豪华车撞了，急救无效而不幸去世。这是非常可惜的事。上海少了一位真正意义上的书法艺术家。哀叹！

如今一晃又八九年了吧，心龙的弟弟心洪在看到我新浪博客之后给我发来了信，让我又想起了乐心龙这位我青年时代最为要好的同学和朋友，想起了心龙的慈祥的母亲。心洪发来了照片，知道心龙的母亲还很健康，很好；心龙的大哥也很好；心洪贤弟的全家也很好，心里很是欣慰。而心龙熟悉的，我的母亲也已去世十余年了。当时，我和心龙之间常来常往，彼此把对方的妈都当成自己的妈似的，很是亲密。吃饭时间到了，只要在，都会坐下一起用餐吃饭，好像一家人。

如今，我还在努力学习书法艺术，不断进取，可惜心龙这位我交往最好最长的朋友加同学已不能再和我一起用餐喝酒研究书法了。不知心龙的妻子、女儿如今怎样了。心龙的女儿也该大学毕业工作，或者嫁为人妻了吧？久不见了……唏嘘不已矣！

高峰的木雕

木雕刻艺术和水产品鉴，这本来是风马牛不相关的事。可是，我的朋友高峰却是身兼其二的专家了。

高峰先生在1995年就和太太移民加拿大了，在加拿大经过多年煎熬磨练，后来在一家海产品加工厂工作，从基本的搬、装、挑拣分类分品级的基础工作开始，直到专门负责进货海产品的分类、分级工作，一干就是十余年了，现在，不管是什么海产品，鱼虾壳蚌蟹，深海浅海，产地等级，只要经过高峰看一眼，手掂量一下，立马可以报出，这手绝活不是人人有的，主要是他在此方面学习和实践相结合，加上看书上网查阅对照等，经十余年知识积累而成的。也正因为有此绝活，高峰成了水产品厂老板眼里的红人，很多年来，别人可以自由请假，自由度假，自由跳槽，可是高峰不行，老板把他拉住拴住了，因为每天那么多的进货品鉴和分类工作只有在高峰的手里过去，老板才安心。

所以，高峰工作很辛苦的，只有在国定假日和双休日，才可以正常休息，和老婆去兜风，和朋友去“斗地主”，或郊游野餐等。你看，好不容易积了一年的假期加上复活节国定假，也只有三周时间可以回上海给老爸祝贺八十大寿。临上飞机那一天，是中午的飞机，老板还要他早早到厂里上一小时的班，为一批到厂的海鲜货品把把关。于是，高峰也只能来回驱车两小时，去厂里赶着上这个一小时的班。

就是这么一位水产品鉴师（这是我给他的封号），在下班回家之后，却是四处寻觅合适的木头、木板等，雕刻他喜欢的木雕工艺品，有十二生肖，也有其他吉祥图案物品，而且每个生肖在他手里都会刻出不同的艺术效果和意境来，我看过他的十几件作品，有的真是很有创意的。他曾刻了一个“兔”的生肖写意形状的木刻作品送我留念，我很喜欢这个似兔似舞者的“兔”的生肖木刻作品，认为这件作品可以给人以太多的遐想了。在今年的复活节前夕，高峰又给了我一个惊喜，他出乎我意料地为我在温哥华旧货市场里淘来一个彩绘木雕兔子形木盒，配刻了一个“复活的复活吉祥蛋”，这是一个完全镂空的木雕艺术品，而且木蛋四面的图案花纹各有不同，各有吉祥寓意，这样的东西文化相结合的雕刻作品，我还是第一回看见，这也说明高峰为此花费了很多的业余时间，阅读参考了许多相关的复活节的历史资料，也研究了中国喜庆节日的吉祥祝福的风俗历史，因此，前后达四五个月的时间没有白费，高峰的复活吉祥福蛋成功了。

高峰曾想在他姓名“高峰”之间加上一个“千”，改名“高千峰”。我祝他在业余时间里不断地攀登木雕艺术的高峰。这也说明，天下很大，海内外各处都有“藏龙卧虎”啊！

毛笔书法，中国国魂艺术

中国毛笔书法艺术就是中国文化艺术的代表，中国魂。凡中国人足迹所到之处，如南极，中国宇航员飞上太空，喜马拉雅山顶，只要留下一个中国汉字书法，就足以说明这是中国人来过的地方。现在，中国人的足迹已经遍布五大

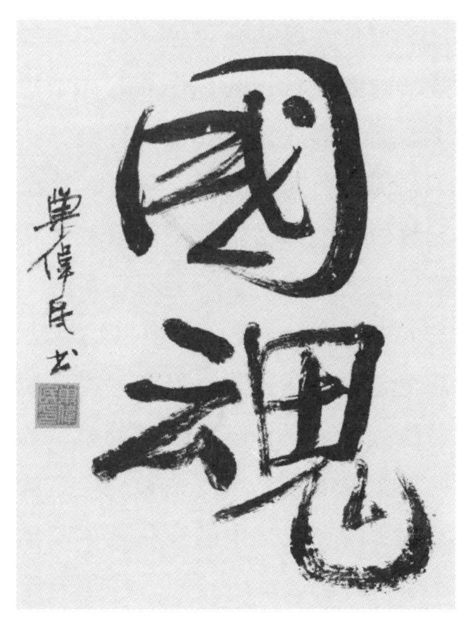

洲四大洋，逢年过节时，只要拿出一张中国红的大红纸或可书写的大红材质，写上一个大大的汉字“福”，就可以体现中国传统节日的欢庆气氛了。这个“福”字，无论从中国书法创造至今的悠久历史而言，或从“福”字包含的深刻广博的中华文化的内涵而言，皆可以说是中国五千年历史文化和民族心理的灵魂代表，几乎可以说是中国汉字文化第一字了。

也因为中国人写中国汉字，太普遍了，人们喜欢看到好字，希望阅读时有赏心悦目的好书法，于是乎反而轻视了中国书法艺术，甚至出现了“好字卖不过烂画”的现象，把汉字书法等同于普通人的写字了；而一些缺少书法艺术常识的人，甚至会以为哪个“书法家”官儿大、职位高，其书法也一定“好”、价值高。但是，岂不知如今欲海横流之势利社会，很多地方已经成了“以钱看人，有钱请进”的地方，而不以艺术、学术成果等硬道理来区分优劣了。只要能够拿得出钱来搞协会活动撑门面的，不精于书法之道也无妨，只要能学会执笔舞动，犹如挥动小旗那样就可以了，也可以组织登记成立书画学会、书画院等来“弘扬中国书画艺术”了。于是，又出现了“一批书画家”啦！在这个速成的世界里，当官的、博士硕士的、书法家、画家的都可以“速成”的，大概只有书画艺术评论家无法速成。

只要认真把一部上海辞书出版社出版的《中国美术辞典》里收录的古代画家、书法家点点数，就知道要成为一个载入历史的书画家有多么难了。画家，从东汉赵歧（约106—201）至新中国建国初共有1265位；书法家的历史更早一些，从秦李斯（？—前208）至新中国建国初，仅有212位。两千两百余年历史中产生的书法家还不及一千八百八十年里产生的画家人数的零头多。由此可见，要成为载入史册的书画家是有多么之难！成为书法家更难！都是要有真才实学、有成果有贡献者方可载入书画家史册。这都是已经盖棺论定的历史，不大会有后人来造假吧。

可是，现实社会里，人们一般是重画轻书法的，因为作画的时间似乎长一些，画要好看一些，作画的摊子也铺得大些，大小毛笔颜料墨汁等可以放一桌子。而作书法，只要铺开宣纸，一碟墨汁或一个砚台，一二支毛笔就可以书写了，似乎要简单的多。可是，这个书法线条的功力，没有十数年或更长时间是无法做到中锋枯湿肥瘦厚薄浓淡自如，无法做到力透纸背，笔到力到，笔笔合乎书法之笔法的。一笔写坏了，一张宣纸就报废了。所以，从王羲之的老师卫夫人那时开始，就一直视书法笔法为神技的，把书法笔法传授弄得很神秘似的，甚至各家笔法还予以保密，密不传人，至少不会轻易示人。所以，有人为了学书法，竭尽全身解数，目的就是为了得（偷）到老师的书法技法。而伟大又独特的中国书法艺术既是独一无二的线条艺术，成为世界上许多艺术大师学习借鉴的手段，也是中国文化艺术政治历史的载体，因为中国书法艺术和中国汉字密不可分的，缺一不可。中国五千年的历史长河里，朝代更迭不止，帝王将相政客如走马灯似的出现，可是，一部《史记》及其后续的史书都是凭借传承有序的中国汉字为载体而得以一脉相传。中国汉字书法使得中国数千年历史成为一个中国整体啊！正因为这样，中国书法艺术理所当然的成为中国人的国魂艺术。

因此，在海外，没有比中国书法艺术形式更能够代表中国人的存在了，没有比中国书法艺术形式更能体现中国人在海外艰难拼搏中的情感了，也没有比中国书法艺术形式更能表现中国人的精神风貌了。以勤劳勇敢智慧著称的炎黄子孙如今已遍布全世界每个角落，他们凭借着一股中华民族祖传的奋斗开拓精神，凭借着自己的智慧，和所在地方的民众相融合。但是，中华民族的传统风俗习惯仍然保持着，最能表现国人情绪风俗习惯传统的第一表现形式就是中国书法。最艰难时，写下："坚持住！坚持就有希望"的大字；高兴时，写下取得初步成功的鼓励士气的豪言壮语的大字；过大年时，写上除旧迎新的吉祥语句，而且设法写在红色为底色的纸上墙上石上。而其中，使用中国书法艺术形式最常见的又是对联样式，它是中国书法艺术最重要的体现形式之一。

至于那些在世界各地聚集生存的华人较多的地区，还会建起唐人街，而且，大多会建起了中华文化特征的牌坊、门廊、匾额。这些牌坊、门廊、匾额上，当然是用中国书法艺术形式来写体现华人情怀、精神风貌。如温哥华唐人街，除了一家家紧挨着的华人店铺之外，还有著名的牌坊——千禧门、中华门，门

加拿大温哥华的唐人街牌坊

的两边廊柱上，刻着当地书法家书写的含义隽咏深邃的对联，行书、隶书相对应，完全是中华民族的文化形式，使人似乎感觉身在祖国神州大地中一样。

而在北美大地上，各个大中城市中几乎都有华人开的商铺公司，这些商铺公司门口大都也挂着中国书法书写的招牌广告，在英语广告招牌重重包围之中，显得格外令人瞩目，同时也凸显出中华民族子孙在海外顽强奋斗拼搏的自强不息精神，令华人同胞为之一振。

艺术家的悲哀、辉煌与永恒

艺术家是无冕之王，也可能是下贱之辈；艺术家可以出入于王公将相之家，并辇于帝王诸侯之中，但也会是穿行于市井巷陌之中的叫化子般的小人物或附庸而已。正因为如此命运，所以艺术家可能是悲哀的，可能是辉煌走红的，也可能是永恒的。

说艺术家是悲哀的，可能其作品卖不出去，入不敷出，捉襟见肘。一生穷困潦倒，哪有一点艺术家的荣耀光荣？！梵高在世时仅卖出一幅画，身后却每幅画都是以成千上万的高价炙手可热；海派画家蒲华生前的画作就深受海派大家吴昌硕的赞赏，可是却贫困潦倒。有的画家已有大名，一尺要多少价位的，但到了异国他乡，也会龙游浅水遭虾戏，虎落平阳被犬欺啊！悲哀吗？真悲哀！

不管名头有多大，在异国他乡没人认，作品卖不出，那么，还是存在着吃饭生存的问题。如今，我在加拿大也存在这样的问题，即生存问题。要么彻底脱下长衫，也学他人的样，光膀子上阵，不讲价到最廉价的市场上去抢低价不求质量的生源，五元、六元一个钟点，沦落到乞丐边缘，不讲身价，乞讨生活，可能也可以混一阵子。

艺术家也有辉煌。在艺术家办个人展的展厅里，在拍卖艺术家作品的拍卖会上；在艺术家获奖的时候；在艺术家的作品被买家看中，拿钱买下的时候；在艺术家的作品被人追捧看好的时候……这时的艺术家的心在荡漾，脸上挂着微笑，泛着红光。还有艺术家出版自己的作品集，首发签售作品的时候，满面笑容的对着排队买自己著作的人群……在这些时刻，艺术家最幸福啦！头脑清醒的还好；头脑发热的甚至还会忘乎所以。那么，这样的“辉煌”有时也可能是悲哀的开始。当然，如已被追捧为大师级人物，作品走俏，那么也可能是更好日子的开头。

艺术家也有永恒，请看有的艺术家被塑成立像、胸像，高高屹立在某个地方，成为万人瞻仰的对象；或者被载入史册，流芳于世，永垂不朽。有的艺术家的故居故乡还成为旅游名胜地，这样的艺术家也是令人肃然起敬，致以永恒的敬礼！这叫“死”后利者所用，也是增加地方知名度的好办法。

但是，艺术家的悲哀、辉煌和永恒，都是艺术家自己的事，和局外人常常没有多少关系。有的艺术家，包括我自己，有时要自我标榜一下，搭一下架子，特别是已经有点知名度的艺术家，还真有点模样腔调呢。好象自己真是十分了得，无冕之王哩。不过，我太太一句挺普通的话就把我砸的闷声没腔调：有啥希奇！装啥腔调啦。名人！人家看得起你，要你的作品，当你是墨宝；没人要你的作品，也就是废纸一张！如此而已罢了。

多么经典的一句话呀！艺术家，好自为之吧。阁下以为如何？！

书法作品是“做”出来的吗

现时的书法展上，书法作品面目繁多可谓达到极至。既有传承意义上的传统风格，而更多的是为展览而精雕细琢，好象“做”出来的做法作品。据说有的作品甚至用了几刀宣纸反复“锤炼”而成，点划撇捺都是经过精心推敲、精工细作、精心策划而成，甚至考虑到了书法作品的纸张颜色和底纹，有时还故意把宣纸揉得皱巴巴的，再铺平后来写；还有的从颜色搭配、装裱样式等角度进行装裱，有的也很有创意。但书法作品已脱离本来意义上的书法作品，几乎成了包装而成的书法工艺品。书圣王羲之看到了也会感叹，自愧不如的。

于是我想到了王羲之的《兰亭集序》的创作故事。东晋永和九年（公元353年），癸丑三月三日，王羲之和谢安、孙绰等四十一人在山阴（今浙江绍兴）兰亭“修禊”时所作的诗序《兰亭集序》，不但文辞成为千古美文，书法也誉为“天下第一行书”。《兰亭序》的书法创作完全是王右军在雅聚之后，乘着酒兴而一挥而就的，笔随兴致，自出机抒，天人合一。那种飘若浮云、矫如游龙的神韵墨彩与点画，完全是书法艺术和文化修养的完美结合，整幅作品发自内心、一气贯成，达到了物象天造设、天然去雕饰的艺术高度，为唐太宗着迷，为后人景仰。但是，王羲之在第二天酒醒之后，看着昨天涂涂改改的第一稿，又尽心书写了三十几幅《兰亭集序》，竟然精气神韵章法等都不如昨天酒后遣兴而得的第一幅。

可以想见，如果一幅作品的点画变化、位置等等都是算计好了的，那还有什么率真、艺趣？书法作品成了真正的工艺作品，于是这个时代就会少有传世作品，很难会有为人称道的彪炳千秋的佳作了。

中国历代都有如雷贯耳的书法杰作传世，不过，作为中国书法家协会会员的我，一下子还真正说不出一件名震天下的书家佳作。反而是没有书法家头衔的李叔同、鲁迅等人有脍炙人口的书法佳作常为世人称道。但是，他们的传世杰作也并非是反复书写几十张而得，多的也仅几幅而已，而不少是一挥而就的，甚至是即兴作品。真应验了苏东坡的著名书法论断：“书无意于佳乃佳。”这就是说，好的书法作品应该是“无意”中融合了传统、技法、笔墨和文化修养等等综合因素的艺术作品，而非“做”出来的作品。

当然，在电脑普及的情况下，连钢笔也好像备受冷遇的情况下，用兽毛制成的中国毛笔已经成为很少数人尚在用的书写工具，而还在用毛笔创作的书法家、书法爱好者们，他们的书法作品也只是墙上装饰或收藏者柜中的珍品而已。

书法作为语言交流的实用意义已淡出历史，今人眼中的书法作品已纯粹被作为艺术收藏品、环境美化的点缀物，因此书法作品吸引眼球的欣赏性变得非常重要。在这样的情况下，书法家在书法创造时就精心推敲、打造每一点、每一画、每一平方厘米的章法布局、每一个点线的浓淡粗细与墨色变化，包括了落款、印章钤法位置等等都成为反复琢磨的细节。在这样的情形下，书法艺术作品必然成为“做”出来的，缺少自然率真、流畅之美的，也少天趣的，仅供欣赏与收藏的艺术品了。

曾看到中央电视台播放的某书法大赛，名列前茅的作者还必须接受当场命题，当场挥毫考试，这无疑是恢复了书法本来面目的好事，也是对书法家的一次综合考验。于是有了一个想法：今后凡欲参加书法大展的书家，都必须到展览场所中当场挥毫而就，每人最多书三幅。然后再对这些作品进行评选，这样的书法展可以避免“做”出来，也更具有真实性了。

巢伟民·篁风斋刀耕笔耘润格

江南常州府以及武进乃历史文化名城，历代文化艺术名人辈出，甚至独领一代风骚，迄今享誉不衰。常州画派，常州文派、武进画派等即是。吾祖母恽氏为清初六家之首恽南田后人，我幼时即得祖母训导学习书法绘画，五六岁时临摹陈老莲的人物线条，似乎已得莲韵，得到了长辈和友朋的夸奖。祖父是从常州故乡来到大上海和祖母一起摆百货摊起家的商人，我孩童时见到过祖父收藏的书画艺术作品，虽不是很丰富，却也有数十幅立轴中堂书画作品，可惜毁于“文革”之中。那时，我仅是十二三岁懵懂不开窍的似聪又愚之少年，竟然看着别人把我家的艺术书画和许多书籍给烧了；也有自毁的，我竟然不懂提早把它们藏起来，或转移掉。现在回想起来，觉得自己太笨了。放到今日，不知可以值多少万，我也可以直接临摹名家手迹啦！身外之物，往往不知命运之所以然矣。我生于上海，长于上海，却还常常以常州武进人氏自居，还刻了一方“武进人氏”的篆文印，时有用之于书画作品上。

往事如烟，光阴似梭，俱往矣，在墨磨人的蹉跎岁月里数十年，也成了艺术生涯丰富者也，著述也颇丰。为了成就人书俱老，书画兼长，文赋见佳，更上一层楼，需要更多的纸墨光阴和裹腹之物等增长见识，提高精神境界，以润笔墨，故也学先贤，暂列如下书画印诗文赋之刀耕笔耘润格，以养艺术人文精神和艺韵：

书法作品，每方尺￥3000；$500。字招广告牌：一字￥3000。

字多和小楷，每方尺加50%。

国画作品，每方尺￥5000；$600。

篆刻治印，每方￥3000；$500。三平方厘米之内。超之，或字多，略加。

人物艺术介绍文字，每千字左右￥2000～3000；$500～800。

企业、个人（新生儿）、活动的取名，每个￥3800；$600。

一般在两个月内完成，切莫胡催乱促，以烦心而影响深思熟虑之构思天成。作品件件都需用心构思而成，不可草率。草率之作谢绝。望能理解为幸。

注：一张三尺宣是5方尺，四尺整张的中国宣纸为8方尺；六尺整宣为16方尺；八尺宣为26方尺。

2010年12月4日于加拿大篁风斋学先贤而启之

教书画要重笔墨传统

俗话说，一叶知秋。书画同源，笔墨相通，学中国书法艺术，学中国画艺术，必须从源头、从传统学起，循序渐进，由简至繁，基本功课就是先学好能使会用中国书画特有的笔墨功夫。基础牢固了，就可以不变应万变，举一反三，融会贯通了。由此，再涉入国画用色的实践。书法用笔法通了，再学中国画，就可以事半功倍。说实在的，学中国画入门并不难，难的是进一步的提高和个性化的艺术创作，而学中国书法艺术却是入门较难，深造提高也慢，要打好中国书法艺术的基础，有句古语道：书无百日功。这个百日是可以学会书法的基础笔法的，为以后的登入书法艺术殿堂打下基础。因此，学习中国书法和中国画，没有捷径可走，却有硕果可得。我在温哥华顿巴社区学校教中国画，几个UBC大学退休的花甲之人入门之后，包括几个洋人，已可以自己创作国画作品，颇得中西结合之妙，其乐无穷，知识身价大幅提高，一辈子受益无穷。

学中国书法，初学者一般从楷书入门最佳，因为可以承上启后，上追隶篆，下开行草。但是，初学者的用笔技法尤其重要，笔法正确了，今后在用笔之事上即可一路顺风；用笔方法不对，一旦形成陋习，那就比较麻烦，要改掉陋习，需要花更多的时间。作为楷书的顶峰——唐楷的两座高峰：颜真卿和柳公权，各有千秋。但是，颜真卿的楷书更大气宽舒雄壮，大小随意；柳公权书法严谨雄峻骨气通达。有名言称：颜筋柳骨，还是很正确的。所以，初学书法者，从楷书入门，当以柳公权楷书为上乘，因为柳书更讲究中锋用笔，骨力险峻，可以在学柳书把握了中锋用笔和间架结构之后，再增加学习其他大家的书法。这样，转承老师较为容易，而且避免多走弯路。如是先学柳书数年，再学颜书数年，那么，再学行草隶篆，将会事半功倍，驾轻就熟，较快有硕果。

有了中锋为主的笔法基础，那么，再学中国画，我的学生在半年内就可自己临摹创作，一年之后可以独立写生作画。我有学生已在准备个人书画展了。

书画家长寿。奥妙无穷的中国毛笔的线条千变万化，需要精气神来催进，需要功力来提升，需要笔力和气力结合，呼吸的均衡也促进了书画家全身气血脉络的通达，气血旺盛，岂有不增寿之理。因此，学中国书画，未必把成名成家之事放在心怀，就当是练静功气功站功，也是延年益寿之好事，可以做到书画见长，寿亦长，一不小心出名成家，一举两得，那么书画作品也就有了市场价，可以进一步促进自己的书画爱好向更高的目标进步。岂不美哉！

所以，学书画千万不要草率入门，匆匆入门，有个皮毛就算，拜师选帖选范本，注重传统基础技法的学习，选笔墨纸砚都要有点认真讲究的态度，这样才可以艺术健康并肩向前。而书画教学，个性化教育很重要，这样会提早出成绩。

中国书法楷书入门口诀

中国书法艺术的入门，一般都以唐楷入门为多，这是因为唐楷的笔法比魏碑楷书更完备、更全面，达到了书法艺术笔法锤炼的顶峰。学好了唐楷的笔法，尤其是颜真卿和柳公权的楷书笔法，融会贯通，即可汇通隶书篆书行书和草书的笔法，从而踏入书法艺术殿堂之门。所以，学书法者莫不重视楷书笔法的学习锤炼，以为学书法的立身之根本。

前几年在进行书法教学时，结合自己学书法的感悟，觉得归纳一下楷书学习的要领，以易记易懂的顺口溜形式和学生以及爱好书法艺术的家长一起背诵记忆，很有益处。于是，经过数年一而再、再而三的修改，成为现在这一首小顺口溜。虽然觉得还需要进一步完善，但也是可以在教学中予以应用的。

逆锋落笔回锋收，
运笔提按中锋走。
转折挑捺笔要提，
出锋立笔顿铁钩。
撇捺悬针送到底，
点画笔笔手不抖。
结构架势讲平衡，
笔画连势气韵奏。
毫尖方见八法功，
领悟飞动才艺厚。

2011 年 9 月 18 日再修订

中国书法是世界上最了不起的艺术

如以艺术变化性、历史性，以及实用性、风格中体现的个性之鲜明性而言，中国书法艺术无疑是世界上最了不起、最伟大的艺术，无与伦比。

同样的汉字，中国书法艺术有篆、隶、楷、行、草诸体，用笔方法相同，美学原理相同，可是各体汉字结构章法、笔法大不相同，形成了各不相同的艺术变化性。加上中国书法艺术特有的用兽毛制成的毛笔，其柔软性和弹性，以及蘸墨汁的多寡湿枯，在不同的书家手里就“千奇百怪生焉”，就如山阴道上移步易景，琳琅满目，数不胜数。所以，有许多西方艺术大师从中国书法艺术的线条用笔方法中吸取灵感，创造了独具风格的艺术。

当今世界中，文字沿用数千年仍继续保持着强大生命力的唯有中国汉字，而且能在不断地创造新的书体中保持字义、读音基本不变。但是，汉字的艺术表现力增强了、丰富了。而数千年有文字记载的中华文明史包含在这丰富多变的汉字演变的历史中。所以，中国书法艺术可以自豪地说：当今世界，舍我其谁！

艺术与社会经济文化生活如此紧密相连，不说仓颉造字，就是宁夏贺兰山脉岩石上的上万年的文字以及传承至今的甲骨文，如此悠久绵恒的实用历史也是当今世界舍我其谁也！

中国历史上，书法艺术家如群星璀璨，各有风格，各领风骚。所谓“字如其人”和“书如其人”，唯有中国书法艺术矣！

正因为中国书法艺术有如此之多的独特之处，因此我可以非常肯定又自豪地说：中国书法艺术是世界上最了不起的、最伟大的艺术，她还推动了一个伟大国家的经济科技文化的发展，为世界经济科技文化的发展作出了不可磨灭的伟大贡献。

中国书法艺术是人类最伟大的发明创造之一，是世界上最伟大的艺术。

中国书法艺术的特点（中英文）

1. 中国书法是用动物或植物纤维等制成的圆锥形毛笔书写，按照中国书法的书写法则来书写汉字的线条艺术，在世界艺术中独一无二。西方许多艺术大师如毕加索、达芬奇等都曾从中国书法里借鉴学习书法线条的表现方法。

Zhong Guo Shu Fa (Chinese Calligraphy), world unique art of strokes, is to write Chinese characters using a cone-shaped brush made from animal fur or plant fibre. Many great western artists like Picasso and da Vinci had also studied and referred to the expressive technique of calligraphic strokes from *Zhong Guo Shu Fa*.

2. 中国书法艺术表现的汉字艺术有五种——篆书、隶书、楷书、行书和草书。汉字已有 8000 ~ 10000 年的历史。

There are five character fonts presented by *Zhong Guo Shu Fa* —— Zhuan Shu (seal character), Li Shu (official script), Kai Shu (regular script), Xing Shu (running script) and Cao Shu (cursive script). Chinese characters have a history of 8000 ~ 10000 years.

3. 中国书法的线条可以体现书写人的个性特征、书写时的喜怒哀乐、平和与激动等心情，具有抽象和具象结合的艺术特点。

Strokes of *Zhong Guo Shu Fa*, which artistically combine abstract with representation, can reflect the hand-writer's personality and show happiness, anger, sadness, cheerfulness, peace of mind and excitement at the time of performance.

中国书法用线条造型，书写具有象形特征的汉字，体现轻、重、缓、急、枯、湿、浓、淡、涩等艺术性。

Zhong Guo Shu Fa uses strokes to shape pictographic Chinese characters, in artistic styles such as gentle, heavy, slow, brisk, dry, damp, dense, light and rough.

4. 学习和练习中国书法，具有提高脑神经和手指等的灵敏度，加强思想注意力，培养耐心和毅力，预防老年痴呆。并且具有练习中国气功的健身延寿的作用。所以，中国书画家普遍长寿。

Learning and practising *Zhong Guo Shu Fa* may help increase sensitivity in cranial nerve and fingers, promote concentration, cultivate patience and willpower and prevent senile dementia. One can enjoy prolonging life and promoting health through it. Therefore, Chinese painters and calligraphers are generally known for their longevity.

5. 拿中国毛笔的方法一般是五指执笔法，笔杆要竖直。

Basically, one should use five fingers to hold a Chinese writing brush and keep the shaft upright.

6. 好的书法艺术是书写人的文化艺术修养，高超的书法技巧和宣纸、毛笔、中国墨的完美结合。

Fine calligraphy is a perfect integration of hand-writer's cultural and artistic accomplishment, excellent handwriting technique, rice paper, brush and Chinese ink.

7. 中国书法必须通过长期的训练才能进入艺术的境界。

The artistic realm of *Zhong Guo Shu Fa* can only be achieved through continuous long-term practice.

海外谈中国书法艺术

根据中国最近的考古研究成果发现，一万年前的中国贺兰山脉的山崖石岩上已有中国书法艺术萌芽，成熟于夏末，流行于商周，发展于春秋战国、秦，高峰于两汉魏晋南北朝。这时，中国书法艺术已独步天下，璀璨多姿，篆书、隶书、楷书、行书和草书都已基本定型。草书、楷书，到了唐朝的张旭、怀素，颜真卿、柳公权达到极致。此后，中国书法艺术进入徘徊期，历代虽大家辈出，有晋人尚韵、唐人尚法、宋人尚意、明人尚趣之说，但唐以前（包括唐）书圣级人物未能出现（注：2005 年 12 月 9 日的上海《联合时报》载：西北第二民族学院岩画研究中心首次披露，在宁夏中卫大麦地发现 3172 组、8453 个岩画个体图形原始文字，距今 16000—10000 年之间，比甲骨文还早几千年，已具备文字构成要素）。

每个国家都有自己的文字，也有自己的书写方法，但是，这都不是中国书法艺术意义上的书法艺术。书法艺术是中国传统艺术之一，使用中国式的圆锥形兽毛笔，按汉字的书写法则来书写。中国书法艺术包括篆、隶、正（楷）、行、草五种书体的书写法则。不是这样，就不能算中国书法，更不论书法艺术了。

书法艺术技法包括执笔、用笔、用墨、点画、结构分布（结体）和体势风格等等。中国书法艺术仅凭自己的抽象性线条点画的使转运动来体现，尤其讲究笔法、笔意、笔势、气质、韵致，追求个性特点，在线条圆满的前提下有变化。

如果只是拿着中国毛笔沾墨写字，却不讲究中国书法的书写法则，随意的划来划去，也不入书法之门，即使写得好看、端正，也只能说是“自由体”而已。所以，学中国书法艺术，必须从临摹碑帖开始，学习正宗正确的传统书写法则。不然，也只是“写字”罢了。

此文曾载于温哥华发行的《精品生活》报。

中国书法艺术结构真谛

平衡飞动

中国书法艺术是世界上最高水平的线条艺术，无他可媲美。中国书法艺术是世界上最枯燥寂寞的艺术，真正要耐得寂寞，因此进入书法艺术的殿堂远远难于其他艺术。一本《中国美术辞典》收入的书法家仅有数百人，而收入的中国国画家却有千人，由此可见书法艺术之难。不过，中国书法艺术除了功力的积累，在创作结构上只要掌握“平衡飞动”四字诀，就等于把握了书法创作的真谛，入门速度可以加快了。

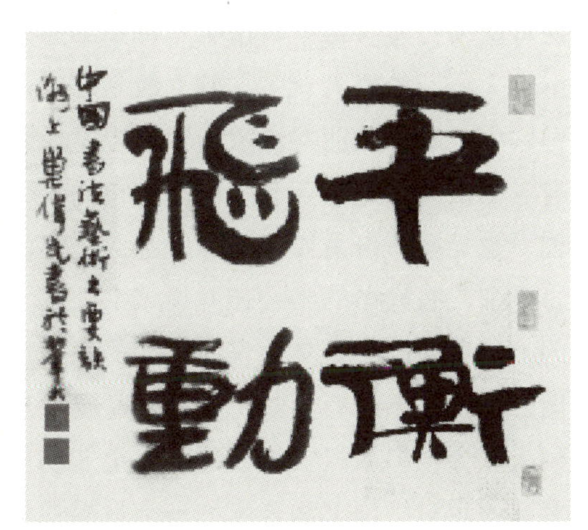

中国书法艺术在历史的传承中发展

在中国五千年有系统文字记载的历史中，中国书法艺术无疑起到了承载历史、传承历史文化的不可估量的巨大作用。中国书法艺术在魏晋唐达到顶峰，其后有发展，只是在传承中的发展罢了。

在以毛笔作为最主要书写工具的时代里尚且如此，那么，在现代社会中，钢笔等硬笔成为主要书写工具，而今日电脑的普及，又把文字书写变成了键盘的敲击、存储、发送。在如此快捷的现代信息社会中，还想回到古时候那样，希望毛笔书法大普及，这已是不合时宜、也不切实际的了。因此，在今日社会中，中国书法家们的责任主要是传承中国书法艺术的传统，致力于弘扬光大，让中国书法艺术成为中华文化的象征，走向世界，在世界艺术之林中光彩夺目。同时，也要大力培养书法爱好者和促进书法艺术家的成长。因为，只有独具个性的、具有高度艺术修养和造诣的书法家才是中国书法艺术传承和发展的希望所在。

中国是书法艺术的发源国，根在中华大地上。中国书法艺术家们任重道远，希望如朝日之阳。可是，有个别书法家看到邻国日本、韩国等汉文化圈的国家里的书法家在弘扬中国书法艺术的活动，就悲叹自己国家的民众习书法的风气日渐式微，这似乎也有点过了。其实，在邻国学书法的人数远不如中国这个书法母国来得多。每个省市每年都在举办书画大赛，全国也隔三差五的举办全国书法大赛，参赛者众多，其人数是邻国无法比拟的。其次，在中国还是在其他国家中，能以职业书法家为生的也是凤毛麟角，少之又少，甚至可以说几乎没有，书法家还是需要有一份能糊口的工作为支撑的。在历史上，那些大书法家们，也是有一份主要工作和职务的，书法艺术是在茶余饭后中发展延续的。今日中国，有许多的学校还开设了书法艺术专业，甚至培养出了书法硕士、博士的。这个情况又是其他汉文化圈的国家没有的。这也说明了中国书法艺术在中国已成为有系统有步骤、有目标发展的艺术。2009 年中国书法艺术申遗成功，列入联合国科教科文组织的“人类非物质文化遗产代表作名录”，这个事件的意义就是对中国书法艺术的一个世界性的推广。可是，话又要说回来，即使能以办书法学校为生的书法家，也是飘摇欲坠的，因为，谁也不能保证学生生源会一直持续旺盛。在市场经济环境中，专业特长还是最要紧的，所以，绝大多数的书法家还是需要找一份工作来养家糊口，并支撑其书法艺术的追求。书法学校开了，不久又关了，这样的状况中外都有。我在上海时，也曾遇到过书画艺术学校关门大吉或易主的事；在加拿大温哥华这个华人移民较多的城市里，也有这样的情况。在新加坡，那里华人众多，书法艺术活动也搞得有声有色，可是，想要靠书法艺术来养家糊口，那也是不行的。这个现实情况，是新加坡书法协会会长陈声桂先生对我说的。

不过，中国书法作为一种艺术，已经传承了五千年，在现代社会快节奏的韵律中，其生命力、艺术魅力，以及养性修身和保健等等功能都是其他艺术无法比拟的，爱好中文的中外人士莫不喜爱之。中国书法艺术的奥妙无比的线条就足以使天下爱好艺术者倾倒不已，西方的许多艺术大师从中国书法艺术中获得了灵感，发挥在他们的艺术作品中。就凭这一点，中国的书法艺术家们就不必杞人忧天，担心中国书法艺术的消亡、衰退。每年在全世界各地，特别是书法母国中国的本土，都涌现出那么多的中国书法艺术的爱好者，这其中也包含了未来的中国书法艺术家，因此，即使在市场经济的涌潮中，作为一种精神美学享受和寻求文化艺术知识的需要，中国书法艺术也不会消失，她会和地球一样的长寿，寿与山齐啊！

中国书法中的斗方艺术

中国书法艺术中的斗方形式是在近代形成的。传统的书画形式中，虽偶尔也会有方形的书画作品，但是不能算在中国书画传统的立轴、中堂（即超过四尺宣包括四尺宣的大立轴）、横披、长卷（也就是超过四尺宣横开的长度较宽的横披，可以长达数十米或上百米，也有称“手卷”）、册页（尺牍）、匾额、扇面和对联等形式内。其中未把斗方形式单列出来。

近代，中外艺术交流频多，艺术样式也互为流传，西方的镜框式的斗方形式也为中国书画家学习借鉴，逐渐使斗方书画形式传播开来。因为斗方书画形式灵活，它既可以做成中堂立轴悬挂，也可以裱成镜片（也称锦片）配镜框悬挂。这样，在中西式装潢的居室或中西式家具合璧的房间里都可以与环境合拍和谐张挂，达到艺术作品和环境的统一。

斗方书法书画作品在中式、西式的居室都可以挂，要注意挂的位置恰到妙处，有锦上添花的氛围。而且，斗方形式可以挂的位置也灵活，原来只能挂立轴或横披的位置，斗方作品都可以独占鳌头，立于壁上。这一点是其他作品形式难以企望的。

再次，斗方书画的内容也可以包含各种境界的艺术。比如，一幅对联也可以写成斗方作品形式，浓缩在一幅天方地圆的斗方之中，而且大小斗方作品都可以包容较多的内涵；即使是国画，也是可以把万里江山悬于壁上，如是立轴，就较难做到，因为景象较窄，宽度不足。

可是，由于受传统形式的束缚，艺术家往往不敢越雷池一步，虽然接受了斗方形式，却还是按传统的创作方法来书画斗方作品，所以，很难出新意。

2006年春，我花了近二年时间，创作了近二百幅斗方书法艺术作品，精选了几十幅应邀在上海地铁火车站候车广场的数个大屏幕影视广告板中展出，十余幅章法新颖的斗方书法艺术作品，书法的形式和内容紧密配合，相得益彰，那些充满了中国画写意的书法作品，用纯粹的中国书法艺术的中锋笔法来创作，书画同源在这里得到了很好的体现。这是一次公益性的地铁书法展，每天人流如潮，在上海和全国都产生了较大的影响。上海书法家协会的专业报纸上载文赞誉为“环境书法”，认为把古老的汉字艺术形象化，和周边环境相结合，较好地突出了书法内容的精气神，是一种很好的艺术探索。一年后，我又应邀在大温哥华中华文化中心举办个人书法展，展出斗方书法艺术作品100幅。其他书法作品38幅，那些斗方书法艺术让温哥华老华侨和艺术界朋友们大开眼界，赞叹：“原来书法作品也可以这样写的”，“真有艺术美形象美啊！”

斗方书画作品是我创作最多的艺术样式，正由于如此，在创作研究了多年之后，撰写了专著《书法常用章法创作手册》，2005年1月，由上海人民美术出版社出版。出版后深受读者欢迎，已经连续再版多次了。这本专著用深入浅出的艺术笔法，串联起中国书法各个历史时期的名家名帖，举一反三的叙述，让读者荡漾在书法历史的长河中，好像坐着豪华游艇，品味着书法各个时期的美味佳肴，虽是专业著作，读来却是一种美好的艺术享受，故有人誉为“中国书法史上第一本研究书法创作章法的专著”。

下面这幅斗方书法《快乐无边》是受了乾隆皇帝游苏州拙政园题“虫二”，寓意“风月无边”的启发，一个四尺斗方就一鼓作气书写一个形如快乐无边的大大的繁体字

“乐”，其精气神充分体现“乐”的寓意：疾风似舞，闻鸡起舞，跃起而舞，犹如那踢踏舞，舞旋风起，快乐气氛跃然纸上。这就是中国书法艺术和中国汉字艺术的完美结合。天下第一美的汉字啊！每个字都是一幅画。

由于这幅斗方书法的作品必须让“乐”充满每个角落，所以大大的“乐”占据全幅作品，最后的落款，按照中国画的章法形式落在作品的顶上一层，既要点题，突出“乐”，乐翻天，也显示了书法作者传统艺术修养。

这是一个龙飞凤舞，舞至极致的大“乐”矣。

三希堂的随想

在天下第一博物院的故宫里，有一个小房间的名气最大，那就是乾隆皇帝取名的“三希堂”。故宫的养心殿有一个在西暖阁分隔出来的小间，阳光充足明亮，布置极雅致，东墙上挂着乾隆皇帝弘历的御笔“三希堂”的匾额，两边悬挂着“怀抱观古今，深心托豪素”的对联。边墙上有一幅画，描画晋代书圣王羲之教儿子王献之学书法，乘其不备时从他背后拔其毛笔的故事。这个小房间原来叫“温室”，是皇帝休息看书的雅间。清乾隆十一年（1746 年），乾隆帝在《三希堂记》中说：“内附秘笈王羲之《快雪帖》、王献之《中秋帖》，近又得王珣《伯远帖》，皆稀世之珍也。因就养心殿温室，易其名曰‘三希堂’以藏之。”于是这个温室就成为天下皆知的“三希堂”小屋了。可惜的是，“三稀”真迹现在只有“二稀”——《中秋帖》和《伯远帖》，另外一件王羲之的《快雪时晴帖》现在台北故宫博物院了。

乾隆皇帝是一位风流倜傥的大才子，可谓中国历史上皇帝中的第一人。说这句话，不是吹捧乾隆，我不是旗人，和清皇室无丝毫关系。我是从其对历史文化艺术的保存、延续和发展上来说的。乾隆帝从小学汉人诗文书画，可谓饱读诗书。他除了个人喜好之外，还通过纳贡、抄家以及收买，巧取豪夺，把凡是能够得到的天下名家法书和画，都收进皇宫。没有乾隆皇帝的这一番努力，散落天下各处的中华瑰宝可能不会保存传承下来如此多，也就没有今日两岸故宫的丰富库藏。所以，在保存中华文化艺术上，乾隆功莫大焉。

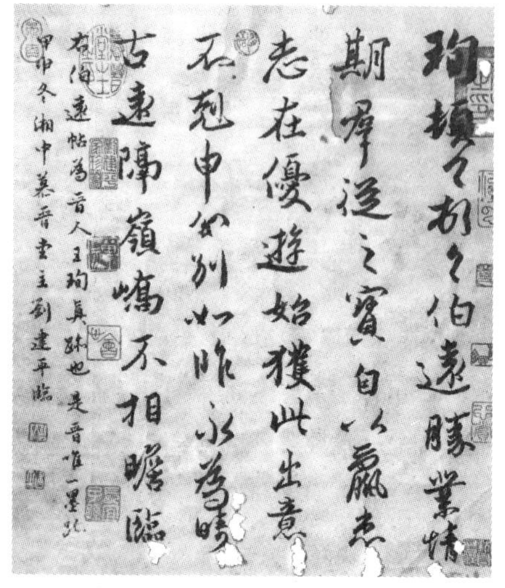

晋王珣《伯远帖》

三希堂设立之后，乾隆又做了一件了不起的工程。他把内府秘藏的魏晋以来至明清时期的各名家法书亲自一一鉴别，命梁诗正、蒋溥等人摹集上石，刻成《三希堂帖》，全称《御刻三希堂石渠宝笈法帖》，共收录历代书法名家135人的340件佳作，包括了各种书体，刻在495块富阳石上。由于是乾隆皇帝亲自甄选督办，《三希堂帖》摹刻十分精细讲究，很接近原作风貌，这对中国书法艺术的传承光大，作用极大，对学习中国书法者而言，更是无价之宝。谁都想得到最接近原帖的法书，可是，谁也不可能得到那么多的法书原帖真迹，天下只有乾隆皇帝做到了，而且他也不吝惜，刻成这一部《三希堂帖》流传于天下，岂不是中国历代皇帝中的第一人乎！

梦中的“留韵亭”

梦中的“留韵亭”，也只是在梦中想念之矣。中国人很重视的一个美学观念就是凡事需要达到有韵味的美。十多年前，我曾应邀去江南的一个在建的私家园林参观，诸多假山池水花圃园亭等皆少有取名，即使有几个什么题名之处，其书法之初级水准也难以入目，实在难以和如此美的江南园林相吻合，故应邀为一个很喜欢的园亭题写了“留韵亭”。回去之后，园主未再联系我，我书写了也就搁在书斋里了，后来带儿子去海外闯荡了。十多年过去了，没想到在温哥华的篁风斋里整理旧作时，竟然又拣出了这张旧作。于是颇有感慨，又聊写几句抒怀。

韵，古与“均”同，先是指和谐之雅韵，后又延伸到指人的气韵和神韵上的一种主观感受的韵度，也即风韵气度。这是每一个男女都曾追求过的事吧，不然又何必讲究化妆和衣着美呢！

韵，也可是和雅韵有关的音乐之事，也即韵事；如作诗写韵文，那还得讲究韵语、韵律，即使是现代散文，有点韵语韵律的更为传情达意。如能即兴妙韵连珠的如王勃写《滕王阁序》，那更是千古佳话！

我辈命运和才华皆不如王勃前辈，可也是追求雅韵气度和韵事之人也，一生读书不止，笔耕不止，希望永远有，追求永不断，哪怕是胡思乱想的自我陶醉一番，也是一时片刻的云里雾里的神仙之驰骋也！

看到这幅十多年前书的“留韵亭”横匾榜书大字，浮想联翩，又进入云里雾里自我驰骋的想像之中了，我还是很希望能有个“留韵亭”矣！

看和谁有缘吧，有哪家庭院私家花园和公众园林，如有喜欢这幅横匾者，可以拍个你那个园林照片给我，并写上收件地址邮编，我就送给他，也是遂我一愿矣！

清明以画祭祖

有些人是特别容易动情怀古的，也特别容易思乡思亲人，尤其在逢一些特殊的民俗节日时期，更易如此。我特别怀念从小把我带大的慈祥的祖母，无她，可能也无我矣！恩重如山，是我一生第一可亲可敬之人也！发此画遥祭祖母，也遥祭祖父、母亲。也希望先人在天之灵能护佑子孙健康平安兴旺！

此幅《福寿安康图》乃我数前年所作，曾在个人书画展中展出。谨以此画遥祭祖先、先人，以寄托清明节怀念情感。

《三国演义》卷首歌

《三国演义》肯定是世界文学史上场面最大、历史人物最多和社会影响最大的文学作品。她的历史性、文学性以及哲理性，都是永垂不朽的。虽然，这部小说基于历史和传说，以及作者的观点偏向等诸多原因，和真实的历史有所不同。可是，文学的力量和影响远胜过历史本身，以致于后人就把这部《三国演义》当成真的三国历史来读了。一部《三国演义》的电视剧，更是把这部小说中的历史人物演活了。这是《三国演义》电视剧开篇词，六尺隶书中堂。书于 1995 年，上海篁风斋，于 1999 年上海美术馆的个人书法展时展出。起价：16000 元人民币（为 16 方尺，只计 1000 元／方尺）。

众人皆醒我独醉

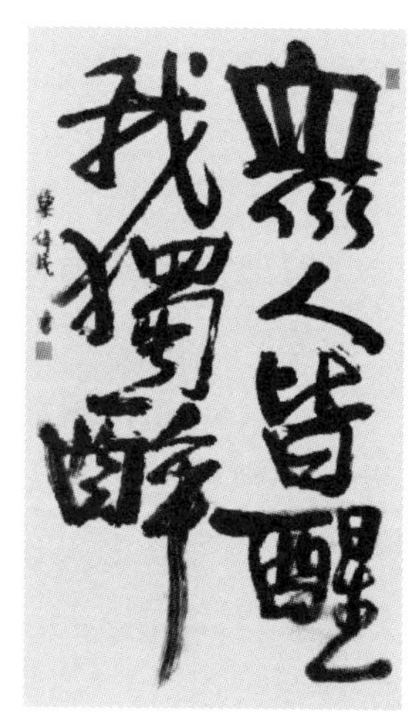

“众人皆醒我独醉”这幅六尺中堂行草书，是我一时顿悟之后的灵感之作。说有新意也未必，只是把“众人皆醉我独醒”的古话反其意而用之罢了。可是，这正是我悟性所致的得意之作也。这幅书法作品，我是一直作为自己代表作品来宣传的。

此幅大中堂乃我以前在上海市书法家协会主办的“酒文化和中国书法”展览中的作品之一，珍藏至今矣！

它寄托了我许多感想，千言万语无穷尽也。

临“王铎”，一枪头

明清之际的书法大家王铎是中国书法史上承前启后的开创性人物，虽说他以明朝之臣的身份降清，可他的书法却是人人钦佩得很，近世对日本的书风影响极大，对国内诸多书法家也影响极大。这种在国内的影响好像还是出口转内销的。大约在20世纪70年代开始，国内忽然有众多书法家热衷于王铎行草书，尤其以王铎的故乡河南为甚，还建起了王铎书法博物馆等。而我和同学乐心龙也是从那个时候开始临习王铎的书法的。

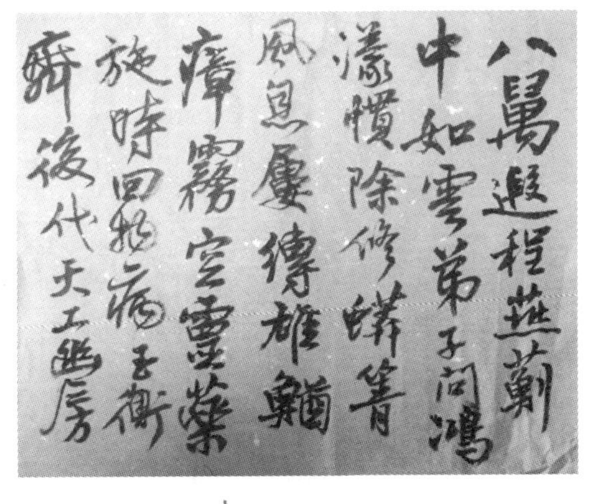

王铎的书法，行草上追颜真卿和米芾，笔力雄健老辣苍劲，行笔劲疾酣畅，全以力胜，尤其擅长连绵行草书，开创一代书风，且长于章法布局，俨然有北宋大家之风，又不逊于前人，对后世影响很大。王铎的存世书法墨迹很多，但是其长篇巨作，在书画市场上还是要价甚高，很是珍贵，可见王铎书法影响之深远。

二三十年前，我也是王铎书法的粉丝，对王铎的行草书下功夫颇多，经常临帖至深更半夜，或是通宵达旦。当时，有中学同学、造诣甚高的书法家乐心龙兄弟帮我搞到一本珍贵的珂罗版的石印本连史纸双折页的《王铎诗册墨迹》，乃是文明书局于民国三年的初版，也算是有点年份的收藏版本了，当时的书店里也无此帖可觅，因此我也很珍惜。如今，此帖成为我收藏的法帖之一，是不外借的。近日，在整理书橱寻觅书籍时又见老朋友现身，也想起了仙逝十余年的老同学乐心龙，感慨不已，忽然起兴，再临此帖，就此一枪头一气呵成临一张“红旗”枣红宣，觉得还不错，于是登上我的博客，既是作为怀念故人好友乐心龙，也想和诸多书画博友切磋之。书艺除了自己下苦功，还是需要交流，请教良师益友的。这样，会提高得更快。

龙吟

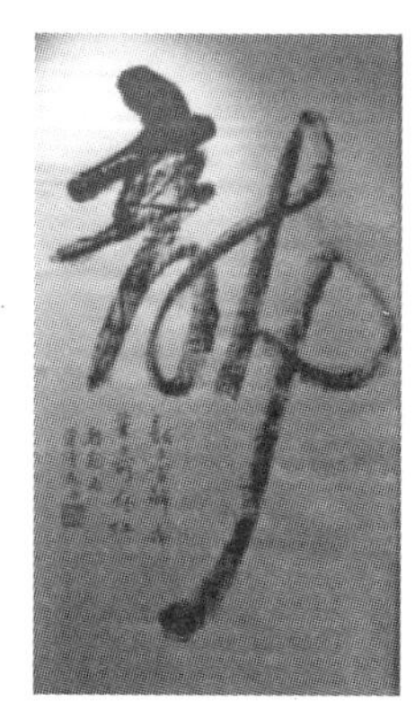

“龙吟”“虎啸”乃大丈夫之气概也，男女都羡慕之。这是 1999 年秋于上海美术展览馆举办个人书法展时的作品。

诚信善

做好人的基本原则

做朋友，人际关系的来往，应该有一个基本原则，这就是中国数千年来提倡的基本道德守则——诚信善。诚，乃诚实可信，讲诚信；信，乃讲信义，注重人的基本诚信原则，讲究重视为人的信誉，不虚伪、不欺诈；承诺之事不食言，有责任感；善，也就是为人要努力多为社会、多为弱势者做点好事，能帮则帮，尽一点心意即为善。不想去帮助弱者，至少也不去欺凌盘剥弱者吧。

做人如此，国家之间也当如此，那么世界真和平和睦，共同发展了。

我把这个做人的原则书

成榜书横匾，挂于客厅墙上，既鞭策自己，教育后代，同时让来访的友朋也借鉴互勉。

竹报平安

《竹石图》

苦战四十天，一家三人动手，基本完成了家庭装修的大事。现在，有自己家的感觉了，感到温馨可亲啦！最值得自豪的事是我们至少省下了几千加元，添了新家具；而且我们把上下的房间、卫生间都变成了艺术的环境。有的可以说是大温哥华地区独一无二的。我们的餐厅一堵墙上，我和儿子合作，画了一幅长360厘米，高235厘米的《竹报平安——竹石图》。2008年4月4日的《加拿大都市报》以《家中墙画共赏》为题，图文并茂刊登了这幅巨大的《竹报平安图》，并说：相信这是温哥华最大的竹子山石图。中国文化历来有“竹报平安”的吉言，把美好的愿望寄寓于竹子这种君子般的和人类最近乎的植物，希望岁岁平安、身体健康、和和美美。我们在家里画上这幅竹石图，也是希望通过自己劳动和努力，小日子能平安和睦。这幅《竹报平安——竹石图》采用了中国传统的年画、版画和中国画的技法综合而成，儿子功不可没，没有他的辛苦配合，这幅画也成不了。这样想来，儿子虽然没有在美术专业上发展，可是，小时候教他学的美术基础知识还是很有用的，有修养真好！这也是一种个人素质的体现。

客厅是四面蔚蓝色的墙，上有三条直奔天际的波浪纹，体现了唐代大诗人、诗仙李白“长风破浪会有时”，“黄河之水天上来，奔流东海不复回”的意境。这完全是儿子的创作。是啊，从东方来到了西方，在这并非“极乐世界”的西方，诸事波澜起伏曲折，依靠自己的才智和努力，一年半以来，我们终于安顿下来了！

三个卫生间的墙也给儿子涂成蔚蓝色的：一个卫生间的墙上长满了金色的海草，还有两个卫生间的墙上都是海洋鱼类、海马和海星在游弋，生动的很啊！这样的艺术装潢，大概是加拿大也没有第二个了，这是一位朋友说的。

世界里本来就是罕见之事，故即使是第一，也是不为过的。这样，我们又在西方文化里弘扬了一个中华文化的元素。

现在，儿子还在进一步完善装修工作，作点补充。待下周，就可以大功告成了。虽然干得都非常累，太太几次忙到深夜二三点才睡，累得睡不着觉，很辛苦。但是看到自己劳动和创造的成果，还是很欣慰的。这种艺术性的创作与劳动，也是自画自创为佳啊！

梅花

中国文人历来喜爱梅花，因其傲风雪而不弃不馁，凛然不屈，其风骨博得了天下有志之士的青睐、敬佩，故梅花是中国文人画家笔下画得比较多的体现情感的题材，画梅花，为的是寓情其中也！

近日，我也画了两幅梅花斗方，寓情于志也。

古墨半浓

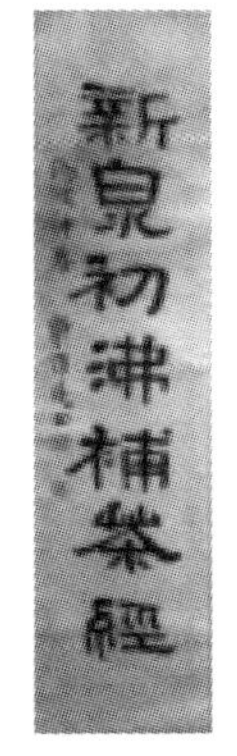

这幅对联描绘的是多么逸雅的田园文化生活啊！令人向往，却也是不少人难以企望的，毕竟还是需要有经济条件来铺垫的呀！

不过，人有美好的向往也是一种心理安慰和期盼，有利于身心健康、社会安宁。

把酒问青天，问了又怎么

苏东坡有词："明月几时有，把酒问青天。不知天上宫阙，今夕是何年？"成为普天下最有名的咏月名句。词句的胜人之处就在于它贴切地表现了人和人

之间的思念情感，很真挚，也很动人，贴近所有人的生活感受。可是词句又是那么平易近人，易懂而又恰到好处的优美；虽是平铺的，却又兼具浪漫色彩和华丽壮美。一曲小小的"长短句"曲牌，苏大文豪竟然能够装进去那么多的思想情感和遐想！所以，在中国的古今人物中，苏东坡是我最为崇拜的偶像，由衷地佩服。

还能找出能和苏轼这首咏月的词比高低的诗词曲赋来吗？

都在苏词之下也。

五体书法“悟”

朋友高峰兄弟说他每天都在寻找“悟”性，日日都在思“悟”，觅“悟”，他又很想了解中国书法字体艺术的历史演变，并问我可否愿意为他书一个“悟”字作为其座右铭挂于墙上，可以时时提醒自己必须在“悟性”之中去探索其喜欢的木雕艺术。我听了之后，一时也不知如何表现这个最深奥的“悟”。因为，我也缺少“悟”也！不知何为“悟”，又如何去表现“悟”？今日，忽然有一点顿悟，于是，把他想要书法之“悟”书写成五体悟，连着悟吧！得悟者，又长智慧矣！

荷花养眼

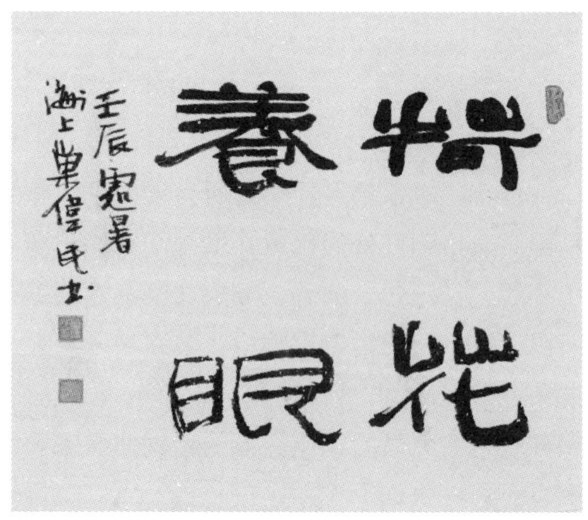

画牛怜牛说牛

牛是人类最早的朋友之一，也是为人类做出了“毫不利己，专门利人”的无私贡献者。任劳任怨，老黄牛；忍辱负重，孺子牛；奶孩奶人是奶牛；大杀剥皮吃肉是食牛……这个牛真是人类手掌里的东西，随意处置的。可是，不能忘记老牛进了地狱，就是牛鬼蛇神了，受阎罗大王的差遣，老牛要四处捕获奸臣贼子咯。这样，牛老也终于可以出一口怨气啦。……

桂林的大榕树

桂林有棵榕树爷爷，可真是独木成林啊，树荫笼罩着数百平方的土地，真是令人惊叹不已。这棵大榕树已成为桂林的代表景观，游人仰慕而去者如云。我也画了一棵大榕树，可能不是榕树爷爷，而是榕树奶奶，因为她有点妩媚，也很大很大的。

弘道养正

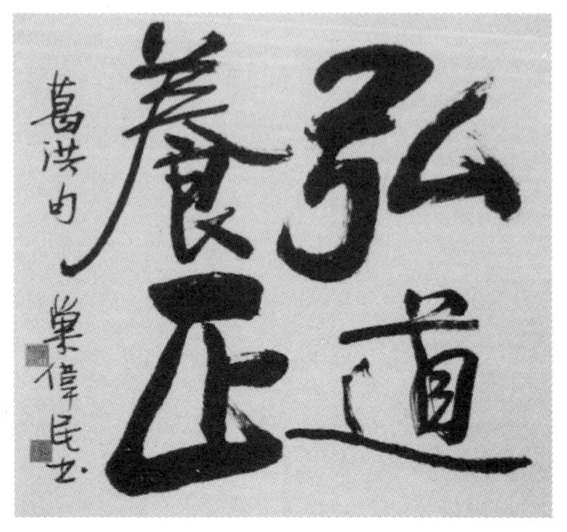

弘道养正，乃多少人追求之事，可是又有多少人实现了这样的理想呢？不过可以作为一种养生理念的追求。

这帧书法立轴仅四个字，却是足以回味一生。

闻鸡起舞

闻鸡起舞，是一句很著名的成语。成语的两位主人公祖逖和刘琨（见《晋书》）也因此成为千古名人。可是，在今日工业、城市交通高度发达的现代社会里，城市里由于空气污染，早晨的湿冷空气里漂浮着许多微小尘埃粒子，阴霾不散之时，人于此空气中晨练，于身体不利，专家建议在太阳出来之后的早上十时以后或晚上锻炼。不过，闻鸡起舞激励奋发进取的精神还是要学习的，这是勤劳勇敢的中华民族的优秀传统。但在山野农村之中，早晨空气清新还是可以闻鸡起舞的。

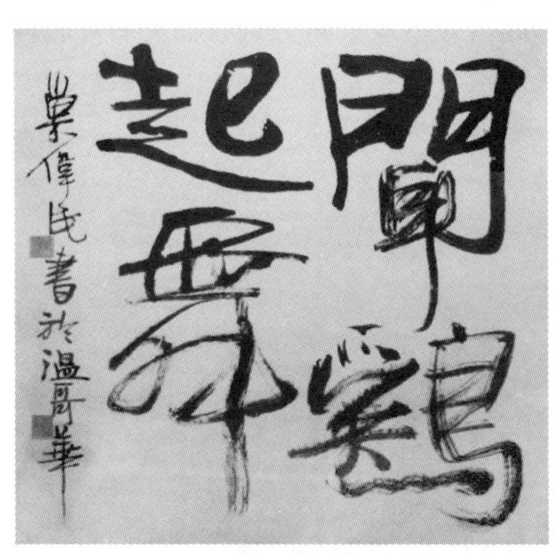

徐文长的诗

徐文长乃中国历史上一大奇人怪才，大概自北宋苏东坡以来就数他了。徐文长本名徐渭，据说他在科举考试时，故意把文章写满纸，又写到桌上、墙上、椅子上，写得满室满屋，所以落下个“徐文长”雅号。

徐文长在诗、书、画、文、戏剧和军事、剑术等方面均是中国历史上的一流大师，还是中国画写意画种的开山鼻祖，郑板桥、齐白石等等大师级人物都对他佩服得五体投地，自称是“青藤门下走狗”，可见徐文长之伟大呀！

图中为徐文长的诗。我在创作这幅扇面书法时，乘兴下笔，心随笔意，笔到心到，全无常规章法之拘束。但是，全篇又力求平衡飞动，章法凸显，显得书法掌法布局和青藤大师的诗文意境相得益彰。这也是我神来之笔尽兴之作也。已收入《中国书法创作章法手册》（上海人民美术出版社出版）。

寿与山齐

向前辈和长辈们拜年贺新春，祝他们长寿！

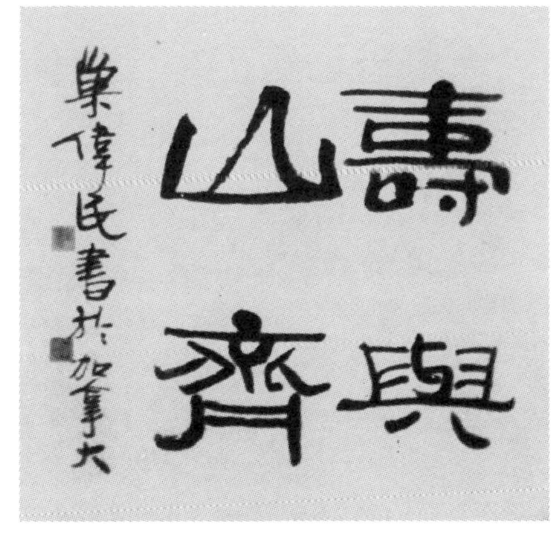

山野草民

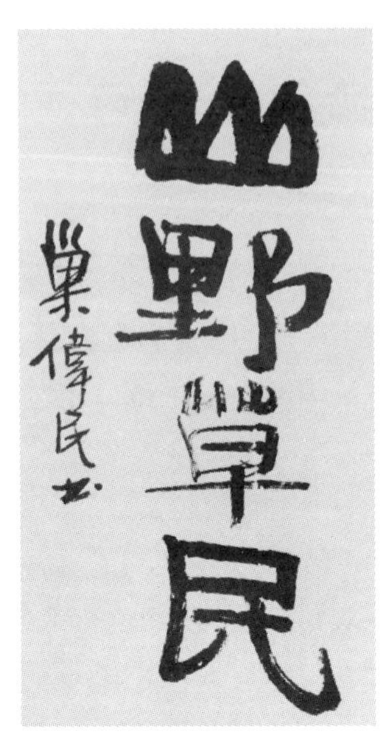

山野草民乃大隐矣！吾先祖巢父即是史载之最早的大隐也，故巢氏后人少有人大贵，只因祖上遗风是淡泊明志呐！唯有可自豪者乃是有巢氏，史载其乃是中华民族最早的一位帝王——酋长也。自隋炀帝的太医院院长巢元方起，至民国，巢氏似乎一直在悬壶济世中颇享盛誉，故乡江南孟河古镇巢氏名医也享誉史册也。其余诸业，尚未出大人物，吾辈即使倾心倾力，无奈天时地利人和不济，也只能仰望先祖后项哦！

赏冬日清雅之花

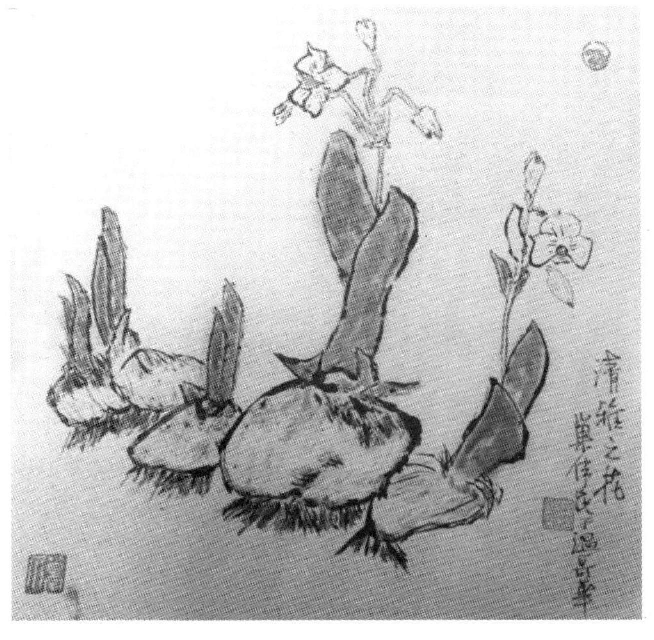

水仙花是人们案头供养清赏的如仙子一般的神灵之花，她可以陪伴爱花养花的人送走严寒，迎来春天。水仙花的清雅高洁，以及并不太娇贵的仙子性格也受到了无数人的喜欢。在那个花儿青黄不接的季节里，水仙花无疑是鲜花中的公主，我画此花供养之，欣赏之。

迎春重临《兰亭序》

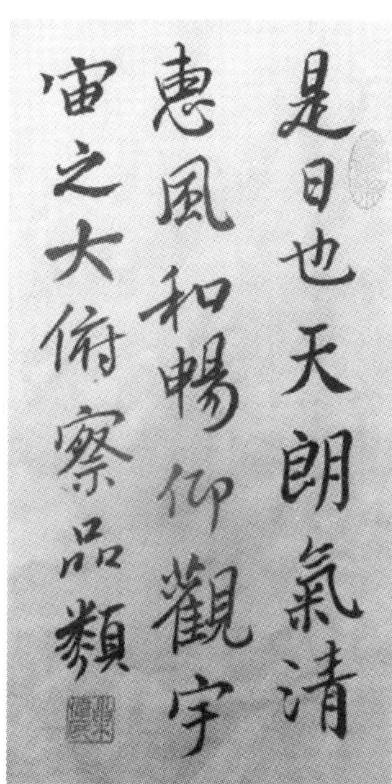

虽然上海人民美术出版社曾于2000年出版了我多年临习书圣王羲之“天下第一行书”《兰亭序》的研究临摹成果《王羲之〈兰亭序〉临摹教程》，并且作为“中国历代名家碑帖临摹教程”系列丛书之一，应该说，我对书圣王羲之的行书《兰亭序》应该是情有独钟，很熟悉的。可是，自从出版社出版我的《王羲之〈兰亭序〉临摹教程》一书之后，我转为主攻北碑《龙门二十品》和云南“二爨”（即《爨宝子碑》和《爨龙颜碑》），这也是听从海上书法大家赵冷月先生的指教之后作出的决定。于是，笔从圆变方为主，书风也为之一变。事过十年之后，再来重临《兰亭序》，倒也觉得并非易事，先后写了十几次，前后十余天，今日得临摹一段书迹，也不过是遣兴之笔，和同道书友互动一下。

有谁入了“不二法门”

文殊菩萨曰：“无有文字语言是真不二法门也。”佛教有八万四千法门，不二法门在诸法门之上，可以直接见圣道者。故不二法门是佛教的最高境界。在这大千世界中，有谁入了“不二法门”呢？

高山仰止！

天涯海角

海南岛的“天涯海角”风景点是很著名的，那里的“天涯海角”的刻石题字也是很有名的。可是，观景的人看了风景，欣赏了题字刻石，常常认为那是苏东坡流放海南时所题，或者是雍正年间崖州知州程哲题写“天涯”，清末文人题写“海角”，也有在1938年琼崖守备司令王毅在另一尖角巨石上刻“海角”之说。但是都不对。其实，早在唐朝时白居易的诗中就已有“海角天涯”的说法了，后人只是在前人的诗文基础上应景发挥罢了。白居易的《春生》曰：“春生何处暗周游，海角天涯遍始休。”还有唐宋八大家之首的韩愈写的《祭十二郎文》中有“一在天之涯，一在地之角”。后人引申为“天涯海角”。至于海南岛“天涯海角”，是康熙五十三年前后曾测绘全国地图《皇舆全览图》，钦差大臣曹汤在此勒石刻下“海判南天”四个大字，“以为标志，并须永久保存”。这是那里最早的石刻。这些石刻和风景，使得天涯海角成为天下闻名的风景点，去海南旅游者几乎都会到此一游。

苍松翠竹迎佳客，明月清风是故人

“苍松翠竹迎佳客，明月清风是故人”。这副对联是我十几年前书就留存并请人竹雕的，是我喜爱的对联之一。我崇尚魏晋风度，仰慕才学皆佳之雅士，钦敬那些风流倜傥的才子，喜交好友佳客，与故人好友品茗喝好酒，畅谈喜好、学问艺术之事，乃一大快事矣！只是可以畅叙的志同道合的故友知交难遇，故几瓶二三十年的五粮液、茅台还是未到开启之时。想独自享用，又觉得太乏味了，所以，还是珍藏着。

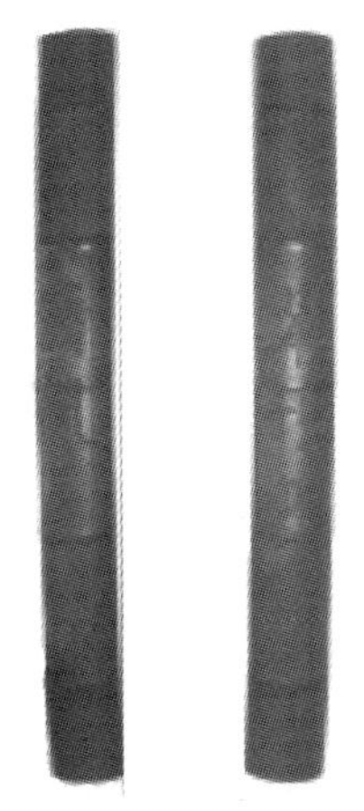

几年前，我请朋友帮我用江西大毛竹，将我书就的这幅对联制对联成竹刻，朋友还自作聪明地帮我予以做旧，成为“古董”了。只是，这幅竹刻对联偏长偏大，在上海的公寓房中，一时无有合适的可悬挂之处，于是就一直珍藏着。

去年底，为了和从小未曾离开父母的儿子一起住得更和谐、更有老家温暖的意韵，也为了把家布置得更有中国传统文化艺术氛围，我回了一次上海老家，把原有的家具杂物等，连自行车也一起托运过来了。这样，我原来珍藏在箱中的那些工艺品有了可以安置的地方。这幅竹刻对联就挂在客厅和餐厅之间的门楣两边，恰到好处，挂好之后，我忽然发现，这副对联的内容意境太符合目前居住环境景象了，客厅门外的院子中，正好是原来那老外房东种植的苍松翠竹等植物，我那幅竹刻对联的内容正好是这个环境景象的写照。“苍松翠竹迎佳客，明月清风是故人”。如此与居住环境相合，只能说是天意所为，实在是太妙了。我可没有未卜先知的本事，不过，此事让我进一步领悟命运的归程皆有天意的。努力是自己主观的追求，可是结果却是天意，老天爷早已安排好了。

晨曦中的温哥华狮门大桥

温哥华的狮门大桥是大温哥华的著名风景旅游点，其早晚的景色也是各有特色的。北美的景色适宜用油画来表现，用传统的中国画技法予以表现，颇具难度，我把照片给了上海的几位画了几十年山水画的老画家看，他们也感到颇为棘手，需要多方准备，不敢轻易动笔。这可见用中国画技法画北美山水的难处。不过，我已大胆画了近二十幅加拿大山水风景画，逐渐上传到我的博客上。这是先上传的《晨曦中的温哥华狮门大桥》。

野渡无人舟自横

唐朝诗人韦应物有《滁州西涧》，云："春潮带雨晚来急，野渡无人舟自横。"这两句诗成了千古名句。不要以为这个景象只有中国有，外国也有，只是带点洋味。请欣赏我的中国画，加拿大洛基山中的一处"野渡无人舟自横"景色。

这幅中国画，也是我用中国传统国画技法来表现加拿大山水的一次探索。

加拿大不列颠哥伦比亚省的早晨

不列颠哥伦比亚省是加拿大的西部省份，富饶美丽壮观辽阔。大温哥华属于不列颠哥伦比亚省，要说到加拿大和亚洲或中国离得最近的省份，那就是不列颠哥伦比亚省。世界著名的三文鱼主要出产在不列颠哥伦比亚省。离温哥华不太远的那一带的深山中一些河流的发源地，我曾去其中一个三文鱼集中地参观过。

我用中国画形式画了一幅不列颠哥伦比亚省的早晨。

加拿大的班芙风景

加拿大的班芙风光在北美是很著名的，在洛基山脉中，其中的湖光山色在中国是很少见的。

我用纯粹的中国画传统技法画了一幅班芙的一个美丽湖泊中的景色，这绝对不是水粉画噢！

大赢家

2010 年 4 月 4 日晚，由上海市人民政府派出的赴加拿大温哥华宣传推广上海世博会的上海轻音乐团在大温哥华的河石剧场演出，中国驻温哥华总领事馆和主办这次访加演出的加拿大华人社团联席会等向轻音乐团长赠送了高二米余的四尺中堂榜书：“大赢家——祝上海轻音乐团宣传上海世博会访加演出成功。”这“大赢家”三个大字，是我思索一周、不落俗套、含义深远的构思，打破了那些只写“万古长青”“中加友谊”等等的老话、平淡无回味的客套话常规。而且这个河石剧场正好在大温哥华最大的赌场之内，我这个“大赢家”三字书赠访加宣传推广上海世博会的上海轻音乐团，正是应景又衷心祝贺的大白话和大好话啊！出人意料的祝贺

之词，点睛应时，三个大字不但是我最好水平的书法和文学的代表之作，也是我一周来的辛苦构思操练的结晶。作品徐徐展开后，满场叫好，照相机闪光灯此起彼应。演出结束之后，在散场的楼梯口、走道上，观众知道这三个大字是我书写的，都赞不绝口，有人甚至说这是来到温哥华后看到的最大最好的书法作品。

神州流风余韵

SHENZHOU LIUFENG YUYUN

篁风斋纪事

篁风斋是我的陋室书斋的雅号，我自己取的，源自唐朝田园派大诗人王维的七言绝句《竹里馆》。1995年时，承蒙敬爱的冰心老师亲笔为我题写书斋名“篁风斋”。老师那时年已95岁矣，十分珍贵。于是，我的书斋“篁风斋”的雅号就再也没有换过，也有不少书画前辈和领导为我的“篁风斋”题写过斋名，但是我一直以冰心老师所题书的“篁风斋”为荣，也一直以勤奋读书，致力于书画文学艺术为荣，对他人发财升官什么的均漠不关心，自得小楼陋室之雅趣，不与他人争贵富。冰心老师前后曾三次为我题书，一次是为我的《〈百家姓〉辞典兼钢笔字帖》一书题写书名，还有一次是专门为我书“海纳百川，有容乃大”一幅赠我，这成为我的收藏中第一宝，于我人生意义很重大，成为激励我一生的力量。

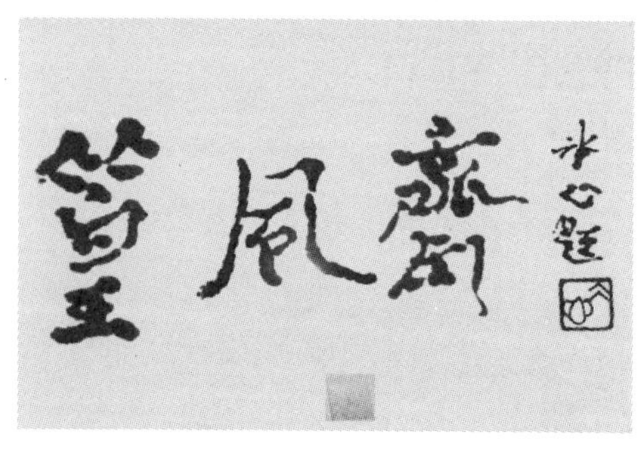

我的书斋自上海滩的亭子间八平方开始，三十余年也已搬迁过六七次了吧，上海的中心城区虹口、徐汇、黄浦、长宁、闸北和普陀等区都留下了我至少六年的身影，印象深刻。虽然还是陋室，可是，这块冰心老师题写的“篁风斋”匾额，却是我搬家时第一需要选好地方恭恭敬敬地挂好的大事，因为这是我的情趣志向，命运所系之文化内涵。可谓息息相关矣。其次，此宝贵题书，也是我的精神文化之动力，每每受此激励鼓气，奋发进取。至于成败与否，所谓“成事在人，谋事在天”，那也看天意了，重要的是我曾经努力过。我不知道我最终可以成功多少，可是，我不能对不住冰心老师为我题写的“篁风斋”啊！我必须一直读书学习和创作，争取不断地有自己的艺术文化成绩问世哦。三十年来，篁风斋的藏书从数百册达到了一万多本，书海成了篁风斋最大的看点，书房四壁和桌几地上、床下，都是书和宣纸。当然，书橱里，我自己的著作也在逐年增多，这是我的心血结晶，是书橱里的重点，比家财万贯还珍贵呢。

在上海时，我的篁风斋乔迁过六个市区，数年前，为了儿子，我有幸以中国书画艺术家身份携妻带子搬到了加拿大温哥华。由于我酷爱读书而不会理财，篁风斋依然是陋室。可是，由于横跨太平洋的万里搬迁实属不易，搬迁之前，我割爱把其中五千本左右的藏书捐赠于我的故乡常州市图书馆，以丰其藏书，也略尽文化贡献绵薄之力，其余的则打包，海运至温哥华篁风斋，整理书橱之事，我就花了四个月。于是，我这些文史哲书画类藏书成为此地华人文化圈中的一个亮点。因为在以英语为主的北美西方，不是爱书藏书用书，研究中国文化历史艺术者，家里不会有如此众多的中文古今书籍，中国书法字帖和画册，以及门类齐全的中文词典、大辞典、辞海等。我知道，这些书还将会陪伴着我直到永远，于我而言，没有书读，等于灭灯了。我几乎是手不释卷，出门乘车、旅游，甚至上“一言堂”（茅厕），也是必有一书在手，即使是装腔作势吧，晃上几眼，也是可以读几行字的。可惜的是，我前看后忘，读书不少，可是能记住能背诵的甚少，真正是“不求甚解”矣，很多书在事后也只有一个曾读过的印象，到需要此书作参考时，再去书橱拿出选用之。我对研究需要用的书，极少去图书馆借阅，而是喜欢走访新旧书店去寻觅，搬回家来，慢慢取阅、用之，在自己的书上也可以涂涂画画，标注自以为是的重点或喜欢的句子段落。我很赞赏毛主席读书时批阅注读的方式，也很赞赏古人批注评读

篁风斋书房一角

的方式，这会保存前人的文化，使后人更易于理解传承。这也是我为什么家里一度书满为患，满目是书，床底也塞满了书。以至于我不敢随意进书店的原因，因为一旦喜欢某本大作，没有买回家，那是要失眠几夜的，直到捧回家为止。我喜欢书，哪怕是有的买来只是翻阅一下，再也没去阅读过，可是，在我的书斋和家里，它们仿佛都成了我的孩子，我知道我有哪些书，知道哪本书在哪个书橱里。我喜欢看到我的书孩子。这是我拥有的书啊！古人云：藏书万册，学富五车。其实，我远远不止。因为古书曾用竹简书写，其一册，真还不如如今一本书的一章呢。至于“学富五车”，那更不如今人的数百本书呢。试想，今日数百本书写在竹简上，将会不止十车吧。

如今，篁风斋是清幽竹林中的陋室小屋，若是宽敞豪华，则不可言“篁风斋”也，因为，那不合“竹林七贤”的魏晋风度之韵味，而是世俗之人的炫耀之窝矣。所谓室雅何须大，正是如此。不过，陋室中也有我精心收藏之物，这些风雅颂历史文化艺术品是内涵极丰富的五千年中华艺术文化的象征，不考究其真伪，也不是都有缘收得真品珍品的，即使是仿真品，那也是中国历史文化艺术的再版拷贝，也是可以值得把玩品味解乏的。私人收藏，未必都要真品，珍品和真品可以去博物馆欣赏浏览。而这些中国文化艺术之雅玩却让我蓬荜生辉，陋室不陋而大雅。故我常喜独处于篁风斋中，读书创作和品物，品香茗，写博文。我不太喜欢西方的咖啡，喝了一杯后会头疼，所以，特喜欢中国南方的佳茗和江南绿茶，尤其是西湖龙井村的龙井茶和苏州东山太湖边的碧螺春，还有安徽的太平猴魁，现在也很喜欢故乡常州所产的佳茗，品味也很好的，泡在玻璃杯里，碧绿碧绿的。在温哥华华人中，我大概可以说是藏有中国茶品类最多的人了吧，祖国东南西北的，台湾的都有，有数十种之多吧。当然，我不是卖茶的，品种多，是因为接触的学生多，各地都有，回乡后，来看老师，一小袋或小罐家乡茶叶作见面礼，让我愧收了，可以慢慢品尝，招待友朋了。也有自己回去，去茶叶市场上选购的，亲友送的。所以，海上篁风斋主独自于篁风斋陋室品茗，能喝几何？于是就积累的茶叶就多了。好在温哥华的夏天的晚上也很凉快，有寒意，把那些茶叶放在室外杂物间里，还是能保鲜的，不一定需要放在冰箱里。我已试过两年了，旧茶依旧如新。

人生蹉跎日催生，同是性命各不同；河东河西由天命，直到满天夕阳红。苟且活生与生活，天生龙子和子龙。篁风斋里自得乐，岂管世俗闹哄哄。

大概又有机会编著几本新书了，篁风斋主有事做了，可以暂且不茫然了，明年的书橱里又可以增加自己的“大作”啦。

吟张继《枫桥夜泊》的新感受

月落乌啼霜满天，江枫渔火对愁眠。
姑苏城外寒山寺，夜半钟声到客船。

这是唐朝诗人张继的传世名篇七绝《枫桥夜泊》。张继是唐朝天宝年间进士，非布衣，他的诗情致清远，不事雕饰，多登临纪行之作，但是唯以这首《枫桥夜泊》最为有名，成为传世佳作，并成为寒山寺的最佳广告词，而张继也因这首《枫桥夜泊》而名扬中外。虽然，张继不能和李白、王维、二杜相比，可是，凭他一首《枫桥夜泊》，区区 28 个妙手偶得的佳字，足以流芳千古，饮誉诗坛了。

从这一点而言，张继当然是“成功人士”。可是，现世中人常常要看你的钱赚得多不多。在文化艺术上的苦心汗水，十年、二十年寒窗修炼得来的成果、知名度，不足惜也，因为那不可当饭吃啊！必须赚得很多的钱，方是成功人士。

但是，一个国家、一个民族，或者一个人，一座城市、一个村庄，乃至一个家族，要能够流传下去，还是必须要有历史文化艺术的“皮”来依附，才能久远地传下去。不然，再如何致富，也是“文化沙漠”呀！皮之不存，毛之焉附？

我如有才缘机遇，我宁可要张继一首二十八字的小诗，而不要白银千万！君不见，今日博物馆中展示的国宝级珍宝何其多？可是，唯见珍宝，不见珍宝之老主人呐。藏宝之人是为后世藏宝，也就是在世时多把玩些时日，多保管几日而已！可是，诗文专著却是随名流传的，不怕外流，这是著作专利权，受法律保护的。我也算出了几十本书的人，可是，还没有扬名中外的著作文章诗篇，还需闻鸡起舞，奋发图强呢！

哪首古诗最能代表中国人情感

在海外，听到、看到次数最多的中国古诗是李白的《静夜思》。于是，我想，大概大诗仙李白先生这首千古名篇最典型、又是最简洁地写出了炎黄子孙思乡怀古的心理了。因此，这首绝句虽然仅有二十个字，却是其他形式的文学作品二百万字也无法比拟的。故人生的作品不在多，不在大，而是在于精炼、精辟、精言，以及其中深邃的精神啊！想到这里，我更是对诗仙李白佩服的五体投地。不过，我这辈子即使也想写出这样的诗句来，恐怕也未必可以如愿。因为，我比李白笨多了。不能如愿，那么就欣赏李白大诗人的五言绝句《静夜思》吧：

床前明月光，
疑是地上霜。
举头望明月，
低头思故乡。

一切离家在外的炎黄子孙们，一起来诵吟诗仙李白的诗，发思古思乡和怀旧之念想吧。不过，要读古诗，要带着情感去想哦。不然，没有情感就不会感动人。

“既生瑜，何生亮”之新解

史书记载，周瑜为三国吴名将，曾为吴国大都督、三军统帅，后病死时年仅35岁。当时曾有一句流传名言：“曲有误，周郎顾。”因为周瑜还精通音乐。

可是《三国演义》中把周瑜写成器量极其狭小的人，他之所以早夭，是诸葛亮把他气死的，所以周瑜临死前还对孔明耿耿于怀，念出了“既生瑜，何生亮”的小鸡肚肠的名句。于是，少年得志、才华横溢、倜傥风流的美男子周瑜，几乎成为“小鸡肚肠”、妒忌人士的代表，这真有点歪曲了周郎啊！

且不说周瑜能在年青时就被吴国任命为三军大都督，没点能耐肚量，何以当此重任？小鸡肚肠之人是不可能被委以三军统帅的。不能容纳各种人才。何以打胜仗？孙权也是明主，不可能拿自己的国家存亡来当儿戏。因此，如果把小说的艺术描写当成历史来读，那真是要误解历史的噢！而有的人还真靠戏说历史、曲解历史成名发大财呢！

历史上，英雄总是惜英雄，比英雄，凡夫俗子不足比。那周瑜多才多艺，可惜命短，35 岁早逝，但是，那个时候的诸葛亮也是蜀国三军统帅、军师，才华出众的卧龙先生，26 岁时，被刘备三顾茅庐请出山，孔明也是精通音乐之人，想那孔明先生能在空城楼上独奏五弦古琴而退司马懿亲率的几十万大军，不通音律绝无可能！而诸葛亮和周瑜又是知音好友，孔明吊唁周瑜的一篇祭文读得声泪俱下，吴国上下无不动容，历史上，能如此打动人心的祭友文章似乎还未见第二篇。可见诸葛亮和周瑜的友情真挚之极。因此，周瑜在临死之前，想到再也不能和孔明先生谈论人生志向，音律之道，心头无限惆怅，不甘心离世而去，所以从内心发出了“既生瑜，何生亮”的感叹绝唱，因为，他不能再和知音好友诸葛亮共同聆听音乐，切磋用兵之道了。因此，这并非是周瑜小鸡肚肠之言啊！周瑜冤哉！世人一直曲解他。

《春晓》新悟

春眠不觉晓，处处闻啼鸟。
夜来风雨声，花落知多少？

孟浩然此诗知者甚多，但多以为是咏春，气候适宜，好睡觉也！非也！试想，一年之计在于春，如此懒散，不想起床者该是何人？只有悠闲无事者、无目标者或生病者，其茫然不知所措，无奈之下，只好以“春眠不觉晓”搪塞之也。

孟浩然乃唐朝大诗人，这“不觉晓”者当然不会是他本人生活之写照，其乃喻某些时人矣！这也是社会一景。

君不闻“闻鸡起舞”之典故乎？那祖逖和刘琨闻鸡起舞，是为了习武练功，报效国家之大事，非贪婪被窝温暖小气候之辈也。故“闻鸡起舞”的故事成为志士仁人者激励自己奋发向上的历史传统精神。

当然，孟浩然此诗也写出了春天的景象，夜来的大风雨又折毁了多少在新春中刚绽放怒开的鲜花嫩叶，可是，这似乎在喻指那些折花折叶者吧？折损人才的权贵者也。时人常把此诗解释成对新春的喜悦欢呼，甚至写进学生的语文课本，影响深远，可是，这未必得孟浩然此诗的真髓啊！呜呼哀哉！孟浩然伤心矣。

重读《三国演义》有感

三国人物是国人耳熟能详的艺术形象，但令后世敬仰的却几乎皆是蜀国将相为主的人物。惟刘备为汉室宗亲，大汉正统一脉也！故扶助刘备者皆为英豪人杰，为世人口碑颂之。如智慧象征诸葛孔明，勇武信义象征关云长，智勇象征常山赵子龙，老而弥坚有老将黄忠，威猛粗莽有智计的张飞等等，已是全球华人心中的英雄谱，世界文艺小说中形象人物的代表，无可替代。魏国和吴国中也有英雄智囊人物，但相对蜀国而言就少得多，而且略逊一筹。魏国除了曹操描绘其为奸雄、雄才大略、文采冠三国之外（历史上操与其子丕、植在文学史上并称“三曹”），还有后来篡魏的司马懿、司马昭父子，其余不常被人道。而吴国除了孙权以及拿来当贬义词说的气量狭小的周瑜，为后人言及的就更少了。

小说本是民间文人所写，倾向性也非当权者钦定，但在追求正宗正统的社会里（全世界如此，并非中国独有），跟随正宗是很重要的事情啊。切记！在众多的三国人物中，我最敬佩的有三人，即是足智多谋的诸葛亮、勇武信义的关公和智勇盖世的赵子龙。其中的关云长已被后人尊为武圣，和文圣孔子并列，加之关公极重忠义仁信，已成为最受后世敬仰崇拜的英雄人物，他人已无法望其项背了。以我而言，对关公也是顶礼膜拜的。今日世人少诚信，如让关公来教训一下那些无信无义的小人，这风气肯定会改观许多。

四十年未读《三国演义》了，今读之领悟得更深更多。年轻时读《三国演义》，只闻人言“少不看《水浒传》，老不读《三国演义》”，说年轻的看了《水浒》会倾向闹事，老的看了《三国演义》会更加奸诈使阴谋。现在看来，这些话都是蠢话！但也说明一点：文艺作品对人的影响太大了，胜过原子弹氢弹。那是可以影响几十年几百年几千年的事啊。这就是艺术作品的力量。

少时读《三国演义》，为书中人物吸引，常常读得废寝忘食，祖母、母亲叫吃饭要请几次。现在想来也只是看个热闹而已，如桃花源里人，不知有汉，无论魏晋。现在读《三国演义》才是真读啊！但是，我也渐趋老矣，说得好听些，更成熟了。实际上，人无完人，谁也无法成熟完美的，《三国演义》中的诸葛亮可谓智慧化身了，但他也未能阻止刘备伐吴大败，也忘了刘备之嘱错用马谡而失了街亭啊！

《三国演义》是天下小说之最，因为其宏大框架和细微叙事兼备，生动人物之多，为其他小说不能比，场面之大也是其他书不能相比的。

《三国演义》是著名历史小说，人物源于历史而非历史，却有人拿着史书和札记等资料去印证小说《三国演义》中的人事物地点等等，这种毫无意义的蒙人之事还美其名曰“品”《三国》，骗了一大片未读过原著、不知文学原理的老少读者，据说还因此发家致富了，这真是假作真时真亦假了。

端午抒怀

中国的历史太久远了。因此，历史文化久远的民俗节日也就特别多，都是祖先传承下来的珍贵文化遗产啊,以至于有邻居想要窥视我国的历史文化遗产，想弄几个过去为他们妆点一下脸面。不过，好在历史有据可查，似乎也不怕他人来认祖归宗，要一个名分。

就拿今日的端午节来说吧，虽然起源之说有多种，但还是以纪念世界文化伟人屈原的说法为主流，那么，我们今人也就不必拘泥于一家一说，可以以中华民族都可接受的原因来欢度端午节。屈原是中国历史上最著名的爱国诗人、大文豪，既然以纪念屈原的名义来过端午，还只是包个粽子吃吃，做个龙舟赛事，弄个雄黄抹抹小孩额头等，似乎还没有把端午节的立意拔高，还是一般民间意义，对于纪念屈原来说，也似乎只是为了较为消极的意义，比如，当初包粽子扔到河里，想不让河里的鱼虾去吃屈原；划龙舟，也是为了寻找投河的屈原。而这些，在今日已经只有娱乐和饱口福的意义，还有商家赚钱的好时机了。至于真正纪念屈原大诗人的意义却没有凸显。因此，真正的纪念屈原大诗人的意义可以利用端午节来搞赛诗会，咏史诵诗。中国是一个诗文化悠久的大国，历代诗作佳篇不胜枚举，可是今人的诗作佳篇似乎逊于祖先和前人，尤其是韵律诗在总体上更逊色。为此，我们今日过端午节，应该把端午节的文化内涵予以拓展深入，使古老的文化节日民俗节日具有更深层的精神文化内容和民族精神。何况，诗词文化也是中国博大精深的文化遗产之一，也需要今人通过各种场合来弘扬继承，而端午节这样影响深远广大的节日，正是宣扬中国诗词文化的好日子啊！

漠视端午节的诗文化内涵，这真是太可惜了。

武则天一首诗让李白汗颜

武则天原是唐太宗李世民的武才人，可是，武则天和李世民的儿子李治有苟且之情。在李世民死后，唐太宗所有的嫔妃被下放到宫外安置，以免宫内次序混乱，武则天则放到感业寺为尼姑。李治继位皇帝，即唐高宗，武才人耐不住寂寞，于是写了这首绝妙情诗，李白读后也自叹不如。

看朱成碧思纷纷，憔悴支离为忆君。
不信比来常下泪，开箱验取石榴裙。

李白是大诗人，旷世绝后的大才子、诗仙。中国历史上，数他的佳作传世最多，前无古人，后无来者。可是，李白在读到武则天这首诗之后，一再感叹：我是写不过她啦！

这首情诗，不仅把武才人当年在李世民的隔壁和李治偷情的情景写得丝丝入扣，精到传神，而且情深意长地写出了武则天对李治的相思。据说，唐高宗李治在读到这首诗之后，回首往事，浮想翩翩，立马去尼姑庵接回了武则天。这样，唐太宗的武才人成为唐高宗的妃子，最后终于成为中国历史上第一位真正的女皇帝。

由此可见历史，想要成就事业，除了有才艺，有主见，自己也要善于创造机会和善于抓住机会，这样，才会有机会成就自己的一番大业、事业，实现自己的理想。武则天在中国历史上也是一位有作为的皇帝，虽然，按传统来说，她也不算是正宗的帝位传子嗣的皇帝，可是，她确实是第一位有作为的女皇帝。

我和文学

应该说，我是一个从小热爱文学的人士，从小学生直到自己成年变老，一直是文学爱好者，也一直在买文学书籍和中外名著，除了阅读，还有收藏。我可以自豪的说，凡是中国古典文学名著，我是全部请进了家里的书橱，除非书店里也没有。记得小时候看小说，总是忘了吃饭，祖母和母亲要叫唤很多次，我才会不情愿的放下书去吃饭。至于世界名著，由于我喜欢中国的文学名著，国外的名著小说也就买了四五十种名气特别大的，如巴尔扎克的、托尔斯泰的、《莎士比亚全集》等等。而且所买来收藏的外国名著，也是以大学里外国文学老师推荐或介绍过的为主，当然也都是翻译成中文的名著。不过，这些世界名著，在我出国之前，除了有老师或翻译者签名的珍贵本，我连同其他共近五千本书籍都捐献给了故乡常州市图书馆了。因为，我考虑到余生也只有在中国古典文学和书法国画上还可以读读写写，其余也无能了，捐给公共图书馆，可以发挥更多的作用。

至于近现代文学，说实在的，我也就读过鲁迅的一些小说、杂文。巴金的《家》《春》《秋》，老舍的《骆驼祥子》《茶馆》，矛盾的《子夜》，还有冰心老师的一些诗一般美的散文等等，可以说，其他人的文学作品我读之甚少，因为学中国书法艺术的爱好，就几乎占去了我的绝大部分业余时间，而且还因为天资不高，缘分和修炼都不到，练了那么久还是在大书法家队伍的门口排队，至于久藏于心里的愿望：写一个剧本，写一部长篇小说，还是遥遥无期的愿望呐。正因为还只是一个愿望，所以连儿子也敢拿这个跟我开玩笑，嘲嘲我了，哈哈。不过，可以自我阿Q一下的是，我也算发表过几篇短篇小说，十余篇散文，还出版过两本明清书法家传记等文学作品的文学爱好者哦！我还会继续努力的。不过，想拿诺贝尔文学奖的勇气是没有的，属于自娱罢了！

至于现代人的小说，大概也就是在没有书看的时候，读过《秋海棠》，还有《金光大道》等等，其余人的小说也曾翻阅过数部，都因为提不起阅读的劲头而作罢。大概不太喜欢不用中国传统写法的小说吧。

不过，我既然爱文学，故也很关心中国的小说文学能否在世界上得大奖，尤其是那个很受国人追捧的诺贝尔文学奖，因为国人是把它看成了文学世界的最高奖项的，所以，凝聚了很深厚的诺贝尔奖的情结。我也曾读过几部得诺贝尔文学奖的小说，看了之后，也很不以为然的，也可能是我没有水平读懂啊。如今，中国也有得诺贝尔文学奖的作家了，我即兴撰“莫言诺奖”的藏头小诗祝贺莫言。不过，也很惭愧，我还从没有读过莫言先生的小说和文章，好多年前看过电影《红高粱》，还是因为许多人在说这部电影怎样好，我才去看了，不过也离首映一年多了。那时看了电影，也没有记住原著者是莫言。我之所以祝贺莫言荣获诺奖，只在于他为中国人挣了面子，赢得了荣誉，据说，还击败了日本作家村上呢。

昨日，忽然起兴，想寻觅一本莫言的小说来读，还去温哥华的一个有卖中文书的店里和老板聊了，想看看这个“魔幻般的描写”是怎么一回事，但没有如愿。不过，这里西方难觅，回家总会找到一读的。我也很多年没有读小说啦！后来一位美国华人朋友特地寄了一本莫言的小说《丰乳肥臀》给我，不过我还没有看完这本小说，没有当年那种废寝忘食的激情了。

善辩和善喻

《孟子》的散文艺术

古人读《孟子》，虽然主要从“经学”“道学”的角度去研读，或以此作为谋取功名利禄的敲门砖，但是《孟子》文章的感染力，如春雨“随风潜入夜，润物细无声”（杜甫《春夜喜雨》），对后人的文章撰写，无论从思想上、语言上，还是艺术风格上等都产生了深远的影响。陈柱的《中国散文史》中说："孟子之文下开韩昌黎而上则实承《论语》。"在中国的文学史上，从西汉的司马迁一直到南宋的朱熹、清初的方苞等人都极力推崇《孟子》。其中，唐宋古文八大家尤其从孟子的文章中得到了教益和借鉴。被誉为"文起八代之衰，道济天下之溺"的韩愈就曾自比孟子，他的《与李翊书》《原道》《与孟尚书书》等文章就明显的受到了《孟子》文章的明快雄放风格的影响。韩愈甚至总结了写文章的经验，并且将其归纳到"养气"上，而这正是从孟子的"知言养气"之说而来。宋嘉祐二年（1057）的科举考试中，时任评判官的梅尧法对年仅二十二岁的苏轼的文章非常赞赏，"以为有孟轲之风"，取为第二名。这说明苏东坡的文章如行云流水，其功底也渊源于《孟子》。还有苏洵曾攻读《孟子》七八年，称誉孟子文章是"语约而意尽，不为巉刻斩绝之言，而其锋不可犯"（苏洵《上欧阳内翰书》）。而桐城派创始人方苞更是直接把《孟子》和《五经》《论语》一起称之为文章之根源。由此可见《孟子》的影响可谓一脉贯古今，成为古今文人的范文，这显然和孟子文章的独到的艺术个性有关。

浩气横秋的散文雄风

孟子的文章最大的特色就是意辩，因此，孟子的散文读来觉有浩然之气，似乎将和东流沛然而下，气势磅礴，辞锋犀利，有出神入化之功力。《墨庄漫录》一书评孟子的文章为"横"，说："孟子之言道，如项羽用兵，直行曲施，逆见错出，皆当大败，而举世莫能与者，何其横也！"这句话可以说道出了孟子文辞有盖世之勇、无往不胜等特点。

在辩论中，为了取胜对方，孟子创用了种种辩驳方式，并且善于辨析对方的弱点，掌握对方的心理素质，巧妙地引入论题进而战胜论敌。这种辩驳方式是孟子辩论艺术的主要特色。例如在《滕文公上·有为神农之言者许行章》里，孟子不从正面去回答许行的主张正确与否，而是先问陈相所知道的关于许行的粮食、帽子、衣物等生活资料的来源等事，把对方引入自己的思路说下去，于是使陈相也不得不说"百工之事固不可耕且为也"，承认了社会分工的必要性；然后，孟子忽然来一个反问，用"然则治天下独与耕且为与？"转入话题，例举尧、舜、禹、稷的事例接连反问："（如此）虽欲耕，得乎？""圣人之忧民如此，而无暇耕乎？”接着，孟子又用圣人治天下不暇耕的原因来说明：“从许行之道，相率而为伪者也，恶能治国家？”一语刺破了许行学说的虚伪实质。其气势浩然，锐不可当。我们可以充分想像陈相当时语塞的尴尬窘相。

有时候，孟子也会迎合对方的话题或所好，先引起对方的兴趣，然后再转入正题。在《梁惠王上·齐桓晋文之事章》中，孟子借齐宣王问起曾在春秋时称霸的齐桓公、晋文公之事的话题，提出自己的“保民而王”以及“制民之产”的政治主张，试图说服齐宣王放弃图霸，实行仁政，这种方式竟然使只关心自己如何称霸的齐宣王也顺着孟子的对立观点讲了一通行仁政的大道理。这使人佩服孟子高超的思想转化的艺术方法。对话开始时，孟子就把齐宣王问霸之事引到到怎样为王的论题上来，引导齐宣王对这个问题产生兴趣，尔后即正面提出来如何“保民而王”的政治主张。但是，孟子又不是立刻就此阐发，却是先用具体事例来说明齐宣王已具备了“保民而王”的条件，让齐宣王那个心想之事转到自己的论点上来阐发开来，随后，孟子又撇开正题，两次用比喻来引证齐宣王之所以不王，并非因为不能，而是不为而已。如此两擒两纵之后，使齐宣王对此极为关注，欲急切地知道下文，至此，孟子才不紧不慢地提出了齐宣王渴望知道的“恩足以及禽兽，而功不至于百姓，独何与”的问题，并且不等齐宣王回答，即直接用几件齐宣王不乐为之的事予以诘问：“抑王兴甲兵，危士臣，构怨于诸侯，然后快于心与？”这样之下，齐宣公不得不说：“否！我和快于是，将以求吾所大欲。”至此，孟子已经完全牵住了齐宣王的思路，抓住了他企图称霸诸侯的要害。可是，孟子对齐宣王的“大欲”虽清楚，却也不明说，却是一而再地用话激他：“为肥甘不足使令于前与？王之诸臣皆足以供之，而王岂为是哉？”孟子先以直行使逆法迫使齐宣王就范，然后再点出齐宣王的“大欲”无非就是“辟土地，朝秦楚，莅中国而抚四夷”，称霸于诸侯，直截了当揭开了齐宣王不乐行王道的根本原因。为了警醒齐宣王耳目，孟子再次尖锐地说：“以若所为，求若所欲，犹缘木而求鱼也！”缘木求鱼不成却无后灾，但“以若所为，求若所欲，尽心力而为之，后必有灾”。几乎是耸人危言了。齐宣王出于对自己称霸事业的关切，着急地脱口而出：“可得闻与？”这个时候，孟子方全盘说出了如今霸道行不通，应实行王道的道理，达到了辩论上欲擒故纵的目的。

在这次长篇对话中，由于孟子能知己知彼，结合齐宣王的思想实际，投其想实现“大欲”之好，所以孟子的观点较易被齐宣王接受。齐宣王终于被说动，欲跃跃一试了，表示“我虽不敏，请尝试之”，终于认真地听孟子阐述了“保民而王”的论点以及如何实施这一主张的方法措施。这一章，屈曲盘旋，紧摄人心而不能脱，被称为《孟子》中最为精彩的篇章。

根据辩论需要，孟子有时也采用迂回话锋，缓缓进入，顺路发问，使对方猝然而落“井”中；如果对方恍惚应之，孟子就紧追不舍，步步紧逼，直至对手束手就擒认输。这方面最有代表性的文章是《梁惠王下·王之臣有托其妻子于其友而之楚游者章》，此文中，孟子由“冻馁其妻子”进而问到“士师不能治士”如何，再进逼问到：“四境之内不治，则如何？”问得齐宣王只能“顾左右而言他”，其尴尬之态跃然于纸上。

如果碰到不怀好意的对手，故意发难，孟子也能顺接对手，化被动变主动，使对手陷入泥淖之中不能自拔。齐国辩士淳于髡有一次碰到孟子，就想发难于他，淳于髡用儒家提倡的“礼”来刁难孟子。

淳于髡曰：“男女授受不亲，礼与？”

孟子曰：“礼也！”

曰：“嫂溺，则援之以手乎？”

曰：“嫂溺不援，是豺狼也。男女授受不亲，礼也；嫂溺，援之以手者，权也。”

曰：“今天下溺矣，夫子之不援，何也？”

曰：“天下溺，援之以道；嫂溺，援之以手。子欲手援天下乎？”（《离娄上》）

一直把淳于髡问哑了。

从“男女授受不亲”之礼提出“嫂溺，则援之以手乎”的问题，确实是一个棘手的两难问题，除了学识，还要有才智，孟子很英明地先从情理言之，再从“礼”的变通角度“圆满”地回答了淳于髡的刁难质问，轻松地甩脱了被动地位，可是，淳于髡还是不肯罢休，又从“嫂溺”扯到“天下溺”，偷换论题，再次发难，又被孟子一个反问而陷于泥淖不能自拔了。孟子的思辨能力何等高明啊。

在孟子那个时代，孟子可以有雄辩家的浩然之气，这和孟子精通《五经》，长于《诗》《书》《春秋》，精研儒学有关，但是最主要的是时势造英雄，当时的争鸣之风造就了如孟轲这样的一代辩才，时势需要这样的辩才，并非如有人所说的“好辩”。亘古至今，天下好辩者无数，可是，能达到像孟子那样善辩、雄辩者甚寡，故以“好辩”之说说孟子“好辩”是不足为据的。

孟轲是孔子的崇拜者，他认为孔子是“出于其类，拔乎其萃”的圣人，“自有生民以来，未有盛于孔子者也”，故孟子说“乃所愿，泽愿学孔子”（《公孙丑上》）。然而，孟子之时已是“仲尼殁而微言绝，七十子丧而大义乖”（《汉书·艺文志》）。而且在孔子死后，儒家也分成了许多派别，“有子张之儒，有子思之儒，有颜氏之儒，有孟氏之儒，有漆雕氏之儒，有仲良氏之儒，有孙氏之儒，有乐正氏之儒，……儒分为八”（《韩非子·显学》）。原来与儒学并列的各家也势焰大炽起来，以至于处士横议，“天下之言不归杨，则归墨”（《滕文公下》）。所以，孟子“为此惧，闲先圣之道；距杨墨，放淫辞，邪说者不得作”，孟子认为：“杨墨之道不息，孔子之道不著，是邪说诬民，充塞仁义也。”（同上）其次是时“圣王不作，诸侯放恣”，“世衰道微，邪说暴行有作”，天下已是王公“庖有肥肉，厩有肥马”，而“民有饥色，野有饿殍”，已经到了几乎“率兽而食人”的地步（《梁惠王上》），作为孔子学说的捍卫者，又持有“五百年转世说”的孟子（《公孙丑下》），有“达则兼济天下”的信仰，匡扶救世的主张，故孟子能持浩然之气，“说大人则藐之”（《尽心下》），理直气壮地“崇唐虞，说仁义，于杨墨则辞而辟之”（鲁迅《汉文学史纲要》）。故所以孟子之辩，实为道义所驱使。孟子自己也认为：“我亦欲正人心，息邪说，距诐行，放淫辞，以承三圣者。”孟子坚信，即使“圣人复起，不易吾言矣”（《滕文公下》）。所以，孟子的这种精神力量是无法估量的。

善用譬喻，以形象说教

汉赵岐在《孟子题辞》中盛赞孟子“长于譬喻，辞不迫切，而意已独至”。《孟子》全书二百六十一章，有九十三章用了譬喻，累计达一百五十九个，而其中用譬喻论述问题的有六十一次之多，这在诸子百家中是第一，而且，孟子对各种譬喻辞格运用之精妙，在时人或后人中也是少见的，可谓用譬喻的大家。

总体而言，孟子用譬喻设譬不是为了掉书袋，而是为了使文章的文笔更含蓄隽永，更富有形象说服力，更富有形象性和哲理性，也可以在娓娓而谈的过程中一针见血，以增强言辞的辩难力度。这就是高超的语言艺术啊！孟子用喻达到了炉火纯青的大师高度，更可贵的是，孟子用譬喻和庄子的方式不同，均源于生活，社会中事，大小由之，浅近易懂，并能紧扣对方心理，随机应变，故说服力极大。

1. 直接用喻

在《梁惠王上·叟！不远万里而来章》中，梁惠王问孟子说："不远万里而来，亦将有以利吾国乎？"孟子即针对梁惠王之问而曰："上下交征利而国危矣。"接着，孟子就用史作譬喻来阐述他的仁义理论，指出："苟为后义而先利，不夺不餍。未有仁而遗其亲者也，未有义而后其君者也。""王亦曰仁义而已矣，何必曰利？"末句又点明主旨：若不讲仁义连国也难保，还讲什么利！如此论说方法比平铺直叙更具有数倍的撼人之力。

又如在《寡人之于国也章》（《梁惠王上》），梁惠王自以为"寡人之于国也，尽心焉耳矣"，为什么还是"邻国之民不加少，寡人之民不加多"。孟子直接针对梁惠王的好战，用了"五十步笑百步"的寓言故事来说明：梁惠王和邻国诸侯犯了同样的错误，只是程度不同而已。既讽喻了梁惠王企图用小恩小惠收买人心的虚伪，也宣扬了孟子的"王道"主张。

在《孟子见梁襄王章》里，孟子更是直接用"不嗜杀人者能一之"的名句来揭露鞭挞统治者的残暴，反映百姓渴望统一和平的善良愿望，也是用最明白的形象比喻说出了孟子所主张的"王道"一统的方法。

2. 层层设譬喻

孟子总是让譬喻视情况而变化，他有时用博喻手法层层设喻，把对方引入困境，尔后一锤定音。例如在《生之谓性章》（《告子上》）里，孟子层层设喻把告子牵引到了不能自拔的窘境，十分尴尬。而在《王之臣有托其妻子于其友而之楚游者章》里，孟子用同样的设喻方法问得齐宣王不敢答话。可见孟子这种用譬喻说教辩难的方法真是威慑性很强，一般人难以设防。

3. 整段整章用譬喻

孟子用譬喻的艺术手法代表了先秦诸子用譬喻的最高水准，而整段整章的选用譬喻或寓言故事来说教，辩难或讽刺，这个难度就更大。

《滕文公下·外人皆称夫子好辩章》里，孟子就曾用了整段的譬喻回答了公都子提出的为什么“外人皆称夫子好辩”的问题。这一章的几段譬喻，引经据典，一气呵成，不仅章法浑然一体，而且颇具洋洋浩然之气。

有时候，孟子也能在整段的比喻中运用正反对比的譬喻来加强语势，例如在《公孙丑下·天时不如地利章》，孟子用正反的具体事物做譬喻，形象的阐述了“天时不如地利，地利不如人和”的观点，全章围绕“人和”这个中心，提出了“得道多助，失道寡助”的著名论断，成为千古真理，主题甚为鲜明。如此深邃的理论，如果不用譬喻，想要几句话就让人明白，那是不可能的。

在《孟子》中的譬喻，时有完整的寓言故事，不少已成为脍炙人口的典故。例如在《离娄下》中讲齐人“蟠间乞食”的故事，宋朝吴氏的《林下偶读》一书极为推崇，鲁迅先生也十分欣赏。这则寓言故事可以说是一篇短篇的讽刺小说，入木三分地刻画了“人之所以求富贵者”的丑恶面貌。如有短篇小说评奖，那么孟子无疑可以得特等奖的。

此外，还有《公孙丑上》中的“揠苗助长”，《告子上》里“弈秋诲弈”，《尽心下》中的“为冯妇”等寓言故事，都已经成为今人常用的成语故事。这在中国文学语言史上也是很杰出的事例。

除此之外，孟子还运用其他的譬喻方法，但是目的都在于使语言表达更形象、更有说服力，充分显示了孟子博学活用多能的辩士和政治家的才能。

在中国数千年的历史长河中，儒家无疑是影响最大的。作为儒家的“亚圣”的孟轲，其生前没想到以文学家的姿态出现，但是由于儒家的巨大影响，孟子的文学语言才华之杰出，加上历代封建统治者又把《孟子》一书作为经典书来读、来推广，因此，《孟子》的超时代的一流的文学语言的感染力，使得后人在把《孟子》当经典来读的同时，也深深地受到了《孟子》的文学语言艺术的影响，而且影响经久不衰，更为广远，研究也不断深入。《孟子》不但在先秦时期独树一帜，在今日也仍然有其光辉的现实意义。《孟子》是中华文化中的一份宝贵财富。

“望子成龙”说

中国国人的传统思想里浸透了儒道释思想的影响。儒家、道家是国产的，历史最久；释家进入中华大地两千多年，也已中国化，成为最具影响力的以禅宗为代表的佛家思想。可是，望子成龙的思想应该是源于更早的族源血统的个人私有的经济社会的本能。大禹建立夏朝就把王位传于儿子启，这说明大禹之前就已存在自私的望子成龙的社会观念。因为在尧舜的年代，还是推崇禅让王位的。我们巢姓的祖先巢父，还有许由，这两位大隐士就是为了避让尧帝的禅让而隐居到山西萁山下、洗耳河旁的。因此，那时还是举贤推荐能人的社会。

到了战国时代，孟母三迁的故事就足以证明那时的望子成龙的风气已经颇浓了。孟母不顾有限的经济承受力，为了培养儿子孟轲成龙，竟然三次选址搬家，成为以后望子成龙、成凤的母亲的榜样。这个故事中没有提及孟子的父亲，是否那时已是单亲家庭，可以看一下司马迁的《史记·列传》。但至少说明当时的父母已开始在为儿子成才在大伤脑筋啦。至于女儿，那时还是“女子无才便是德”的奴隶封建社会，成凤还极少。但是也有呐，开天辟地的时代，补天的女娲就是中华民族传说里最早的女英雄啊！她还用泥土造了子孙，延续至今哩。女娲其实是中华民族的母亲，无比伟大啊！

中华民族一向有“龙的传人”之说，龙的图腾崇拜在中原黄河流域一带的中华民族中十分普遍;在楚文化圈的长江流域的中华民族里非常崇拜凤的图腾。世界四大文化名人之一的屈原，在他的楚辞集《离骚》中就有许多关于崇敬凤的描述。所以，望子女成龙、成凤是中华民族的根源思想，当然也影响了千万年来的中华民族的子孙。

可是，能成为龙凤的毕竟极少极少矣！如以皇帝为龙，皇后为凤，那么，天下仅有一龙一凤而已，即使再冒出几个草龙、青龙，那也是几条龙罢了，无法出现那么多的“龙”啊！

只是中国人心理上太喜欢成龙凤了，所以连成语也造了许多有龙有凤的，如龙飞凤舞、龙凤呈祥、龙心凤肝、龙血凤髓、龙兴凤举、龙肝凤髓、龙眉凤目、龙蟠凤逸、龙章凤姿、龙翔逢跃、龙楼凤池、龙雏凤种、龙颜凤姿、龙翰凤翼、龙蟠凤翥、龙攀凤附、龙骧凤矫……这些成语足以证明国人的思想深处已充满了崇尚龙凤的念想。而且成语又是精炼概括的汉语文字的精华啊！

只是，心想未必都可以事成，谋事在人，成事在天，个人再努力拼搏奋斗，但如果“命中注定”不会成为龙、成为凤，那么，日子还是要过下去的。当然也想过得好一些、舒坦些，只要子女成人成才，像个人样，有真本事，能养活自己，过上好日子，孝敬长辈，还有能力帮助其他有困难的弱势群体，这就是很不错的望子女成“龙凤”的结果。

因此，不能人人都把陈胜的“王侯将相宁有种乎？”当成普遍的道理去追求。追求成龙成凤，那实在是太累太累了，自己也可能对人生很失望啊！只要成为人才、有能力的人，还能真心孝敬生他养他的长辈和祖国，就是好样的人噢。

不肖子孙是要遭人唾弃的；即使成为名人，还是会遭历史唾弃、被钉在耻辱柱上的。

未必望子女成龙凤，子女能在社会上像个人样，有孝心有责任感，做父母的能感到慰藉、自豪，那就非常好喽。

何以“国酒”

中国的酒，历史悠久，可以追溯到五千年中华文明史之前，在炎帝和黄帝之时，已有《神农百草》论述药和酒的作用，《黄帝内经》亦记载了黄帝和医学家岐黄讨论“汤液酒醪”之事，故杜康造酒还在其后呢。如是野果自然发酵成酒，那就在类人猿之时已有之。《山海经》等等古书中皆有猩猩爱酒的传说。如以谷物酿酒之始，科学家考证在母系社会里已有哺乳妇女发现可以“嚼米为酒”，河南裴李岗的文物出土证明中国谷物酿酒的发明至少在8000年之前。但也会有人说，如今相争“国酒”“国窖”者皆为白酒，而在中国，白酒的蒸馏技术可能形成于汉唐之间，但有《宋史·食货志》中讲到，酒分“大酒”和“小酒”，已讲到“腊酿蒸鬻，侯夏而出，谓之大酒”，这也就是蒸馏而得的白酒，即烧酒。故有“宋河良液”之酒窖谓之最早之“国窖”。中国历史上名白酒甚多，如以近几十年里评选出的几大国家级的名白酒，如汾酒、五粮液、茅台、泸州老窖特曲酒、西凤酒、洋河大曲、古井贡酒、董酒、剑南春酒等，这些白酒都代表了中国白酒的最高水平和不同香型口味风格，都是“国酒”之列，故哪一家都难以称霸为“国酒代表”。这不合中国酒文化历史。

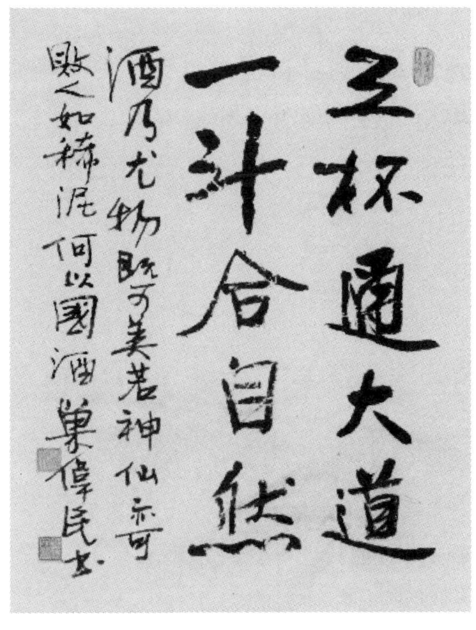

就如中国书法艺术，无疑是中国历史文化精粹的代表，不管在哪里，只要大书一个中国书法书体“福”“禄”“寿”，就足以代表了中国文化的全部，说明皇上——龙的子孙到此一游了。神州九号载人飞船上天，也带了一个红纸书写的大“福”字啊！但是，中国书法历史五千年以上（可说万年之久），五种书体的演变，众多书法家灿然如晨星，可是，又有谁会说“我是国书！”我代表了中国书法艺术呢？连书圣王羲之也不敢自诩“我代表了中国书法艺术”啊！上海的已故书法大家任政先生脱胎“二王”书体而来的“任体”书法是最早被选为国家出版印刷的手写书法字体的，并制成印刷字体风行天下，其飘逸遒劲秀美的书风得到了天下各个年龄及文化层次人士的喜爱，凡是有华人的地方有中文汉字的地方，连北极和太空也可见“任体书法”，可是，也无人说“任体”是“国书体”也。因此，一种名白酒想自居为老大的想法，甚是狭隘心胸矣！不妥矣！至于国家工商局商标局通过“初审”之说，这似乎已经不合企业商标注册法了，用“中国”为企业注册名称的已有很大限制，岂有一个酒来代以“国酒”注册的，如此，其他评选出来的国家级白酒，又当如何安定之？！

既然，比酒的历史还要悠久的中国书法艺术也无“国书”之说，那白酒老弟何以争相自诩为“国酒”呢？这样岂不造成各大白酒兄弟自残自杀自斗自闹自费劲吗？还是相安为好啊！毕竟，广大白酒消费者还是各有喜好的，各个白酒都有很好的消费市场。比如，我就是什么好酒都爱品尝，都爱喝的，一生的愿望也有一个：喝遍天下美酒！不过，我也只做酒仙，不做酒鬼。酒鬼要误事的。酒鬼——丑也！

我书此条幅“三杯通大道，一斗合自然”，也就是点出了美酒好酒自有人评说，何必自己封老大，一个酒做老大，酒文化意境就失去了啊！我和识者论之哦！海外人士也只是把中国白酒作为中国美酒的代表！无其他。我与任何酒厂老板皆不相识，只是发一点自己个人的见解，可不要以小人之心度君子之腹呐。

江南常州《巢氏宗谱》序

江苏常州、江阴一带的巢氏宗亲，为研究续写江南一脉《巢氏宗谱》之事呕心沥血，遍阅有关宗谱、家谱等史书古籍，克服种种困难，历十余年，终于喜见巢氏先祖之光芒恩泽惠及的成果，很快可以付梓了。这是有巢氏、巢父后人的一件大事。有巢氏率领人们走向了文明社会啊！这部家谱，比以前的《巢氏家谱》更全面系统完善地描绘出了江南一支有巢氏后人繁衍发展的脉络，在巢氏家谱的编纂方面也有新的提高，也就是说，这部新《巢氏家谱》更具有历史性和史料性，存世价值更高，对于研究巢氏一族自先皇高祖有巢氏以来迁回繁衍传播人类文明的种子，具有极高的参考研究价值。因此，江南巢氏一脉对弘扬有巢氏、巢父文化，鼓励巢氏后人奋发向上，努力学习，贡献于社会，为巢氏争光添彩，有功不可没的历史功绩，应该大书一笔，予以褒扬。

江苏省图书馆和江苏常州市图书馆都藏有不同历史时期的《巢氏家谱》，我也曾去常州市图书馆古籍部，请他们帮助复印了其中一部，装订后带到了加拿大阅读。而新的《巢氏家谱》问世，无疑是对老家谱的发展和补充。

江南巢氏，有家谱言起源于北宋徽宗政和年间，只是西晋时永嘉之乱，那里的巢氏为避难而南下，古巢国之地（今安徽巢湖市一带）的巢氏一起南下迁居于江南常州江阴一带，似乎不太可能，因为我曾请教过巢湖市地方志办公室的同行，他们说今巢湖市没有一位巢姓后裔，人口普查时也没有发现。但后来有居住巢湖市的巢姓宗亲给我写信更正了。如此，我的这个推想也还是有可能性的。何况常州江阴离巢湖地区不远，沿着长江东流南迁，还是在情理之中的。当然，这只是我一个未经深入调研考证的设想而已。不知故乡常州的巢氏宗亲有何深入念想，这也算是一个历史学术论证的问题吧。

故乡宗亲巢恬先生等孜孜以求近十年，终于撰修出了新的《巢氏宗谱》成果，千辛万苦。他多次嘱我为新编撰的故乡江南常州的《巢氏宗谱》作序，由于这是一个严谨的学术问题，不敢怠慢，思索半年之久，今日书写了这段文字以序言之用，也是祝贺他们的成功，分享他们的喜悦。所言如有不当之处，且以不同看法论之，不足为训。

孟河名医，江南之最

中国江南常州有个千年古镇孟河，又称孟城，这是我的祖籍地，也是常州孟河医派的发祥地，在中国医学史上有重要地位。明末清初，尤其是清中期到民国初年，这个仅有百十户人家的小镇孟河，竟然有十几家颇具规模的中药铺，就是因为孟河镇名医辈出，声名远著，享誉大江南北。而且，这些名医在行医之中还能著书立说，所以逐渐形成中国近代中医的一大流派——孟河医派。这不仅在江南地区著名，还在中国中医史上有重要地位。孟河的名中医主要有费、丁、马、巢、法、沙氏等祖传名医。《清史稿》记载：“清末江南诸医以伯雄为著。”这伯雄就是费氏，其“醇正和缓”说是其学说结晶。传说中的曾为慈禧太后“牵线搭脉”诊病的名医即来自孟河名中医。

明末清初，名医费尚为避战乱迁至孟河行医，以后，逐渐有医伤科的法氏兄弟、外科沙氏、内科费氏，以及丁氏、马氏、巢氏等名医也迁至孟河行医，于是孟河名医云集，形成中医一派——孟河医派，这在中医史上也具有重要地位。新中国成立后，常州市中医院即是以孟河名医为主组建的。

现在，由于孟河名医逐渐外迁，缺少传承弟子，因此孟河医派式微了，但是，孟河医派在中医史上的地位和贡献却是光彩依旧的。上海不少名中医都是孟河医派传人。

历史总是要有曲折变化的。三十年河东，三十年河西，社会是在变化着的。

姓氏和“百家姓”

姓名是个人在社会上的重要识别符号，姓氏在一定意义上也表明了社会结构中的血缘关系。近代出版的《中国人名大辞典》收入姓氏4129个；1984年出版的《中国姓氏汇编》收录姓氏5370个。而近年出版的《中华姓氏大辞典》的记载，中国历史上共有姓氏11969个。其中单姓5327个，双姓4329个，其他姓氏2313个，今常见姓氏约200个，最常见的单姓仅110个左右。1987年5月3日的《人民日报》曾公布统计资料，全国汉族姓氏中以李姓最多。2002年7月发布的最新研究显示，李姓约占汉族人口的7.9%；其次是王姓和张姓，分别约占汉族人口的7.4%和7.1%。此外是刘、陈、杨、赵、黄、周、吴、徐、孙、胡、朱、高、林、何、郭、马等姓。这十九个姓占了全国人口一半以上。

有的姓氏远在上古时期就出现了；其后，姓氏逐渐增多，来源广杂，大多数源于国名和地名，也有以官职和职业等为姓的。

史料考证发现，最早的姓氏和图腾有关。那时，“姓”和“氏”的意义不同。“姓”源于母系社会，由同一个老祖婆传下来，主要起“明血缘”“别婚姻”的作用。同姓不通婚的规定，商朝已有，至周朝更为严格。《左传·僖公二十三年》有“男女同姓，其生不蕃”之说。《国语·晋语》也有“同姓不婚，恶不殖”的说法。

“氏”原为“姓”的分支，源于父系氏族社会。初起时表示部落支系的居住地，常借用图腾、徽号或地名作为标志。故男子称氏，氏随父而来。传说中的父系氏族社会英雄人物的称号都为氏，如有巢氏、伏羲氏、神农氏、轩辕氏等等。郑樵《通志·氏族略》曰：“三代以前，姓氏分而为二，男子称氏，妇人称姓，氏所以别贵贱，贵者有氏，贱者有名无氏。”《左传·隐公八年》曰：“天子建德，因生以赐姓，胙之土而命之氏。”均说明了姓和氏之间的关系。

先秦之时，“姓”是固定不变的，而“氏”则时常有变化，因此，常常出现父子同姓却不同氏的情况。到了汉朝，姓氏体系已大体定型，“姓”和“氏”汇合难分了，从天子至庶民都可以有姓。大史学家司马迁在编纂《史记》时，已不分“姓”与“氏”了。

现在流传最广的《百家姓》，传为北宋初钱塘（今杭州）一位老儒师编撰的。最早的《百家姓》收有411个姓氏，几经增补，《百家姓》已有504个姓氏。其中，单姓444个，双姓（复姓）60个。由于《百家姓》是宋人所编，故以宋朝皇帝赵姓居首，按顺序往下至第八位是后妃之姓。这一排列次序，反映宋初几大家族的地位尊卑权力关系及社会政治状况。而现在通用的姓氏在宋初已基本定型，《百家姓》的姓氏今天都有。

此为拙作兼钢笔书法字帖《百家姓小辞典——个性写意钢笔字帖》的“前言”。此处略作缩减。这本由上海辞书出版社出版的我的钢笔手迹书法影印本，花了我四年考证书写的时间。因为这是个专业出版《辞海》等权威辞书的国家出版社，要求字字句句有来历、有出处。所以，也是我的得意之作——因为像我这样的中年人，也不是专业研究单位的老学者、老前辈，能以影印手迹的形式出版著作，乃凤毛麟角也！故也是我的一大幸事矣！

“巢”姓谈

巢姓，乃是中华民族有史记载的第一个姓氏也。一部《中国历史大系表》在“历史传说”这一部分里，第一个记载的姓氏就是“有巢氏”。而且这些传说中的历史姓氏都是中国上古时期的部落英雄开创的，在有巢氏之后，就是燧人氏、伏羲氏、神农氏、黄帝、尧、舜、禹、夏、商、西周、东周……一部五六千年的中华民族历史就这样记载承续下来了，直至今日仍在继续记载着辉煌历史。

《姓谱》记载：上古有先民居山中，以树为巢，称有巢氏。夏禹王封有巢氏后人建巢国，后被楚所灭，其国人遂以巢为姓。虽然“巢”姓是中国历史记载的第一个姓氏，宋人编撰的《百家姓》中也收进去了，可是除了在战国时期曾有“巢国”之外，也没有什么辉煌人物，只有一位尧时的巢父，这位祖先的坟墓迄今还在山西三门镇刘家庄的洗耳河旁，另一位先贤许由的墓也在巢父墓之后。这两位就是过去谢绝尧帝禅让帝位的请求，隐居到锥子山、萁山之间的圣贤。他们曾说尧帝让位的话玷污了他们的耳朵，所以到河边去洗耳，所以这条河后来改名为洗耳河。

在历史上，巢氏后裔中只有隋朝的太医博士巢元方最为有名，他主持编撰的《诸病源候论》于后世影响极大，为中国医学史作出了杰出贡献，所以讲到中医学，必须讲到一代名医巢元方。我的故乡江苏常州孟河镇，历史上名医辈出，于世影响甚大，孟河的四大名医之一就是巢氏后人。据我祖母说，我的太公也是孟河名医之一。因此，在我们的巢姓中于历史贡献较大的也就是中医了。

在现实生活里，巢姓的人不多。因此在对他人介绍自己姓氏时，说鸟巢的巢，凤还巢的巢等，他人常常还是不清楚，于是只好说“雀巢咖啡”的“巢”，因此免费为咖啡做了一次广告。现在，北京奥运会的“鸟巢”形主会场建造成功了，这个影响大了！于是，我在对他人介绍自己姓氏时不需再做免费广告了，只要说“北京奥运‘鸟巢’体育场”的“巢”，他人也就懂了。

北京办奥运、建“鸟巢”体育场，好啊！这是中华民族的骄傲，也是有巢氏的自豪。

附庸风雅也是一种文化

有多位大师、前辈和有造诣的专家说过这样的话：艺术到最后就是比文化、拼文化。这和作诗文的人晓得的名句“功夫在诗外”的道理是一样的。但是在市场经济快速发展的时光隧道里，周围“发发发”的影响产生的滚雪球的效应，这对文化冲击太大了。“天下攘攘，皆为利往”，两千多年前的名言还是那么深刻地管用。在商言商，商人赤裸裸地惟利是图，文人羞答答地见钱笔开；娱乐界见钱忘尊严等等都已不是新闻了，甚至有“笑贫不笑娼”的奇论。于是，贪污腐败、钱权交易等怪象纷生矣。如此世风之下，社会似乎轻视文化、不管文化了。非也。现在有的地方有的人对文化的重视似乎是前无古人的。

只有山野中一棵牡丹的小城能办起一个“牡丹文化节”；只要有点靠得上的历史名人、文化遗闻，也不需要考证，就可以造起一个馆、一个遗址那样的“古迹”来；一个夜郎国似的小城镇也要造一个和“天庭”媲美的中心文化广场；还有那专供有钱人和官僚做摆设的精装无芯书、高仿的古玩文物名人书画等等，都是二十四史或野史札记中未见记载的事啊。因此，言其前无古人不为过也。

读书做学问多累，要耐得住寂寞，心静得下，古今多少圣贤、大师都是“两耳不闻窗外事，一心只读圣贤书”的。中华民族的深厚文化积淀就是这样来的，还影响了世界。我们怎样把厚实的文化根脉继续延伸下去呢？！

艺术创作到最后就是比文化、比学识修养，而治国做事做人亦然。有文化品位的行事作风到处是受欢迎的。中外小说中描写的书香门第子女总是受到宦官有钱人青睐，因为书香门第出来的人文化教养优秀啊，品行相对优良啊。历史上，未有三代也称不上“门第”的，这是多难熬的事啊。浮躁之风下，急功近利，也就只好急中生智，用拿来主义附庸风雅啦。因此，附庸风雅也是一种想要文化的表现嘛。这总比一点不像要好些吧?

常州水蒲蛋

故乡常州武进孟河乃是千年古镇，原先称为孟城，是一个四周皆有高大厚实的城墙的古城，可惜被拆除了，不然，也是一个很好的旅游去处。孟河，在西周时即有城镇雏形，在古称淹城的西北，由于孟河地势险要，扼长江口，东有黄山，西有嘉山，两山对峙，犹如二龙戏珠，故又有珠城之别称。唐朝时常州刺史孟简率民众在此开浚孟渎河，故后人又称孟河。明朝时为了防御倭寇入侵而筑城，所以又有了孟城之称。由于孟城山脚下是孟河入长江之口，故孟河又有“河庄”之称。

古镇孟河历史悠久，民风淳厚，是历史名镇。南北朝时齐梁两朝开国皇帝出于孟河。清朝中后期时，孟河的中医医术名扬天下，有“吴中医生甲天下，孟河医生冠吴中”之美誉，那时，孟河镇仅有贰佰多户人家，可是中药铺竟然有十多家，可见当时全国各地来孟河寻访名医的人数之多、用药之多。当时的孟河四大名医皆是地地道道的孟河人，费伯雄、马培之、巢渭芳、丁甘仁的医道皆名扬天下，有的还受到朝廷的褒奖授匾。他们不仅医术高明，而且著述颇多，还培养了一大批传承有序的弟子，现已桃李遍布天下。

故乡孟河历史久远，文化底蕴深厚，只是我从小生活在上海，虽然也曾在不同的年龄阶段去过几次故乡，可是，对故乡的记忆主要还是慈祥可亲的外婆，还有外婆亲自给我煮的常州水蒲蛋。五十余年了，记忆还是那么的清晰，那么的亲切，恍如昨日。

在故乡孟河，只要是多年未见的亲朋友人上门拜访，或是作客，即使是在食品奇缺的三年自然灾害期间，好客的故乡人也会拿出自家家养母鸡所生的鸡蛋，煮三个水蒲蛋招待客人，这是当时一种最看得起客人的招待礼仪，即使在上海，当年我母亲也是学着外婆的礼仪，烧煮三个水蒲蛋招待来客。为什么总是三个呢？我没有考证周详，不过，我推测是因为孟河乃吴地两千多年的古镇，历史悠久，那个“三”，在中国的古人数字概念中是个可以代表很多的虚数意义，三个水蒲蛋表示了主人待客的真诚的心意。那个水蒲蛋，也是煮得蛋黄似结牢又未曾结牢的嫩，如云似霜的层层叠叠的蛋白薄片似离似散地围住了那嫩嫩的美玉般的蛋黄，好像是一个白玉蒲包，彷佛可以从中窥视到瑶池莲台的仙家景象，再撒上十几粒碎碎的青葱段，浮在这水蒲蛋的上面，滴上数滴成团的香油，真有那个“青葱欲滴翠似翡，香油蒲团仙客来。山珍海味不足奇，唯有此美我最爱”意境。

至今过去数十年了，我还是常常想起常州故乡的外婆亲手烧煮的常州水蒲蛋，实在想吃时，我也会模仿当年外婆给我烹饪水蒲蛋的方法，自己烧煮一下，让家里人也品尝一下。哈哈，现在，这道常州水蒲蛋也成了我家里的一道保留菜了，家里人都喜欢吃。这样，故乡的一道风俗线，我也就保存下去了，虽远在故乡万里之外，但我还是有故乡人的传统哦。不过，现在很难买到真正的家养土鸡蛋，所以，现在的滋味和我外婆当年烧煮的水蒲蛋滋味还是相差很远的，只好将就一下咯。

下次，我回故乡去搞数十个真正的土鸡蛋来，烧一次正宗的常州水蒲蛋，请你尝尝我故乡的大众美味。因为常州孟河水蒲蛋不仅可以作为一道点心，也可和包子香饼等当饭吃的，也是一道营养菜。孟河的女人坐月子，肯定要吃水蒲蛋。水蒲蛋，还有强身健体、美容养颜、增智健脑等作用，著名演员秦怡八十多岁了，依然美艳惊四座，据说她就是喜欢吃水蒲蛋，还有坚持冷水洗脸。

水蒲蛋乃是一道大众食品，穷人家里自养一个母鸡，即可食得这道美味，只是烹饪法各有特色，历史文化内涵不尽相同，如要讲究历史悠久，那么，孟河古城的水蒲蛋可能要更悠久有味啦！因为，这要讲究地方文化历史的，两千多年历史的古城，编造不得矣的。

祖母烧的荷包蛋

童年时代食品较少，不少食品都要凭票供应，连吃鸡蛋也是属于有点档次的。由于我在家中是长孙，祖母特别疼爱，有点好吃的总不会忘记我。

在20世纪50年代，吃饭每顿有三四个菜是四邻都羡慕的事啊。那时家里有八九个人吃饭，每天要“一只羊”的菜金已算“大户人家”。那时，上海人把壹圆钱称为“一只羊”，当时的壹圆钱还是值钱的。我家人口多，每天“一只羊”的菜金，一天三顿还是有点紧张，于是，祖母每天中午给我单独烹制一个荷包蛋，有的地方叫煎蛋、荷叶蛋。那个热乎乎的荷包蛋，蘸点纯酿造的酱油，真是味道好极了。以至于到今天，五十年过去了，荷包蛋还是我最爱吃的菜之一。现在，我的太太也知道了，菜不够，就给我单烧一个荷包蛋，准没错。

但是，祖母亲自为我煎的荷包蛋，四面略黄似金，恰到好处，没有焦的，加上一个打叠，真如一个荷包，蘸点酱油吃，可以说美味胜过鲍鱼。尤其是荷包蛋中的蛋黄不能煎得全结成块，蛋黄中间部分要似凝固却又可以流淌，这蘸着好酱油吃的味道啊，至今令我神往。

现在看来，一只鸡蛋何足奇？但那时的生活水平，不是家家都能做到每天吃上鸡蛋的。尤其那时有真正的草鸡蛋，酱油也是真正的手工酿造，黄豆做的，加上食品匮乏，我们住在石库门里弄里，还真有点奢侈的哩！那时的荷包蛋可以香溢四邻，今天已难以尝到昔日的鸡蛋香和美味了。鸡是用快速饲料喂的，鸡蛋是吃催生素的产品，当然不会有当年那么好吃啦。所以，偶尔有几个从山村里带来的自养鸡生的蛋，就成为希罕物了。由于好鸡蛋难得，所以每次想吃个荷包蛋，就会油然想到祖母亲自烹制的美味荷包蛋。

祖母仙逝三十年了。但是，不管到哪里，只要看到荷包蛋，或者想吃荷包蛋，我就会自然而然地想起我那和蔼可亲的祖母，是亲爱的祖母把我抚养大的。

至于今天高级宾馆里早晨自助餐时的荷包蛋，在那平铁板上烘成的，已不像荷包，也因为各种原因造成味道不佳，只能说是“平铺蛋”、煎蛋饼吧。

为故乡文化添砖加瓦

我虽然从小在上海长大，但对自己的祖籍常州却是情有独钟、十分关注的。常州是历史文化名城，文化名人辈出，文化流派传承有序，声誉卓著。常州画派、常州（武进）文派等等皆是文坛画人中皆知的。自己也颇以祖籍是常州为豪，也一直想为故乡做点事。移民加拿大后我想把自己万册藏书中的一半约四、五千本书捐赠给故乡常州市图书馆。正好常州图书馆在建设常州籍名人图书馆，他们知道这事后，非常高兴，馆长派古籍部主任田子玲小姐和我一直保持联系，安排来上海运书事宜，每次来电话都特别提醒：要把我的著作单独放开，要放在常州人著作馆的。前后近两个月，春节过后，终于定于3月4日来专车到我家搬书。我也在家和夫人一起整理书籍，分类盖章等忙了一个多星期。也要谢谢我的夫人，这些在家中陪伴了我们三十年以上的书孩子，若以买来的价值也至少有十几万元哪，但夫人支持，毫不迟豫地同意了，还帮我一起整理，令我感动。

这些书中有文、史、哲、书画碑帖、考古收藏、教育、中外名著小说和地方志等等，有许多是大部头精装书。我对这些书是爱惜有加，从不外借，从不折页，有的书随我三十余年了，还是崭新如初。现在，这些爱书要离开我，到我故乡安家去了，心中真有点恋恋不舍啊！

常州市图书馆古籍部主任田子玲在我们家中的合影

3月4日，我和夫人早早起来作准备。九点多，常州市图书馆的两位主任带着六位师傅，开着一辆大巴士，带几十个纸板箱来到了我家。两个多小时，把我书橱里的书全拿空了。为了让我有个纪念，田主任代表馆长向我颁发了精美的礼物－常州留青竹刻和特制的捐赠证书，并和我、我的夫人合影留念。故乡的人离开之后，我和夫人望着空落落的二排大书橱，心里似乎也有点空落落的。我对夫人说，没问题，今后看书到常州去，他们一定比我保管得更好。

我和夫人一直是小工资收入，但在相濡以沫的三十年的共同生活中，对我爱书买书读书从不阻扰，她知道我爱读书，所以，我才能积存起这万余本书籍，弄得家中到处是书，凡有空间都是书籍。可是，夫人也没有多少怨言。这对一个小工资、小住房的家庭而言并非易事啊。所以，我要谢谢夫人！近二十年来，我以这些书为滋养，写了二百多篇文章，出版了四十七本著作（包括合著），而且涉及颇广，书法、画、教育、工商经济、儒道释、小说散文游记和诗词等都有。还在国内外举办了十四次个人展。正如我太太嘲我说的：“浆糊啊，百搭。”可是，我就这点爱好啊！

人生苦短，运气有差别，能力有大小。我不想虚度此生，力争能留下点东西。这次，我在夫人的支持下又了却了一件大事，也是一大快事也！我对常州图书馆的老乡说，再过二十年，我再向常州图书馆捐书。

王勃饿死了，韩柳痛惜

话说王勃在滕王阁上以超群才华，当场一挥而就，写出不朽绝唱《秋日登洪府滕王阁饯别序》之后，声名鹊起，天下文人莫不敬服王勃这种才华盖世的气质，佩服他竟然能从未去过滕王阁，却能一挥而就，写出如此饮誉千古的美文，佩服王勃能如此酣畅地行文，以骈文之笔，行散文豪气；文中有画，画中有诗，以画家之眼，抒骚客之宏大情怀，可谓无一语不精，无一语不韵，万千景象，满怀豪情壮志尽收笔下文中，倾注于笔端，令读者、闻者莫不动容惊叹也！“落霞与孤鹜齐飞，秋水共长天一色。渔舟唱晚，响穷彭蠡之滨；雁阵惊寒，声断衡阳之浦”。王勃以此美文闻名于天下，而《秋日登洪府滕王阁饯别序》一文也成为后人学习的范本，使无数后人读后拍案叫绝，击节三叹之。

可是，王勃虽然一挥而就，书成天下美文，显示出王勃少年才高八斗的英姿勃发的气概，却无其他所长，不识五谷，手无缚鸡之力；再说，那日在洪府滕王阁上，即兴写成天下美文，把那个滕王阁搞得名声远扬，成为天下四大名楼之一。可是，那个洪府老儿在当时也只是和来宾对这一时兴发的美文赞叹不已，却没有给稿费酬金，也没有介绍一个好工作给王勃。王勃在盛名之后，踌躇满怀地出了洪府，却又不知去何处，加之志存高远，眼界甚高，走了不少地方去应聘，那里的一些势利小人，不识眼前金镶玉，只看能否马上给老板挣钱；或者有妒忌者在老板面前尽说王勃狂妄自大，那篇文章只是一时凑数，巧合而成，不足道也；还有说写些文章有什么用，又不能当饭吃，不一而足。可叹那王勃，在行走半年之中，绕了四府七州，盘缠用尽，竟然还是没有找到工作，只能忍饥挨饿，游走于街上，最后踉踉跄跄，差不多连走路的力气也没有了，正好走过一家鸡粥店，老板娘看着这个衣着整齐又饿得不行的年轻人，对他喊道：“喂，来喝碗鸡粥！”可是，王勃不受嗟来之食，只是回头眯了她一眼，继续向前走去，走出了几十步，终于撑不住了，摇摇晃晃倒在了大街上。这时，王勃彷佛看见了买火柴的女孩，他向女孩招招手，然后头着地，不言语了。

同是唐朝的散文大师韩愈、柳宗元听到王勃饿殍街头的事，非常伤心，齐说：“吾朝不幸，如此文坛新星奇才，难道我堂堂天朝竟然无一州可以重用此人吗？斯文扫地也！斯文扫地也！”于是，两人联名，写了一篇《痛失王君勃也》的祭文，专程驱车至滕王阁下烧了，并把此文载入由他俩联合主编的新编《文选》之中，广为传之。

一轮明月普天有

在西方过东方中秋佳节有感而随笔哼哼之。

一轮明月普天有，
东方西方一个月。
西人中秋没有过，
徒羡东方大满月。

冬至秋去之思

凌晨一时半许，忽然醒来难以再入眠，于是，看书，看手机上的微信、微博。看了自己拍的金秋风景照片，突然有感悟，即兴撰小诗一首抒怀。此日，正好是冬至日也！

金秋秋深寒意袭，
立冬冬初傲霜立。
四季轮回不商量，
还须自己争朝夕。

思乡

有故乡友人问我何时回家，我心里咯噔一下，脑子里一刹那间空白了三五秒，木讷了。

回过神来，即兴小诗一首以诉衷肠：

梦里萦绕常回家，
清风书生情已归。
万里迢迢故乡事，
一草一木在胸怀。

炎黄子孙有落叶归根的千年传统，我辈又如何脱得了这个故国故乡故土故人故事的情感圈子呢？只是，各人生活境遇不同，很多事也是难以遂愿的，于是，也只好继续等待，等待着回家机会的到来。

中国筷子的故事

中国的筷子作为中华文化圈里的主要餐食工具，无疑是中国人对世界餐饮文化的一个重要贡献，所谓“民以食为天”，每天要吃饭啊，中国人就每天离不开筷子。

筷子的诞生，和史前的先民们的饮食条件有关。那时吃熟食，主要是用柴火烤或者用陶罐盛水煮食等，烤炙的肉，放在陶罐里煮的食物，很烫，于是先用两根树枝来夹着吃。随着审美意识的进步，逐渐衍生出美观耐用的中国筷子，那时称之为“箸”。先是竹木做的，后来有金银铜铁象牙等材料制作，最早的铜箸在商朝已经有了，当时青铜器很发达；而竹箸在西汉时已普及，在汉墓的壁画和画像石或砖上都有汉人使用箸进食的画；至于银箸的使用则在隋代，隋唐的箸有许多是白银打造的。春秋时，这筷子还不分首尾，上下一般粗，汉代开始有上粗下细的箸。元代之前，箸还是圆形的，元代开始有首方足圆的箸，明代出土的也是这样。说明箸的样式已经定形了。

在宋代之前，箸还是称“箸”，也有称“荚”的，宋人开始称为“筷子”，于是一直叫到今天。

《礼记·曲礼上》中说：“羹之有菜者用梜，其无菜者不用梜。”这个“梜”也就是箸或称筷子。《曲礼》一书中规定了吃米饭米粥不可用筷子，必须用匕。可是扁平的匕难以在热烫的羹等食物里取出菜、肉，必须借助筷子来解决问题。现在吃东西时，随你用刀叉或筷子，甚至用手抓，上海方言称用手抓食物为“用二双半”。后来还产生了筷子礼仪文化，成为国人行为规范的一部分。

《礼记·内则》规定：“子能食食，教以右手。”规定在小孩长到自己吃饭的年龄，要教会他用右手拿筷子吃饭。至于个别左撇子，那又当别论了。拿筷子的姿势，也要求拿在筷子的适度之处，民间还有小孩拿筷子的位子高，今后要远离父母；位子低，会在父母身边的说法。

右手五个手指捏两根筷子的姿势，又各有风姿，握紧式、三二捏田螺式、拇指横盘捏拿式，犹如执笔式等不一而同。不过，具体捏筷子式，在《礼记》中无详述，也无图示，不像学书法的捏毛笔姿势还有个图示传承，所以也难以规范一种捏法。无论是趁势捏拿夹菜式，还是长空破浪直捣夹菜式，或者翻江逐浪夹菜式，弧形鹞子腾越夹菜式，都是筷子使用文化中的姿势。自我感觉良好，效果也好，那就成，没有定论或法式的，这和书法执笔无定法之理相同。

现在中国人，还有中国筷子文化圈国度里的人，已经把这个筷子的制作推向极限，普通的竹木筷子里也有高中低档之分，更何况什么金银象牙等等的呢。所以，有的人要筷子，收藏筷子，已不再是为了吃饭用餐，而是藏为个人博物馆之宝。记得二十几年前，曾到北京人民大会堂国宴厅参加全国工商联的宴会，万里和荣毅仁等都参加了，宴会散席时，不少人把桌上刻有“人民大会堂”字样的筷子塞进自己的包里，带回家了，服务员劝阻也不管用。这说明，筷子文化已经延伸到收藏文化、古玩文化了。

古今文房用具漫谈

古人制造黄纸

古人写书，都是用黄纸，所以称之为“黄卷”。颜之推说：“读天下书未遍，不得妄下雌黄。”雌黄与纸色相类似，所以用“雌黄”二字来泛指书卷，表示写书用的黄纸与普通用的黄纸有所区别，避免误解。今人已用白纸写书，而有些好事者仍多用“雌黄”二字指书，实在是不伦不类。然道、佛二家写书仍用黄纸。《齐民要术》记载有制雌黄的方法。也许有人问：古人何须用黄纸？殊不知有它一定的道理，因为用檗木的汁做黄色染料染纸，可以防虫蛀。当今朝廷、官家之诏敕、告示多用黄色，私家避不敢用。（见《宋景文公笔记》）

“信口雌黄”这句成语就是指古人写字用黄纸，写错了，就用“雌黄”这种黄色的矿物颜料涂抹一下，然后重写。后人就借这个事，把那些不问事实，妄论一番，轻易下结论，称之为“信口雌黄”，也作“口中雌黄”。所以，祖国的汉语成语都是有来历典故的，是汉语中的精华和国粹。这也体现了中国人遣词造句的负责精神啊！

去印章痕迹法

中国书画红色印痕可以经火烧而存在，但是要去除印迹有个密法：用黄瓜一条，在瓜蒂旁边琢出一个小孔，灌入硃砂一两，悬挂七天之后，用翎毛扫下瓜霜；再过七日，再重新埽下瓜霜，积存备用。用时把朱迹打湿，扑上瓜霜，等到干后。把霜扫尽，朱印迹已经没了。（见《斯陶说林》）

此法可以作为谋生手艺，得者当和我分享告知也！当然，这是寡鲜的技艺，生活中不常用，但是一旦遇到此事就成为绝技、专业本事了。那时会感叹“书到用时方恨少”了。

识别好墨的秘诀

现在有人辨别墨的佳劣，只是重在看墨的光亮却不看这墨的墨色是否黑，这就等于丢掉了墨的本质；墨色黑却不光鲜，索然无神气，也是无用之墨，还不如扔掉。好的墨，墨锭光清又不浮，湛湛然好像小孩子的一双眼睛那样黑而有神彩，这才是真正的上等好墨。

这段考证墨锭佳劣的文字摘见于《仇池笔记》一书，这里，我把文言简释为易懂文字了。

对于爱好收藏古墨、今墨的人士，这段研究识别文字还是很有价值的。值得一读。对书画家而言，这也是必须了解的，因为好墨可以神助，使完成的书画作品更有精神、更有神采。“若小儿双睛”，比喻太神妙了。

神奇的大歙砚

我喜好收藏各种砚台，但不是很刻意去追求数量质量，只是随缘而收，并在条件许可之下收藏，二三十年下来竟然也有四五十方古今端砚、歙砚、洮河砚、澄泥砚、红丝砚、五台山石砚、金星砚、燕子砚（一种化石制成的砚，上面花纹似飞燕，产于山东）和瓦砚等等，其中以端砚和歙砚为多。我所谓的收藏，也就是得到后或买来后，欣赏品味一下就用报纸和塑料膜包好放在箱子里了，以后也很少会拿出来再看看或陈列于家中。除非有爱砚的朋友来访，谈砚道石投缘了，那么也会去翻出箱子，拿出来共赏。

我在二十年前于安徽黄山得到一方重达三十市斤的大歙砚，厚约 7 厘米，宽 18 厘米，长 20 厘米，砚面上刻书圣王羲之兰亭曲觞的故事，人物众多，修竹茂密，亭下曲水蜿蜒流淌，砚四面刻有《兰亭集序》全文。这方砚我当时爱不释手，喜滋滋地细心包裹好，重甸甸背回了上海。细细赏析了数周后，也就包好藏起来了。一藏也就近二十年了。不料，2010 年元旦搬出来迎新年一阅，大喜，这砚台的砚池中竟然还是湿润润的。快二十年啦，虽然包着存放，也没有添水养砚，可是这方宝砚还是滋润有水迹，这不得不由人称奇矣！

中华大地，可宝奇物真是太多了。

御笔绝制之说

元朝时，都城中有一位老人姓张，名进中，字子正，擅长做毛笔。他做毛笔，笔管用坚竹，毫用鼬鼠毛，精锐宜书，很有特色。鼬鼠又称黄鼬，俗称黄鼠狼，用黄鼠狼毛做笔即从此开始的。吴兴赵子昂（即大书法家赵孟頫），淇上王仲谋，上党宋齐彦等人都和中进老人很友好，来往密切。皇上经常要用笔，不是中进老人所做的笔就不用。每次在中进老人进宫献笔之后，都会得到皇上的赐酒。但是，以后的京师尚未再出现以制笔而出名的工匠师傅了（见《杏祖笔记》）。以后，狼毫笔一直以北京的为佳，北京李福寿的北狼毫笔是有名的。只是现在黄鼠狼也是保护动物了，如今的狼毫笔基本是替代品了。一支好的狼毫笔至少要数千上万元了。

古画鉴赏，真山实水

荆州王华宇，善于临摹古画，曾作《汀中八景图》出售，说这是石田翁真笔。这幅画画得是衡湘山水，幽奇浩远，绘出烟云万状，尺幅千里，气派浩大，蔚为壮观。有一位叫朱章的人用三百两银子买下，视为珍宝。后来，有一位吴江人张清之，一见此画，当即指出此画是赝品，朱大为悔恨，携画退王，迫王退出银两，王不答应，于是涉讼于县衙，县令徐公对朱说："收藏书画是一件难事，为此事而涉讼，实在也太庸俗了。难道你不知前人的笔墨字画多数是假的吗？古今之鉴赏家受骗者过半，然而，受骗者必多方掩饰，自以为水平高，他说是假，我独识为真品。因为自愚即可愚人。这就是自古以来收藏家之秘诀。你想效仿古人，却未必得其法，岂不贻笑大方！何况细观此画，并不比石田翁的笔意相差多少。作者能摹仿真品，将湘中的真山实水，浩瀚美景再现于画中，实在是一件大好事，你又何必去计较其真假呢？你不妨按我的话仔细想想，此画难道不也足以珍重吗？"朱听了徐公的话，很高兴地撤诉而归。

善作赝品者，本来就能以假乱真，这是一种奇技。假如朱吝啬银两一定要要退画的话，实在是不学无知。而徐公能推心置腹一语道破了鉴赏家的秘诀，调解了朱、王的纠纷，也真是给古董行里增添了一段佳话。（见于《墨余录》）

这段文字辩证的通过徐公的分析破解了古字画行中的一个谜，实在是非常精辟的有见识的心里话，也说明许多古人书画的传承，未必一定是跟在前人之后，后浪推前浪，虽然画是后人摹仿，但是其人技艺甚高，甚至已超越了前人，那么，即使是在模仿中的再创造，于后人而言，于书画史上而言，可能又是多了一件珍品。识宝者除了鉴赏知识，还需要有高远的思考，才不会遇见宝而不知宝。

翘轩宝帚

《骨董琐记》一书中记载：宜春王从谦，喜书札，学习二王的楷法，使用的是宣城诸葛笔，一支价值十金，书写起来，劲妙为当时之冠。从谦把这种笔号称为“翘轩宝帚”（见于郑文宝《江表志》）。近世笔工有，宣城诸葛氏、常州许氏，皆为世家。安陆成安游，弋阳李展之徒，尚多驰名于时（见《萍洲可谈》，之诚按：诸葛笔至宣和年已衰落。以上见蔡絛《铁围山丛谈》）。

虽然习书画数十年，今日读了此文顿然有悟，世上还有如此妙笔，吾辈不知也！以前只知天下妙笔出湖州，湖州毛笔带出天下之笔，什么苏州湖笔、扬州湖笔，宣城宣笔；后来还知道苏东坡创“东坡笔”于四川乐山眉州，主要用马尾和棕毛等所制，其后还知道广东曾有用茅草所制的“茅草笔”，称之为“白沙茅龙笔”，写大字甚好；至于北京出产闻名于世的北狼毫笔，因为其在北方，易得冬天的北方黄鼠狼之尾毫矣。书圣王羲之当年曾创制了“鼠须笔”，主要是用黄鼠狼之须毛等所制，他用此鼠须毫笔，写出了誉为“天下第一行书”的《兰亭集序》。据说，此笔类似今人所用的紫毫兔毛笔。清道光年间的大书法家何绍基创制了羊毫笔，这使得天下人都可以用来源丰富的羊毛制笔了，书法的线条也更加丰富。不过，一支精选的光毛羊毫笔，也是价值不菲的，比北狼毫要贵多了，因只有羊脖子下的数十根毫毛可用。我曾在加拿大温哥华看到一本冠以“书画……”之名的杂志，有人撰写了一篇介绍文房四宝的文字，其中竟然把北狼毫笔，说成是用北方的狼毛所制，真是贻笑大方了。近日看媒体消息，还知道今有某市的某大淫官，收藏了三百多个贡女的阴毛，想要制成天下第一的“贡女阴毫笔”，如此，这支毛笔也正是价值连城，不可估量了，肯定会成为拍卖行里的奇货，那是可以载入《新拍案惊奇》或吉尼斯纪录的。除此之外，我尚未闻其他毛笔。

今日读了此文，又长见识了，天下还有“翘轩宝帚”也！而且如此劲妙不可言，还知道我故乡常州的历史上，也曾出许氏所制的驰名的毛笔，原来只晓得常州出产梳子、竹刻、芝麻条和萝卜干。不过，古城常州历史上文人画家大师辈出，毛笔应该也是有自己特色的。

鬼斧神工撼人心的云南石林

在云南，看石林奇境是一门必修课。如此奇俊秀媚的人间胜景，如此千奇百怪，雄峻阳刚、妩媚柔美皆有之的石林奇境，也只有身临其境方有贴切的领悟和认识，才能感受到誉为“天下第一奇观”的石林之美之雄之奇之险之秀之幽之奥之旷，不愧为世界“造型地貌博物馆”，喀斯特地貌景观中最奇特的精华。

云南石林

石林，远望似甲兵千万潜伏于山林，我想到了天下第七奇观兵马俑；近看如金刚兀立，伟丈夫守道，威武撼人；进入其中细看，各式造型，千姿百态，可以竭尽想像之能，那个阿诗玛的形象石，各个角度各有韵味，成为石林的旅游标志，甚至成为云南旅游的标志。还有那石林入口处的景观环保公共厕所，这样美丽洁净，绿化如茵，如在芳草丛中。我想，这可以说是我平生所见到的最漂亮环保的卫生间！

石林之美，还有诸多的历代名士的题咏，镶嵌于陡峭的石林之上，给原本荒野的石林增添了人文色彩。

石林之雄奇峻，其伟岸如君子，我以为可以代表中国人民的奋发向上的进取精神，代表中国人民的形象，我又想到了每天在太阳升起的时候，在北京天安门广场上升起国旗的仪仗队卫士们。这真是中国人的精神风貌呐！

云南崇圣寺三塔

从小就知道云南大理的崇圣寺三塔，心里对这三座位于古南诏国的神秘宝塔充满了敬意。古南诏国在唐时以乌蛮为主体，包括白蛮等少数民族的政权，在唐初为蒙舍诏，属于六诏之一，由于其地在其他五诏之南，史称南诏。唐开元年间，南诏王皮逻阁在唐王朝的支持下统一六诏，迁首府为太和城，即今云南大理北太和村。全盛时，南诏国辖有今云南全省、四川南部、贵州西部等地，也是西南一大国了。南诏国通用汉字，流行佛教，崇圣寺三塔建成年代有多种说法，但是以建于南诏保和时期说法占上风。南诏国对西南地区的开发和发展作出了很大贡献。但是，南诏国在历史上也留下许多谜团，例如这个崇圣寺三塔就有许多谜团，至今还没有被历史学家揭开。因此，我探访崇圣寺三塔，是伴着疑问而去，又带着谜团回来，翻查了一些史书，也是记载不详，很多问题没有说或说不清楚。

在崇圣塔附近载歌载舞的金花美女们

崇圣寺三塔原是崇圣寺寺庙的一部分，寺庙已毁，可是三座雄伟的白塔却是巍然屹立在苍山之麓，洱海之滨，逾千年不倒，即使三年前发生了大地震，三塔依然故我，傲视天下。这三塔中的大塔名为千寻塔，共有十六层，高 69.13 米，方形中空，约建于南诏保和时期，与西安小雁塔相似，这也是吸取了大唐文化艺术的结果吧。南北两座小一点的塔为实心，八角形，各有十层，均高 42.19 米，建于五代。在 1978—1980 年的大规模维修时，在千寻塔塔基和塔顶发现了南诏国和大理国的重要文物 680 余件，成为研究那一时期的宝贵文物资料。这三座塔代表了西南少数民族奋发向上的进取精神，是全国重点文物保护单位，也是全国人民值得去瞻仰一下的圣地啊。

清明寒食祭足下

清明时节雨纷纷，男女老幼去踏青。“清明寒食祭足下”这句话，把三月春媚中的中国传统的踏青节、清明节和寒食节三个游春节概括一体了。这里是有历史典故的。

话说二千六七百年前，晋文公重耳在继位之前为了躲避后母骊姬的迫害，在国外流亡了许多年。一次路过卫国时，为了躲避追击，重耳和他的随从逃到了一个荒凉的地方，很是饥饿。这时，重耳发现大臣介子推不见了，有人说介子推乘危逃脱了。重耳则不信介子推会背离他。果然，过了一会儿，介子推给重耳端来了一碗还冒着热气的肉汤。重耳饥不择食，一饮而尽。而在荒山野岭里哪来的肉呢？原来是介子推把从自己的腿上割下来一块肉煮给重耳公子喝。这大腿，古时曰“股”，割股熬汤就指此事。重耳知道以后，感动至极，表示继位之后一定要重重封赏。

可是，晋文公继位后犒赏有功之臣时却忘了介子推，因为介子推不愿意邀功领赏，不食俸禄，自己躲到山林中去了。后来，晋文公被人批评忘了功臣，一下子想起了介子推，遂派人去请介子推出山。介子推还是不愿出来，晋文公于是叫人焚烧山林，想逼介子推下山。可是，介子推紧紧抱着一棵树，直到被烧死，也没有下山。晋文公很是伤感，于是下令在每年这一天禁止烧火，全国都吃干粮、冷饭，这就是寒食节的来历。正因为禁火煮食，加之寒食节在清明前一二日，于是有一种青团食品大受欢迎，成为清明的时令食品。加上清明时节已是春光明媚之时，许多人去郊外踏青游春，于是就形成了中国民俗中的春天三大节：踏青节、寒食节和清明节。三个节日主题有所不同，却是连贯而行的。

据说，晋文公在介子推被烧死之后，很是后悔，常常思念，就叫人把介子推被烧死时抱着的那棵树截下来，做了一双木屐，穿在脚上，不时看看“足下”，想着介子推这位足下功臣，每每缅怀其割股之功，就俯视自己脚上的木屐说：“悲乎足下！”“足下”后来就成为对人的一种尊称。故清明祭祖祭先人，也是祭介子推足下。

清明祭祖、祭先人，已是中国人的数千年的文化习俗之一，根深蒂固，不管炎黄子孙到世界上哪个地方，到了这一天都会祭祖、祭先人、祭足下。有条件的地方，一定还会吃青团。

三登泰山

我曾三登东岳泰山。不过，这已经是多年以前的事了。一次是在职业中专学校当语文教师时，那是一次老师的集体休假活动；一次是在市政府的单位里安排的休假疗养活动；还有一次是二十余年前，我和朋友方老弟专程去泰山探访著名的泰山巨书摩崖石刻《泰山经石峪金刚经》。这第三次的泰山之旅是我记忆中最深的，也是最有意义的。

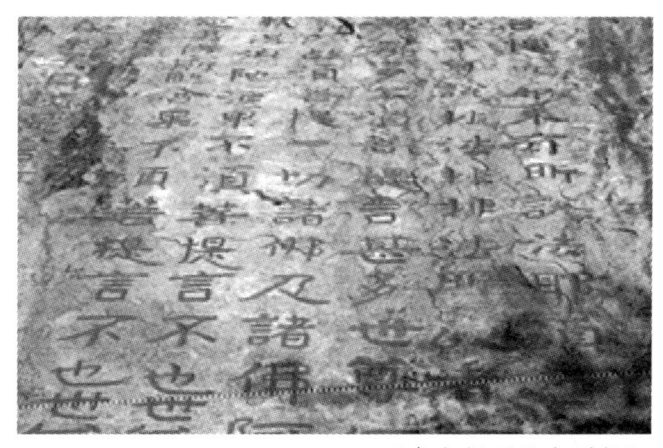
《泰山经石峪金刚经》

《泰山经石峪金刚经》平均一字有一尺见方，气势宏大，雄浑古穆，笔力遒劲通达，兼有隶篆草楷笔意，书体个性强烈鲜明，传为北齐王子椿、唐邕等人所书，为历代许多书法家和爱好者追捧摹习。那次泰山之旅，我很幸运地在泰山脚下的泰安城里买到一部缩小拓印的《经石峪金刚经》，还是手工装订成三大册宣纸印的巨本。那时，我大概花了六百元吧。这本向往已久的法帖，也就成为我的钟爱物之一了。

那时，登泰山还没有缆车可以借力，都是徒步攀登的，我们两人花了大半天时间，从泰山正门进入，登十八盘，一路欣赏胜景，一路品评沿途的碑刻书法，煞是有味，不知不觉天色暗下来了，我俩也不走原路，而是从后山沿着山路走下去，走到半山腰时，两腿已经疲软无力，脚底似踩棉花，连迈步的脚力也没有了。但是，我们坚持着，努力迈开步子向山下而去，几乎是慢慢移步下行，晚上七点左右，终于走出后山大门。走到大街上时，两腿似乎不是自己的了。慢慢走着回宾馆，一躺下，什么也不想做，就想休息，缓过劲来已是深夜十一点多了，肚子也感到饿了，于是我们再次外出上街，找小饭店吃夜宵去了。

宁夏的金银滩

数年前的一个夏秋之际，我和十余位教师朋友同游西北数省区，在宁夏回族自治区内，最令我不能忘怀的就是西夏王陵和金银滩。西夏王朝在历史上也曾是西北地区的一个强大的国家，但现在已经不知所终。西夏文字，很明显是受了中原汉字文化的影响的，虽然结构独特，却也是和汉字一样的方块文字，笔划繁杂，也有楷书、篆书和草书各体，只是多类似汉字的会意字和形声字，基本没有象形字和指事字。明中叶还印过西夏文经卷，以后渐废用。在银川市内的宁夏历史博物馆内，有西夏文篆刻家可以为游客治印，我也刻了一方西夏文的“巢伟民印”作为纪念。

由于西夏王国距离我们太远，如今也只剩一些遗迹和几个古冢。所以，若不是想研究西夏王朝的人士未必兴趣盎然。但是金银滩确实是沙漠游的好去处。金银滩的沙质纯净，沙丘一个又一个起伏连绵向外拓展出去，似乎望不到边际。有的沙丘上，有滑沙活动。我们都骑上了骆驼队，一个接着一个，由骆驼的主人牵着向前走。我还是第一次骑骆驼，心里还是有点兴奋的。自治区的政协领导专为我们接风洗尘，在银川市内最有名气的饭店和我们共进晚餐。我被推举为宁夏政协的朋友挥毫致谢，前后达十幅，很是疲惫。政协的朋友送我多幅贺兰山的岩画和书法石刻拓印本，这都是万年以前先民的大作呐！很珍贵的，今日已不准再拓印了，以保护文物。这个也是我去宁夏最大的收获吧！

忆西安碑林

作为一个中国书法艺术家，西安的碑林犹如书法圣地一般受到敬仰，书法艺术学者和书法家莫不以到西安碑林亲眼目睹为快事，我也亦然。不过，我从小向往而亲身莅临西安碑林却只是在四年之前，可谓落后者矣。而且这次身处前后左右，处处仰慕已久的碑林之中，还只是跟随旅行社游西安古都之行中的一个插曲，这是我自己放弃一个景点，有了自己的自由行的半天，才得以一睹西安碑林真容的。今后，我一定还会专程去西安碑林的。因为，中国书法艺术毕竟已成为我的人生最爱，是我想倾注情感和生命的余生之爱好，而且，我在追求书法艺术数十年之后，已经逐渐远离世俗功利，努力做到只追去自己情感和境界的升华。如此，我的书法艺术的追求也就在淡定地与自己喜爱的书画文学以及人生哲理目标相碰撞融合起来了，更可以在墨磨人和人磨墨之间无为和有为了。如此，心里安定了许多，更远离那些浮躁的人世，也更看淡那些逐名逐利的昙花一现之行为了。

那俯视天下书法家的西安碑林，始建于北宋元祐五年（1090），迄今也只有九百二十余年。近千年间，西安碑林逐年囊括了从汉魏至明清，甚至近代的书法名家的名碑一千数百方，凡历代书法名家高手悉数名列其中，这就不得不让人敬而仰慕之，学而勤奋之，去而再来之，临而摩习之，看而选购之。总之，最好能如愿把碑林搬回家中安顿之。好在如今印刷技艺发达高超，把西安碑林搬回家的心愿也能实现，你只要在碑林卖品部花钱买一部《碑林墨宝集赏》，即等于把西安碑林搬回家了。只是，此书的墨韵和书家原作或原拓距离甚远，但是作为到此一游的纪念品还是很不错的选择，因为，大多数人不在乎碑拓的原汁原味有多少，而只在于仰慕西安碑林的这份情结和心情。即使如我等对碑拓要求较高者，此时，也更注重这份仰慕西安碑林的念想了。我就是在这种心态之下，而且在书房里早已收藏了碑林中的绝大多数法帖之情况下，还是毫不犹豫买下一部《碑林墨宝集赏》带回家了，还带到了加拿大篁风斋之中，常常翻阅欣赏之。

中国书法艺术，也就是平常人所言的写字，并把写字上升为一门专业，还能成为高等学府的专业学科，这也是只有大中国才有的事。因为它包容了上下五千年的历史文化以及道德修养等内涵，于是乎，不要说培养出书法博士，就是出个书法院士、书法大师，那也是情理之中的事，只是，那都是需要盖棺论定之后才可以修史上册的，现在说的，都不足训也！

中国书法不是源自西安碑林，可是，由于西安碑林竟然在九百多年中涵盖了中国书法艺术的精华，于是，天下学书法者莫不以亲临西安碑林为幸事，这也不足为怪了。因此，做人未必都需要去做第一、做源头，后起者如可以涵盖行业专业中的精华，那也就是了不起之人也！故后来者，可以居上，可以做大。

我向往仰慕西安碑林久矣，还一直在念想着重游西安碑林。

忆游贵州

中国西南部的贵州省，无疑是一个多姿多彩而又美丽富饶的地方。可以说是山美、水美、景色美、物美，还有女人美。

贵州省地处云贵高原，那里的山区森林矿藏资源丰富，加上人口没有东南部地区稠密，可谓是资源大省。由于山高林密，气候宜人，那里的水好，于是就酿造出了闻名于世的茅台酒和其他的美酒，是一个美酒多如花的美酒大省。贵州的黄果树瀑布，也是名闻世界的第三大瀑布。我曾亲临其境，虽然已经十数年过去了，但我耳边似乎还能听到那黄果树瀑布急湍的流水，轰鸣声远播数十里之外。在导游的指点下，我还绕到了黄果树瀑布下的溶洞里，穿着雨衣，观看飞流直下三千尺，巨响赛雷万千珠的难忘景象。等到回到来时的山崖边，身上脚上，也都已湿透了。可是，心里还是回荡着震耳欲聋的山水急湍的巨响声，一时没有回过神来。在伟大的大自然面前，人是多么的渺小，似乎都可以忽略不计了。

在黄果树瀑布对面的山崖小路上，布满了各族民众摆设的小摊，出售各式纪念物品和小吃。我在那里一个苗族同胞的摊位上看到了一个高约六十厘米的红木牛头雕刻艺术品，虽然线条粗犷，却不失流畅，很有气势，虽然红木很重，达七八公斤，我还是决定把它买下，一起乘飞机回上海。现在，这个牛头雕塑，随着我多次的搬家乔迁，也一起来到了加拿大篁风斋，挂在客厅中的木质墙上，很是得体，很牛的。

在贵州，我们一行还在休养院的安排下，去了遵义，看了遵义会议纪念馆，去了黄龙洞风景区等处，只记得那时贵州的高速公路已经修建得很不错了，这给我们出游带来了许多的便利。在贵州的八日旅游中，一位美女导游给我们留下了很深的印象，这位美若天仙的女导游，素颜也美丽得炫目，让人不敢面对面多看她几眼，怕有亵渎之心，这才是真正的“惊艳”！这位美女导游是遵义人，据休养院的其他人说，贵州遵义出美女，这也是贵州的一个特产啊。

贵州游一晃也十多年过去了。嘿，那里休养院的人迄今还能记得我这个书法家，每次有局里的同志到贵州那个休养院去修养，他们都会指着会客厅里墙上的一幅对联，要他带信向我问好。这是当时带队领导要我代表疗养团全体人士书写的一幅作品，句子也是由我拟好之后，经带队领导同意后再创作的。什么内容，我也记不住了，只是，人不在那里了，作品在，我也就成为那个贵州疗养院最值得记住的人了。这也是一种人生的意义吧。每次听到从贵州那个休养院回来的同事告诉我这样的问候，我总是感到很欣慰。

往事已经过去，可是贵州的美丽山水和景色，那些民风纯朴的少数民族的景区，还有那位美若天仙的女导游，给我留下了非常深刻的印象，让我常常想起。

成都的仿古街

锦里

初冬去西蜀游，在古都成都，专访了锦里。锦里复古街紧邻成都的武侯祠，于是，一条现代人造的仿古街也沾上了诸葛亮的仙气和智慧，显得更为迷人和深邃了，似乎历史文化气息也更浓了。加上四处都是一串串的红灯笼，使得这个锦里复古街充满了节庆喜气的氛围。

锦里街和上海的豫园商城圈有类似之处，都是仿古建筑群，只是锦里街要小的多，但是看上去也更为古朴，因为锦里的建筑都是原木架造的桐油色的梁柱，黑色的瓦片和无色的墙，是蜀民之美、淳朴之美，是一种踏实的百姓之美。因为，这个锦里仿古街没有脱离普通人，并将豪华富贵的老气横秋拒之门外，我喜欢!

锦里不仅有誉满全球的四川小吃美食，琳琅满目，还有许多的工艺美术玩艺，也有手艺高超的民间艺人在当场献艺。那个泥塑、剪纸、手工编织、书画等等绝对不比上海老城隍庙里的民间艺人差。于是，我想，这个地不分

南北，人不分东西，手里的艺术绝活，还真是难分伯仲的。于是，我对这个曾有“难于上青天”之称的蜀地之中的艺术顿时生出许多的敬意来了。

刚到成都，来机场接我的旅行社夏小姐就对我说：成都是个好地方，景美、食美、姑娘美，最适宜悠闲养老。哈，把成都说得这么迷人，可以想见成都人对自己所居住地的热爱和自豪了。不过，等我游了成都以及成都周边地区之后，我觉得这个导游说的还是很在理的，因为，我也有想在成都住下的想法了。

四川乃天府之国，成都又是四川的政治经济文化中心，想当年刘备在诸葛亮的策划下，进驻四川，来了，就不走了，于是也造就了蜀国一段辉煌的历史，促进了四川经济文化的发展，成为大中国西南的一颗璀璨明珠。所以，从历史角度来看，刘备诸葛亮来到四川，并在四川扎根，安居乐业，对四川是一件功德无量的好事。

我去瞻仰了武侯祠和杜甫草堂，这两位是在成都历史上最负盛名了，但在今人眼里，还是有点区别的。那个穷诗人诗圣杜甫，在今天得到了他生时也没有得到过的待遇，毛主席曾多次去过杜甫草堂，而且给予极高的评价，说杜甫的诗是政治诗，写出了那个社会时代的现实。杜甫作为中国历史上三大诗人之一，影响遍及世界。可是，武侯祠里的诸葛亮和刘关张及其部将们，却没有得到似杜甫那样崇高评价。我想，杜甫是属于中华民族的一代诗人，影响深远；而武侯祠里的历史人物，只属于三国时的蜀国，虽然诸葛亮和刘关张的历史影响也是深远的，但是，他们不是杜甫那样中华民族划时代的杰出历史人物。

《巢氏病源补养宣导法》和《诸病源候论》

在中国古代医学科学史上，巢元方无疑是一位里程碑式的伟大人物，他奉隋炀帝圣旨，主持整理编写的关于研究中医病因的不朽巨著《诸病源候论》，是中国医学史上第一部专论诸病起源的专著，该书共五十卷，六十七门，载列病因症候1739条，分别论述了内、外、妇、儿、五官诸科疾病的病因和症候，对于疾病的治疗，一般不予论述，但是也有部分疾病讨论了诊断、预后，以及导引按摩，外科手术为主的一些治疗讨论方法和步骤。这和当时隋炀帝下令编撰的《四海类聚方》形成一个系统：一个专述理论，一个专述治疗配套的医学。若两部书都在，那么对中国医学的贡献更是巨大。可惜，《四海类聚方》一书早已佚失，难知其详矣！

现存的《诸病源候论》一书，已成为学中医的案头必备之书也！

《诸病源候论》是我国历史上第一部专述病源和证候的书，书中虽没有记载治法和方药，却有很强的资料价值，是从医者和养生者的案头常备用书。例如，书中记载了“疥虫”是疥疤的病源，它藏在湿疥的脓疤中，可用针头挑得，形似水中的蜗牛，其观察十分细腻，也是病因学说在形态学上的一大进步。书中对“绦虫”也进行了比较详尽的解说。其中讲道：寸白虫会一段段的增生，逐渐长大至四五尺长，这与现代医学对绦虫的描述十分接近，并且指出了这种病的发生与食用未熟的鱼和牛肉有关。书中描写了“漆疮”，这是一种发生在对漆敏感的体质的人身上的米粒样的丘疹。当接触到漆以后，只有这类人身上会出现，而其他人没有，这也是最早的免疫学研究，可以说这时的病因学说，对于过敏的认识已经十分全面了。书中还对传染病，如肺结核、天花、脚气病等都有较详细的记载，甚至提到了妇女人工流产。在养生方面，也很有真知灼见：文中提出刷牙是保证牙齿健康的关键。甚至还描写了肠吻合手术的步骤、方法、缝合以及护理等，可见当时的外科手术也是比较发达的。

病源与证候是中医辨证处方的重要依据之一，该书内容丰富，描述详尽，分析准确，明确易懂，是一部不可多得的医书。除此之外，《诸病源候论》还是一部记载了当时医学发展水平的重要著作，从该书所载的对于病因的认识方面的内容看，当时的医学对于疾病的认识已经达到了全面周到、分析透彻的程度。也许是受到了文化导向的影响，医学史上，多数医家更加重视对于理、法、方、药等方面的研究和著述，这方面的专著非常少，而《诸病源候论》内容的全面和周到恰恰弥补了这一空缺，即使在今天的医学发展水平，它仍称得上是一部完备的好书。

巢元方是隋朝大业年间的名医，医术高超，曾为隋朝太医博士，太医令（即太医院院长），他在奉旨编撰《诸病源候论》的同时，还开创了《巢氏病源补养宣导法》，这在治病防病，健身强体方面又进了一大步，对后世的健康事业作出了独特的贡献。

由巢元方主持编写的《诸病源候论》，是我国第一部病因证候学著作，同时又是我国第一部气功医学著作。其载列证候1720条，叙述了各种疾病的原因、病理、证候等。值得注意的是，该书在诸证后面不载方药，而多附有具体的养生方导引法，这部分内容曾先后为清末廖平和近代曹炳章辑录为《巢氏病源补养宣导法》，内中汇集了养生方宣导法近400条。除小儿病外，其他各科疾病几乎都运用了导引法。这些宣导法包括了多种内容。以姿势来说有仰卧、侧卧、端坐、跪坐、踞坐、舒足坐等；以呼吸来说有练呼的、练吸的，有的还规定呼吸次数等；以练意来说，有内视丹田、存思五脏、存念、引气等；以动来说，有伸展手臂，有屈伸足部、有前屈、有旋转、有头部活动等。

补养宣导法旨在“以代药品”，如“风痹手足不随候”症，其“补养宣导法”：“左右拱手，两臂不息九通，治臂足痛，劳倦风痹不随。”这对发展祖国的医疗体操有着积极贡献。这和三国时的神医华佗发明的“五禽戏”有相同之处。巢元芳在《养生方》里又说：“饱食而坐而不行步，有所作务，不但无益，乃使人得积聚不消之病，及手足痹面目黧。”这“黧”，就是发黑之意。《养生方》又说：“鸡鸣以两手相摩令热，以熨目三行，以指抑目左右有神光，令目明不病痛。”等等，有许多养生保健操法，足可以免却吃药或少吃药。

养生的目的是保护生命、延年益寿。中国中医学十分重视预防保健，称为养生，通过精神调养、食疗药膳、养生功法等等整体综合措施达到体质增强、防治疾病、防止衰老、延长生命的目的。在养生学中强调“治未病”，防重于治，《黄帝内经》中提出了“天人相应”的整体观理论，诸如《素问·上古天真论》记载“法于阴阳，和于术数，饮食有节，起居有常，不妄作劳，故能形与神俱，而尽其天年，度百岁乃去。”又如《素问·宝命全形论》日：“人以天地之气生，四时之法成。”再如《灵枢·岁露篇》载：“人与天地相参也，与日月相应也。”《素问·金匮真言论》曰：“长夏善病洞泄寒中，秋善病疟。”以上理论道出了：“天人相应”养生依据，提出了适应外在环境的变化。人与自然的密切关系，要适应外在环境，人体内在环境必须要统一，这就要求五脏六腑机能互相联系，以互相制约、保持相对平衡和协调。正如《素问·生气通天论》说的：“阴平阳秘，精神乃治。”《素问·刺法论》载：“正气存内，邪不可干。”《素问·评热病论》曰：“邪之所凑，其气必虚。”

巢元方的《诸病源候论》中关于养生的补养宣导法，既是对《黄帝内经》理论的继承和发展，也是巢元方对祖国健康保健医学事业的贡献，于后世影响巨大。

巢元方确实是中国历史上和祖国中医史上流芳千古的科学家、医学家啊！

闭目养神，随处成仙

天下养生之道，莫不和以静待动或处静制动有关联。中国的道家、佛家的养神之道更是注重充分发挥此处静制动的奥妙，生化出一套套玄妙无穷的养生养神之方法，令天下崇尚养生之道者学不胜学，受用不尽。

道家的、佛家的静坐之功，要学到其精髓，非得下点决心，拜到名师，方不会走火入魔，误入静坐练功之邪门，会坏了自己身体。一般之人，时时处处抓个可闲的可放松的时间，学个闭目养神之法，也是可以取得很好的调养精神的目的，此乃放松精神状态的有益方法。

道家的修炼，十分注重修练前提——安静的环境和宁静的心态，所谓：清心绝欲，洗心涤虑，万念不生这就是“守静”。守静，就是此种神仙境界的前提。而闭目养神也是最简单易学的一种“守静”之法。

《老子》认为，人只要注重守静，就可以获得神通：“人能除情欲，节滋味，清五脏，则神明主也。”“除情去欲，一自归之也。”老子认为，人是天下的神物，神物的特点就是天生喜欢安静，因此，必须排除各种外界干扰，以达到修行修炼修德健体健脑的目的。人若能守静，就可以像龙那样变化长久；

若不会守静，那么只好像老虎那样短寿："治身不静则身危，龙静故能变化，虎躁故夭亏也。"

闭目养神，随处成仙，这是不计贫富贵贱，人人都可以自行其事的养生之道。随处可行，随时可作，不计场地，只要能静下心来就行。

所谓心驰宇内，海阔天空，心旷神怡，神游天下，在闭目养神之际都可以尽情享乐不已也。这是真正的庄子《逍遥游》中的境界："无极之外，复无极也。穷发之北，有冥海者，天池也。有鱼焉，其广数千里，未有知其修者，其名为鲲。有鸟焉，其名为鹏，背若泰山，翼若垂天之云，抟扶摇羊角而上者九万里；绝云气，负青天，然后图南，且适南冥也！"哈哈，何等的宏大宽博的气势与胸怀！人若能如此神游天下，想所以能想之事，行所以能行之事，极尽所想之能，得所想之一切，凡是天下美食、豪宅、美女、名车、宝物，只要能去想到的，都可以在闭目养神之中，极尽遐想之能事，在尽情的遐想之中得到满足。人若经常如此，何愁不长寿？何愁不神仙？

因此，闭目养神之法真乃随处成仙之法也！可以满足愿望，满足欲望，满足渴望，在希望中展开遐想享乐的翅膀，烦恼至少可以暂时一扫光，心态得到莫大的放松，即使遐想之后仍然是黄粱一梦，可是，长期的放松自己的心态，忘却人间千丝万缕的烦恼，肯定时会促进自身的健康长寿的噢！

让我们尽可能多地去闭目养神，求"成仙"之乐吧！

长生不老，乃养生理念

养生的目的在于得到健康长寿，因此，从心理学的角度说，养生的心理状态和意念非常重要。心里能一直想着自己肯定会健康长寿，长生不老之人，和心里总想着自己大概快要死了的人，必定会出现两个不同的结果。

有个试验，在监狱中，狱警和心理医生告诉一个死刑犯人说，要用割动脉放血的方法处死他，叫他躺在墙边的一个床上，于是再从隔壁的一个墙洞孔里把他的左手拉出去绑住，固定，不让他动，再三对他说，开始割动脉放血啦，于是开始听到了滴血的声音，这时没有人说话，也没有其他声音，四周寂静，只听到滴血流到盆里的声音。犯人从恐惧转入昏迷，大约一小时候后，犯人死了。其实，谁也没有给犯人放血，只是用硬物佯装着划开了犯人的手臂上动脉，然后打开了水龙头滴着自来水，这滴水的的声音吓死了死刑犯。死刑犯死在心理承受压力上，死在心灵之死上，而不是刑罚上。

再有一个事例。在大地震中，一位年轻的母亲已被倒塌的房屋压死了，但是，救援人员挖开瓦砾砖石时，发现这位已经去世的年轻母亲仍然紧紧地托着小孩往外送出去，虽然小孩也已死了，这位年轻的母亲心灵不死，理念不死，本能驱使她要保护自己的孩子，宁可自己死，也要孩子生，这是伟大的母爱，舍己救儿的母爱。

我们再回到道家关于长生不老、长生不死的理论和理念上来。历史上，最长寿的彭祖据说活到八百岁，即使把这个传说作为真有其事，那么也没有长生不死的人。那些有关神仙传记的记载和描述无法考证，不能作为科学依据。

但是，道家的关于长生不死、长生不老的理念和修炼方式方法，以及修炼得到的成果却丰富发展了祖国的中医学理论和养生理念，凡是研究学习中国养生、延年益寿理论和方法的的人，莫不涉及研究道教的长生不老、延寿益年的理论和方法。

长生不死的理念和思想是中国本土宗教——道教所独有的。道教中的有道高士在修炼长生不老的过程中，继承和发展了祖国伟大的《黄帝内经》中关于阴阳五行的核心理论，丰富了中医和中国人的养生理念和延年益寿的实践及方法。所以，历来有医道同源之说。

阴阳五行和谐相处，相生相克，互相协作又互相牵制制约，这是《黄帝内经》结合了《周易》中的阴阳学说和《尚书》中的五行学说后，创造性地发扬光大而得到的绝妙又能包含纷纭诸说的理论，既弘扬了中医学说理论，也充实了中华民族的思想和行为准则，当然也包括了养生学说及理念。

万物都包含了物质、能量和信息这三个方面，以金木水火土为代表的五行在和谐相生相克的生存环境中达到平衡。《黄帝内经》言：“天食人以五气，地食人以五味。”五味入口养于胃，各归所喜，补五脏之气，于是阴阳平衡，人体康健，养生的基本目的也就达到了。

而道家的炼丹练气，追求长生不老，养生延年，也是按《黄帝内经》的核心理念而进行的一种养生实践活动，是敢于超乎人类想像极限的一种有着积极意义的实践活动。虽然，迄今尚未取得实据可以让科学证明，但是，这种养生实践活动，却切实地推动了祖国中医医学实践和医学理论的发展，当然也丰富发展了祖国的养生观和养生实践。纵观今日的养生活动和养生实践，似乎也都脱离不了道家养生实践的框框，有的也就是一脉相承，譬如那些气功和进补等等养生方法就是如此。

其实，道家的养生包括了服食、胎息、行气、吐纳、导引、存思、坐忘、内丹、外丹和房中术等等，道教研究实践这些养生实践活动的目的在于追求长生不老、长生不死，虽然道教徒的这些追求长生成神仙的活动，从现代科学观点来看有点虚幻，但是，道教对医学和养生理念及实践活动作出的巨大贡献却是不可磨灭的。医道同源，还是有科学和历史道理的。

读书赏画，养生之妙

《金刚经》中说："一切圣贤皆以无为法而有差别，以是为技，则技凝神，以是为道，则道凝神。"因此，读书赏书画养生之妙，妙在于赏书画之时能以之为技，以之为道，从而悟技悟道，进而凝神，进入凝神悟其技与道的自娱境界。

读书圣王羲之的行书《兰亭集序》，如信步走在山阴道上，竹木葱茏，鸟语花香；读张旭草书，似见公孙大娘舞剑器；读黄庭坚行草书，彷佛在行舟上聆听江浪此起彼伏的涛声；欣赏王铎的行草书，真如"飞流直下三千尺"，奔流浩荡，其气势不可遏也；读欧阳询的楷书，真是法度严谨，严肃中透出点画的楷法之高超，间架结构之神妙；而读颜真卿、柳公权的楷书，又似走进楷体博物馆，琳琅满目，应有尽有，不愧是两座楷法的高峰，难以逾越。

能悟其技其道者，读此法书，将会忘却一切烦恼，荡漾其中，遐想无穷，仰慕之情更是难以言传……如此，岂能不增岁添寿？而且增加学识涵养气质，此非金钱可以买到的！

再如赏画。中国的画讲究意境，追慕画中有诗、诗中有画的意境，画上的题款诗更需要画龙点睛之笔。这种意境、章法、文采，足以使人玩味不尽、玩味无穷矣！

其次，画的笔墨风格神韵，又是需要具备多方赏析知识，方可悟得其技其道之妙之神，如此，一幅画就足以让人留连忘返，足不移步终日矣。天下事，皆抛九天云外，心中唯有此画，此画的意境，笔墨，风神风格，章法布局技巧，题款衿印之妙，等等，均非一日之功而造就的。

读书养生是一乐，赏析书画也是一乐。欣赏书画作品，除了欣赏的审美心理之外，对作品的艺术技法和传承的流派，以及在此之上其本身艺术特点的理解，也是很重要的。若有这些欣赏美术的前提，那么，对眼前的艺术作品的理解就会更加深入贴切，于是，一种欣赏艺术作品的愉悦心情就会油然而生，这样，就会在身体内部产生一种激发长寿的基因，促进自己健康长生。其次，欣赏艺术是在一种置烦恼和六根于度外的清静状态，人处于一种祥和专注的心态中，这样的小环境也是非常有利于静心养生的。

比如你正在博物馆的橱窗前全神贯注的欣赏我国现存的历代书画家作品，如年代最为久远古老的展子虔的一幅山水画，一是叹服其年代如此的久远，竟然还保存下来；二是对展子虔画作的那种神采如生，意态完备，描绘山水的远近之势，竟然有咫尺千里之美感，不由对我们先人在这方面的把握和创造的距离观，感到钦佩。这幅画，在中国传统山水画的发展史上具有里程碑式的历史作用，以及其独具的开创性的艺术价值等等，这样的欣赏心理，又是其他方式无法可以相提并论的。再比如说，这幅旷世名画如果是你的家藏宝贝，嘿嘿，那么心态就更不一样了，可能天天怕小偷光顾，有强盗来抢去，提心吊胆地防着；即使无强盗小偷上门，还是要担心蠹虫嗜咬，老鼠撕啮，还有什么受潮霉变等等，这样的不能安心，可能真要缩减寿命了。所以，宝贝极品，还是交给国家博物馆保存，大家来欣赏，这是最放心的长寿心态。

展子虔的《游春图》是用大青绿色着色的绢本画卷，上有宋徽宗赵佶的题签。在用笔设色上，展子虔用青绿勾填法描绘山川、人物、树木、怪石，而且直接用青绿赭石涂染，不加皴斫，画而远近分明，轻重有序，粗细自然，明暗清晰，人物神采跃然绢上，显示出一种富丽堂皇的古朴华贵之美，而且突破了前人的山水画形式格局，开始成为一种独立的画种。这幅画，宣告了前代的山水画稚拙时代的结束，而青绿重彩、工细精巧整葺的中国山水画时代的开始。所以，展子虔是中国历史上一位承前启后、继往开来的大画家，他的山水画风格为唐代大画家李思训、李昭道父子所宗，对中国画史影响很大，这幅《游春图》被后来的美术理论家、画家视作“开青绿山水之源”的重要大作，在中国山水画发展史上具有重大的奠基意义。

前几年，上海博物馆曾和故宫博物院合办古代书画真迹展，其中就有展子虔的《游春图》，还有唐人冯承素双钩临摹的王羲之《兰亭序》等国宝极品，只是展示五六天就收起来了，因为这些年代久远的珍品，不宜多见光和尘，不宜多动。我为了一睹真容，儿子、太太和我一起于清晨去排队四小时，才得以见得真迹，但是，每人在作品前不可逗留，必须缓缓前行。虽如此，也是很难得的：人生能见此国宝者又有几何？迄今难忘啊。

再如欣赏当代写意画大师齐白石水墨虾趣图，那种源于生活，又完全高于生活的艺术再创造，直把那个十分平常的小虾的形和意描绘得非常生动可爱，正是妙在似与不似的神似之间，使“无数英雄竞折腰”啊！

但是，这不是一日之功，真如齐白石自己说的：“余之画虾已经数变，初只略似，一变逼真，再变色分深浅，此三变也。”几十年方画得小虾之神啊！在这似和不似之间，显出这些小虾的栩栩如生，这就是一种艺术的锤炼和高度的艺术概括，还有艺术技巧恰到好处的融合。无论在国内，还是在国外，不管是哪国人士，只要看到这个齐白石画的墨虾，无不赞叹。

此虾神采飞扬、水墨淋漓、生动夸张却又栩栩如生，似乎灵动跃出。

在欣赏齐白石的水墨虾图时，一种愉悦自得的快感油然而生，甚至有的人会情不自禁，手舞足蹈。欣赏艺术作品的快感和快乐自得的感受是在其他形式中得不到的，怎么也要让人健康添寿啊！

现在，你如果有一幅齐白石墨虾图，那可要珍藏好呀，一只墨虾可以换一吨活虾啊。

再如欣赏傅抱石、关山月先生在人民大会堂创作的巨幅国画《江山如此多娇》，先不说这两位国画大师的技艺、造诣和知名度，就是这幅巨画所描绘的壮丽江山——高山峻岭，浩淼的大海，高升的红日，满天的霞光，奔腾的长江黄河，绵延万里的巍峨长城，五岳山川等皆在这幅罕见的巨幅国画之中，令人心旷神怡，犹如走进祖国母亲的巨大怀抱之中，感受到了母亲的慈爱之情。这样的艺术感受真是很难得的。更是难得的是，这幅画的题名竟然是毛泽东主席的亲笔，那个性鲜明、激情奔放的毛体草书，大气蓬勃，和这幅气势非凡、雄伟广阔的巨幅“祖国江山如此多娇”国画相映成辉，浑然一体，表现了炎黄赤子对伟大祖国的的热爱之情。

欣赏这幅巨幅国画所产生的爱国之情是非常振奋舒畅的，已不是赏心悦目四个字可以概括的了。

如此赏画，岂有不长寿之理？！何况是难得一见的罕见的大师的巨幅国画啊！

这幅中西画技法结合的震古撼今的巨幅国画在中国美术史上，又是一个里程碑式的巨作啊！

多读书赏书画吧，既可养心增寿，又能提高修养气质和知识，难得也！

中医是中华民族的瑰宝

一个从上海某著名中医院移民到加拿大温哥华的朋友，为了谋取更理想的专业工作，在温哥华参加了中医师资格的考试。一百多名考生中，竟然有一半是金发碧眼的西方洋人，还有一半是亚洲人；而这一半的亚洲人中又有一半是韩国人，剩下的是日本人和中国台湾人、大陆人。大陆考生人数最少，仅为七、八名而已。

我这位毕业于上海中医药大学科班的朋友顺利地完成了加拿大的中医师资格考试，我向他致以衷心的祝贺。但听了他讲的考生国籍分布状况，心头又感到深深的不安！中医师资格由外国人主持考试已是新闻，而考生中竟然又绝大多数是外国人，更是新闻。

中医姓“中”，是中华民族对世界人民的一个杰出贡献，自神农尝百草，黄帝创《黄帝内经》以来已有六千年以上的历史，源远流长的历史和实践经验，大量著作论述，已充分证实了伟大祖国的中药之奇特疗效，而且历代名医泰斗辈出，从扁鹊、华佗、巢元芳、张仲景、李时珍到今天的石莜山、裘沛然等等，无一不是经验丰富，杏林一绝。无论是内科、外科、儿科、妇科和五官科，在医学上都有领先于世界医学界的独特成就，还有那基于经络学基础上所产生的针灸、推拿、气功、拔火罐、刮痧等等。奇妙无比的医术疗效常常令世人瞠目结舌，不可思议。而这种神奇之处正是历代中医大师科学研究、临床实验而总结出来的东方医术。还有中医的“望、闻、切、诊”手法，高明的中医医生不但可以依此辨证施治，开出最适合病人阴阳缺损的处方，而且安全便捷，疗效显著，甚至一、二帖药就能使病人起死回生，转危为安，这在史书上有不少确凿的记载。了解中医的人，还会知道中医史上有“牵线搭脉”的故事，而这也不是空穴来风之说，因为高明的中医大师只要通过脉象传递的些许信息，就可判断出患者的症结原因，并开出处方。

今日科学发达，但中医学上一些确有神效的医技却仍然无法破译，还没有一个圆满的科学解释，可是这并不能说中医不科学，甚至不应该说中医的一些治疗方法是“巫术”。这反而证明了今天的科学在分析了解中医的方式上还不到位，不够完善，不够发达，中华民族的祖先发明的中医技术和理论，尤其是《黄帝内经》太神妙了，以致今日东西方科技也研究不透，现代医学在研究中医的领域中还要继续努力。确实有效的医术，就因为还无法科学认识，就想简单地否定，这是无知的表现。你研究不懂，就胡扯蛋，骂五千年历史的中医是巫术，这岂不是自打耳光，说明无知嘛。

更有甚者，国内有少数数典忘祖之人甚至还联合签名要求废中医，这种自灭祖先文化遗产的无知行为不但为国人不容，也被外国人耻笑。如果中医不行，那么为什么在加拿大的中医师资格考试中，西方人占了一半，日本人、韩国人又占了另一半人中的大部分？！中医为什么在西方、在国外得到了医学界越来越多的重视？！这正说明了讲实用、讲科学的外国医学家感觉到了中医的伟大，知道中医是个无法估量的宝藏，懂得了在西医之外的中医里有许许多多西医无法取代的高明之处，所以才会有那么多西医学者、外国人来学习研究中医。要知道，学习中医、研究中医，还必须懂古代汉语啊，不然怎么懂得古代中医医籍中的医学原理呢？！学中医如此艰难,还是有越来越多得外国人矢志学中医，这正说明了中医有奇效嘛，说明那些胡诌取消中医的国人之无知、浅薄、劣根性太重。

中医是中华民族的瑰宝，当然也是与世界人民共享的科学成果。但中医源自中国，中国人自己首先要发扬光大中医，并保护、发展中医，不能让祖先六千年的光荣在我们这代人手里弱下去了。不是已传说某国在抢了我们的端午节，还要抢中医改为什么 × 医，然后再去联合国抢注“世界文化遗产”吗？虽然这有点太过分，但我们自己也有保护不力，让他人钻了空子的责任。这又是无可奈何！“沉舟侧畔千帆过，不尽长江滚滚流”。你不动了，那就挡不住别人的前进脚步呀。自己的宝物首先要自珍自爱，并让宝物与时俱进，这样才会使自己祖宗传下来的宝贝增值增光，不丢祖先的脸面。

到了国外，遇到洋人主持考中医师资格证书，邻国人要抢注中医变“×医”，去申报世界文化遗产的寒心事，对其理解也和在国内时不一样了，更深刻了。中医源自中国，是中华民族先民们的伟大创造，是中华民族对世界人民的伟大贡献，每一个中国人都要爱护中医，保护中医，为中医再创辉煌，为世界人民的保健事业做更多贡献。

端午话养生

端午节在中国至少已有数千年的历史，这是中华民族在夏季最大的全民欢乐的节日。端午节的许多习俗和夏、商、周三朝的夏至习俗相近，所以，有人考证后说端午节原是由夏朝夏至的习俗发展而来的。当然，关于端午节的起源有许多种，最为人所接受的是为了纪念爱国诗人屈原而发端的说法，因为这种说法最有人情味和爱国爱乡土的人文情怀。1953 年，世界和平理事会把屈原列为世界十大文化名人之一，这也说明了屈原的伟大之处。

端午节在农时最忙的五月，这样，即使农事繁杂奔忙，有个节日，大家就可以名正言顺的忙里偷闲，欢聚一下，乐一下，把还要做的农事总结归纳一下，然后继续干下去，干得更好。所谓“文武之道，一张一驰”，也就是这个道理。中华民族的祖先早就知道了这个道理，并且巧妙的安排了一个节日，大家乐一下。这样的安排是非常有利于养生长寿的。欢乐之中，忘却了疲劳烦恼，过了节再好好干下去，精神焕发了，工作效率就更高了。

再看端午节的主食，是用有香味的楝叶、芦叶或竹叶等包裹糯米、鲜肉或其他补气益肾开胃等食品，经过长时间烧煮而成，香气四溢，令人馋涎欲滴，胃口大开，消化力增强，情绪转好，和四周各人的互动加强，即使是抑郁者也要为之动容，必然增智长寿。

端午之后，暑热渐多，五毒袭人，端午节也正是驱除厌辟的好日子，大家动手搞卫生，再用兰、艾、菖蒲、雄黄、符图、缯缕等点燃熏烧或悬挂户外门上，以祛虫防病避邪气。小孩还要在身上挂一个雄黄香袋，在额上用雄黄写一个“王”字，或是点一下，以求避邪得福平安，还要进行兰汤沐浴。在屈原的《楚辞》中，即有“浴兰汤兮沐芳草”的诗句。这些除病祛瘟的健康保健之法，对养生增寿极有好处。而且用艾草祛避毒气等方法还有医学效果。菖蒲、雄黄等还可做成仲夏食品、制酒饮用以避瘟气等。所以，中国的夏季大节——端午节，即是休闲欢乐的节日，也是养生环保祛病避瘟的时节。我国的祖先真会忙里偷闲，偷着乐啊！了不起的中华民族的先祖们，我们子孙们也沾上福荫了。

话说“神经病”及“三省吾身”

在南方，尤其在上海，不管男人、女人，在气恼之时常会蹦出一句“侬迭个神经病！”北方人也会说：“嗨！你有病啊？”这句口头禅一样的话，还真是说对啦。

其实，每个人都是有点“神经病”的，只是露馅的机会多少不知，时间长短不定而已。伟人和凡人都一样。每个人都会有情绪失态的时候，这失态，实际就是和精神失常差不多，哪怕是一刹那的失态。修养高的人能做到喜怒哀乐不形于色，但是，也会有例外的事发生，让他再也控制不住自己的情绪而失态。只要触到他情感最敏感处、痛处，修养再好，再有涵养，也是把不住自己的情感的，除非他不是人类而是其他动物。武侠小说中描写一些毫不留情的杀手，脸上永无表情，但是一旦触及其敏感处，也是要动容的。所谓“丈夫有泪不轻弹，只是未到伤心处”正是如此！

由于每个人都有点精神失态状，因此，自控能力非常重要。有无自控力是真假精神病的分界线。人失态时还会杀人，曹操就以“失态”为由杀了不少贤臣良将。曹操说他头疼，还杀了绝世名医华佗呢！

有修养者，风度翩翩，儒雅可亲；失态者，状如疯狗难以控制，于是就会出事乱套，甚至坏了自己的大事。这样的例子举不胜举。

还是曾子伟大，“吾日三省吾身”。所以，曾子成为后人修性养身的楷模啊！那么，大家就静下心来，吾日三省吾身吧！这“吾日三省吾身”，其中的“三”，只是一个概数，未必真的是“三”次，译成今人话来说，即是“我每天要多次的反省检点自己”的意思。因此，这句名言也说明了中国的先人们为什么能涌现出那么多的圣贤哲人了，这在他国历史中也是罕见的。为了提升自己，多多的“吾日三省吾身”吧！

环境与养生

环境，尤其是人类的生存环境，决定着人衣食住行的质量，也是影响人类生老病死的重要因素。中华民族的祖先，在那远古荒袤的时代，就已经从生活实践中明白了这个道理，注意到人类生存的环境需要保护，要关注生命成长生活的环境质量。

成书于两千五百年前的《黄帝内经》，是中华民族先民们科学文化的综合和结晶，其中的核心内容之一就是要做到“天人相应，天人合一”。这个天才的论断，竟然和今天全人类保护环境的宗旨一样，而我们的祖先早已在数千年前就总结概括出来了。

这个“天”，就是大自然，人类的生存环境，人类只有适应和改造大自然，创造适合人类自身居住的和谐的自然环境，才能天人合一，健康长寿。

在中国贵州的一个大山里有一个只有325户的小山庄，人口不足千人，可是，那里95岁以上的老人有22人，85岁以上的老人有五十余人。应该说那里的生存环境远不如城市，但这个似乎与世隔绝的小山庄，自然环境符合阴阳五行和谐平衡的生存大环境，山清水秀，鸟语花香，水源洁净，土壤天然循环肥沃，真似与世隔绝的人间桃花源，绝对是可以夜不闭户，路不拾遗的，村里人互助精神也似乎天生如此，尊老爱幼更是蔚然成风。所以，那个山村的人们在这种和谐、生态平衡的环境里得到了天然的养颐天年的条件，长寿者自然就多了。

据说孔子根据《周易》著述了《易传》并解译了《周易》的符号，得到了一个结论：“一阴一阳谓之道。”以此可以回答世间的一切问题。如以此解释环境养生问题，也就是要和生存环境和谐相处，保护生态平衡，这也就是阴阳平衡的道理。自然环境要阴阳平衡，人自身的机体功能也要达到阴阳平衡，如此大小环境皆阴阳平衡，人自然也就增寿添岁了。

这个人体自身机体的平衡不仅仅只是锻炼和饮食良好，营养得当，还有一个更重要的是要善养自身的浩然之气，这是一种非常人所有的节气、志气、神气，也就是《黄帝内经》中提及的“精气神”。汉朝的苏武出使匈奴被扣为人质，被送到极寒冷荒凉的西伯利亚去牧羊，前后 19 年，那种孤寂，那个生存环境之差，可以想像得到。可是，苏武在朝廷与匈奴的交涉下终于持着已经秃掉了尾缨的大汉使者的使节回朝时，仍然保持了大汉使者的节气，受到了当时和后世的崇敬。苏武活到了 81 岁才去世，这在“人到七十古来稀”的近两千年前是很不易的，这全在于苏武善养自身的凛然不屈的浩然之气呀！

这浩然之气也是一种养生小环境哦。

平常心

胎息养生术

养心即是养生、养神，养得平常心，就如摘得天上星，好似成了老寿星、老福星。

《黄帝内经》中有关于静心养性的论述，认为此法乃延年益寿要诀之一。而道家注重的胎息养生之妙诀就在于无思无虑，首要修炼得一颗平常心。这胎息，就是要学习胎儿在母亲胎胞中呼吸的方法，学会呼吸天地之间的元气。这胎息也就是内气，会吸得自然之气。所以，人要学会回到婴儿在胎中的境界，要学到呼吸自然之气而生存，那么，就可以达到长生不死的养生神仙之态。但是，人出生之后，呼吸的只是阴阳之气，只会呼吸阴阳之气，人就会老死。因此，真正学得此道的人能够在体内呼吸，可是口鼻却不呼吸，而是通过体内的呼吸养性，返回到婴儿之环境，于是达到长生的目的。因此，学习内气之术非常重要。这在道家的要典《太平经》中有详细的论述。

葛洪的《报朴子·内篇》对练胎息有如此的描述：所以行气，有的可以治疗百病，有的可以驱除瘟疫，有的能够禁绝蛇虎，有的可以阻止生疮流血，有的可以居住在水中，有的可以行走在水上，有的可以避免饥饿干渴，有的可以延长寿命。其中最关键的就是要获得胎息。平常心，中国人都多少知道一二，知道如此去做的妙处、益处，这是数千年来受到中华文化及道家文化熏陶的缘故。平常心，就是要学会养心、养神、养身、养气、养性、养精以及养颜，如此，方可言及长生，渐达到神仙境界，不是神仙，也有了神仙的状态和感觉，飘飘然也！

而学练胎息功的关键就是要使体内体外之气不相混杂。练胎息之人，必须固内气，会养气。但是，刚起练时也不能排除体内之气与外界之气的连接，哪怕是微微相通，要做到不让气通过咽喉。若气向上逆冲，无法抑止，那么，也可以徐徐放气，使之渐渐通畅，切不可一吐为快，如此，前功尽弃。可以等气息调匀了，再闭气，关键在于鼻内之气要徐徐出入，千万不能让它通过咽喉。这样做时，需要极力忍耐抑控，过了这一关，便会自然畅通，内外泰定。其次，练胎息的要诀又在于能做到无思无虑，做到形神和自然的相结合。只有修练到练气息时达到心如死灰、形如枯木的境界，才能使百脉通络，关节畅通活络。如果心里烦忧无常，凡念相继不断，那么也只能是徒费精力了。

获得胎息之人，能够做到不用鼻口吐吸，就如在胎胞之中，如此，道行成了。

开始学习行气，鼻中引气而闭之，心中暗数至一百二十，然后从口中微微吐出。等到导行它时，自己耳朵也听不到那气息出入的声音，只有一种气息出入的感觉。经常做到入多出少，用鸿毛附着鼻口上面，吐气而鸿毛不动，此时功成啦！慢慢再练习增加，心里默数数，时间长了可以达到一千以上，而到达一千以上的老年人甚少，因为年纪大了，体力不支了。

行气应当在升气的时候，而不是在闷（死）气的时候。所以说，仙人服六气，就是这个意思。按时辰计，一天一夜有十二个时辰，从半夜到日中六时为升（生）气时，从日中至夜半六时为闷（死）气时。死气的时候，如去行气，那没有好处。

善于用气之人，吹水，水为之倒流数步；吹火，火为之熄灭；吹虎狼，虎狼下伏而不敢动弹；吹蛇虺，蛇虺蟠起而不能离开。如果有人被兵刃所伤，那么，吹伤口就能止住流血。

学胎息功，只是大多数人过于急躁，少有静心修炼其道行之人，关键在于缺少平常心。还有行气的关键，不可多进食，多吃生菜肥鲜等食物，这样会使人气息增强难闭。还要禁怒，多怒就会乱气，既然得不到益处，或者会使人发生咳嗽，那么，练之无益矣！所以，少有人可以达到如此奇妙境界。某位祖仙公，每到喝酒大醉或者夏天酷热之时，就会进入深渊的底部，一天后才出来，就是因为他练就了闭气胎息功。

再如，配此文的书法《平常心》，看时如画的构图章法，但却是完全传统的中国书法艺术的用笔方法，以中锋为主书之。只是为了突出“平常心”的意境。灵感来时，采用了天平的构图，使之更为形象化些，意境和内容的完美结合，所以受到了许多人的喜欢。

让我们学着练就平常心吧！因为，要学成胎息功，那都是非等闲之辈也！不是人人可成就的。

食色性也

中老年养性谈

在《孟子》里，有孟子和告子的一段对话，其中说到的“食色，性也”这个著名命题，于后世影响很大。许多诠释都是往男女性欲上套，说是“男女性欲乃是人的本性啊”。这未免有点想当然的解释。岂知即使是动物，也未必是只有性欲追求呐！何况是具有七情六欲的高智商的人？这句话的本意就是凡是美的东西，美食、美景、美物、美色等都是人所追求的欲望，这是人的本能的欲望。这和《诗经》中“关关雎鸠，在河之洲；窈窕淑女，君子好逑”是一样的意思。哪有见色就有欲的，未免一概化了。

不过，孟子和告子所言也说出了一个人生的大题目：人的生理欲望也是一种健康人必备之本能，无法逾越摆脱。但是，也要以养生之道来处理善待这种人与生俱来的生理本能和繁衍子孙的功能。

青壮年精力充沛，体力强健，可以泄欲多一点，很快会恢复；可是中年到了人生转折阶段，就要注重养生和进补调养，为后半生强盛体魄打好基础，这是养颜健体、长生不老的根本；至于到了老年阶段，更是要养生调理得法，循序渐来，不温不火，按体能注意协调为重，不然会出大问题，甚至危及自己生命。但是，由于人的体能各有差异，也不尽相同。

上海人民广播电台曾经有一档著名的“蔚兰夜话——和陈教授谈性”，节目也允许听众打电话进去提问咨询。有一位七十五六岁的单身老妇打电话进去，说她一到晚上就特别想性交，而且想得很难受，睡不好觉。她咨询陈教授，有无办法把她那种欲望消灭掉，不再想它。大概陈教授和节目主持人蔚兰也是第一次听到这么高龄的老妇还有如此强的性欲，竟然一时语塞，过了一会才回答：消灭它是不人道的，就挂断了电话。在挂断电话的一瞬间还听到这个老妇近似哀求般的说话声。

于是，这就引出了一个问题：中老年养性修身很重要，可是人体各有差异，也不尽然，还是需要因人而异，个性化地研究一套适合自身的养生调理方式，并不是一概而论。

养性也贵在注重阴阳平衡，重在保持充沛的精气神。在10万年前的山西许家窑人已有阴阳概念，而到了一万八千年前的山顶洞人时，已经有了明确的阴阳概念，并且会利用这个阴阳概念。至于到了大汶口文化中已具有八卦图形，这证明伏羲创制八卦之事不虚。精为人之本质，阳气之本，当一个人陷于精疲力竭之时，自然疲软，浑身躺倒；而养生重在养气，气乃人固本之需，为人之生命之本，气盛方可气聚成精，形成生命，这生命即有形之神。《黄帝内经·灵枢》中曰：“失神者死，得神者生也！”神魂颠倒即会痴迷，神魂出窍，则命失矣！

故人之生命的各个阶段都需养精气神，而至中年到达人生巅峰期，此时注重平衡精气神之下的养性，关系到今后自身的健康养寿益年能否取得最好成效；而到了老年，按照《黄帝内经》关于“五俯见于面部神气，面部五色内应五脏”的理论，老人的脏腑功能日益衰退，肾精渐亏乏，虽有五虎上将黄忠之勇，毕竟已是到了好汉不提当年勇的阶段了，无法和青壮年相提并论了。所以，老年人的神色一般不如青壮年时那样神色俱佳、神采飞扬。

药王孙思邈言：“六十者闭精勿泄，若体力尤壮者，一月　泄。凡人气力有过强者，亦不可抑忍，久而不泄，致生痈疽。”由此可见，养性也是，适时而泄也是，不然体内阴阳不平衡，也会有损自身健康。泄多，则精气亏而神萎；久不泄，则又阳盛亢奋损寿。所以，中国古已有之的养性理论实为世界医学宝库中的奇葩也，独树一帜。

性医学研究证明，人的性器官也是“用进废退”的。也就是说，久不用，这些器官也会衰退，所谓废用性阴道萎缩、废用性阳萎，也就是这个“废退”的原因。反之，注重养性，适时按自身体内精气神的状况，愉悦地一泄，却也是男女双方快乐健康的乐事也，这也会促进养颜长寿。医学证明，久无性生活的中老年男女一般都是缺乏神采奕奕的形象感觉的。这也就是为什么说有性生活的长者比单身长者更长寿的原因。

清朝的乾隆皇帝是个自称“十全皇帝”“十全武功”的长寿皇帝，他在位六十一年，治世成就不少，风流韵事也颇多，但是，他的养心殿——养“性”殿的取名不仅在于养心，也在于养性，所以他长寿有功德啊！

养生仙境

品酒文化

酒，又称为佳酿、琼浆玉液，乃人间一大美化升华生活品质、提升艺术人生佳境的伟大发明。曾有一位西方哲人说过这样的话：“谁若不爱美酒、女人和歌，他就终生是个傻瓜。”可见酒在人生中的重要作用。

中国的酒文化历史悠长，至少有五千年的历史。中国河北磁山文化遗址中曾出土了谷堆100立方和不少酒器，那时已用谷物来酿造美酒。但是，史料记载，酒的起源以两种说法为主：1. 酒是夏禹时的仪狄所发明；2. 酒是杜康发明的。可是，磁山遗址文化的出土文物把中国造酒的历史又提早。在《黄帝内经·素问》中也记载了中国的先民们以稻米酿酒，以稻秆作燃料的史实。只是，在中国的酒文化历史中，以杜康的名气最大，为什么呢？曹操的一首《短歌行》成就了杜康的大名，其中有：“对酒当歌，人生几何？譬如朝露。去日苦多。慨当以慷，忧思难忘。何以解忧？唯有杜康。”曹操名气大，他的这首酒后的即兴诗《短歌行》，不但吐露了曹操当时的心情，还无意中给杜康做了一次广告，从此，杜康成为了酒的代名词，成为千古名人，在河南还有杜康祠呐，千年供人祭祀。不过，传说杜康献酒治好了周平王的忧郁症，周平王大喜，封杜康为“酒仙”。那么，杜康也是中国最早的一位御封的“酒仙”。人生如此也可足矣。

正因为国人欢乐时需要酒，忧愁时需要酒，所谓喜怒哀乐悲欢愁闷都需要酒，这酒啊，就成为国人的生活组成部分，所谓开门七件事：柴米油盐酱醋茶，应该再加上酒，成为“柴米油盐酱醋茶酒”八件事才对。这才有完美的人生养生需要的八大基本元素。

喝酒者，养生得法者，被称为“酒仙”，因为酒对延寿益年、长生不老的作用太大了：欢乐时，无酒不欢，无酒不乐，无酒不威，无酒友谊不深。《三国演义》中描绘关羽杯酒尚温已斩了董卓手下勇将华雄之神勇，令各路诸侯敬畏不已，假如，这罗贯中在描写时，没有这杯尚温的酒，那么，这武圣关羽的神勇就会减少了许多也！可见这酒在中国人生活和艺术中都已深入到极点，无酒不成书啊！还有那关公喝酒下棋，不用麻醉药，就让神医华佗在臂上刮骨去毒，四周的人闻刮骨声莫不动颜，可是天神关公却能坦然如无事一般下棋喝酒，如此神勇之举，几人可行？这其中，没有酒能行吗？当然不成。如果关云长没有平时的饮酒养生修养之功，何来如此神威？又何能成为千古美谈呢？何人读此段文字不动容啊！？

郑板桥有句名言：“难得糊涂。”这糊涂，没有酒能行吗？肯定不行。没酒，装糊涂不灵啊！想当年，有多少机灵之人靠着这酒装糊涂而蒙混过关啦。当年的竹林七贤也是依仗酒来装糊涂，以避尘世。

在祖国的经典文学著作里，写酒的作品太多了。《诗经》三百篇，其中言及酒的诗文竟占了十分之一；《唐诗三百首》中，吟咏到酒的也有 48 篇之多，差不多占了六分之一，至于历代其他文豪的诗词文章里，言及酒文化的更是数不胜数，最有名的就是李白的：“举杯邀明月，把酒问青天。”还有苏东坡那个名句：“明月几时有，把酒问青天。不知天上宫阙，今夕是何年。我欲乘风归去，又恐琼楼玉宇，高处不胜寒。起舞弄清影，何似在人间。”看看，酒还能通天啊！没有酒，如何问青天，如何和苍天说话呀！所以，我们在祭祀祖先和神仙鬼神的时候，都要借助酒来沟通天上人间阴间。真是酒通四面八方、上下左中右呐。

可以想见，这些在中国文学史上光芒四射的文曲星们，如果不通酒，不喝酒，能写的出如此高深的文学大作？

喜酒，但是不嗜酒。这就是酒文化的养生之道。不然，酒鬼文化是不足谈的，也不值一谈。

在广西金番县孟村屯瑶村只有四十户人家，可是八十岁以上的健康的老人有十八位。其中有一位刘奶满老太在 103 岁时还是海量，在全村给她做 103 岁寿的寿宴上，刘老太对敬酒者来者不拒。可见，酒喝得得法，就是平常百姓人家养生增寿长寿的佳酿！

酒逢知己千杯少，这句话道出了对知己好友而言酒来助友情是不可少的实况。只是，天下之大，能碰到“千杯少”的时候实在少之又少，甚至一生碰不到的！但是，碰到了像刘备、关羽和张飞那样的非同胞的真兄弟时，没有酒肯定是不畅快、不够气氛的。在这样的气氛之中，恨相见太晚的那种感觉，肯定是一种人生乐事，当然会促进长寿的。

酒，还是考验一人是否真心的的良药。所谓“酒后吐真言”，酒后乱性露出本性，露出马脚等都是酒的功劳呐。如果，你能巧妙运用酒的神力，测到对方的不良居心，那么，你也就摆脱了疑心，心也安然了，也会促进长寿的。

至于人们为了延年益寿而浸泡的中药养生美酒，更是普济众生、延年益寿、惠及千家万户哦。

拿起酒杯，倒上美酒，干杯吧！庆贺新年的来到，希望在新年中再夺取新的成功，更上一层楼。这个辞旧迎新的伟大时刻，没有酒那怎么行呢？

养生之道的国饮
饮茶

据历史考证，中国是世界上最早种植、采制茶叶和研究饮茶之道的国家，在世界三大饮料之中，有哪种饮料能和山水胜景、人物品论、琴棋诗书画以及水道、茶道用具，甚至烹茶时加温的何种木炭，活火和文火等等结合得如此美妙，达到如此佳境？而中国人饮茶能达到如此佳境，是要感谢中国本土宗教——道教的。这些追求长生不老的道士们“以身试茶”，研究达到仙境的饮茶之道，终于形成一套养性怡神、延年益寿的国饮之道，功莫大焉！当然，中国化了的佛教，还有那些文人士大夫等也对饮茶之道推进改良，达到了今日饮茶文化的高尚境界。而这种文化精神氛围无疑是一种极佳的延年益寿的养生之道矣！

中国的饮茶起源于川蜀一带，因为那里曾是神农氏——炎帝的活动地区。谁都知道神农尝百草的伟大事迹，茶叶，也是炎帝在尝百草过程中发现的。茶圣陆羽在《茶经》里说过：“茶之为饮，发乎神农氏。”这是世界上最早的一本关于茶叶和饮茶研究的的专著。神农氏发现茶叶，起初也是作为一种解毒的草药来运用于治病的，后来人们在利用茶叶解毒治病的过程中发现了茶叶独特的提神醒脑、养性怡神的功能，逐渐进入日常生活起居中，成为一种包含生活各个方面文化的茶道。茶通六艺，是修性养生的最佳享受。饮茶人皆长寿，茶圣陆羽活了 77 岁，而称“君不可一日无茶”的乾隆皇帝活到 88 岁。要知道，在那个时代，人过七十古来稀，七十岁以上是长寿者也！

又由于茶叶种植于茶农之田地，茶不仅富贵人家可以享受，平常百姓家也可做到天天饮茶，所以茶也就发展成为中国人开门七件事的一件要事：柴米油盐酱醋茶，茶虽排在末尾，但毕竟是开门七件大事之一啊！由此可见饮茶在中华民族里的重要地位。据历史考证，魏晋南北朝时期，在一些城镇集市中已经有了商业意义的专供人饮茶品茗的茶寮，也就是今天的茶馆。可见中华大地上饮茶之风之早和兴盛。这是真正的不分贫富贵贱的全民饮茶之风。只是，富贵人家的茶道更为讲究，茶具更为考究、名贵，而普通百姓家里的待客饮茶之道稍微简单，茶具也粗糙一些罢了。至于茶叶，茶农自采的好茶，还是可能会留一些用于招待贵客的，未必只有富贵人家独有。

所以，在乡市集镇的茶馆里，也可以看到一些平头百姓的饮茶常客，他们品茗啜茶，聊着乡邻坊间的轶闻典故，说着天下大事，嘿嘿，那种自得和满足的情态，足以使平常人也得以养颐天年、长命百岁。至于达官贵人，文人士大夫，也各有他们的茶饮之乐，而且常和博弈骑射雅乐山水书画仕女等相结合，那更是乐不可支的茶饮之乐、心旷神怡的人间乐趣，只要不是过于放纵，有节制，又何愁不长寿呢？

当然，饮茶之道还讲究水质、茶具、茶叶质量、饮茶的环境氛围，以及饮茶者的修养素质品位等，这就随人而异了。只要饮茶者心情好，那么，必然是喝茶养生有道了。

养生之术

存思术

我曾写了《闭目养神，随处成仙》的专稿，这在中国古老的道家养生术中早有论述。存思术就是类似的修道养生长寿之术。

存思术，就是一种专注身内外诸神，让它驻之不去，使得身与神合，以达到长寿不死的一种养生方术。

道家葛玄在《五千文经序》中说："静思期真，则众妙感会。"这"存"，就是存我之神，想我之身。

道家认为，天地之间和人体之内，到处有神灵居住的宫室殿堂楼阁、琼楼玉宇。诸神或飞升天界，掌握生死薄录，按时司查人间善恶；或镇守人体各部位关节，开生门，塞死户，调气生津，固精安神。学道的人如果能知道这些神灵的名号、形象、服色、居处、职司等，坚持在心中思神念真，和诸神交感，心灵感应，再配以诵经、念咒、服气、叩齿、咽液等术数，就可以感应到外神降临，入镇体内；或固体内真神镇身，安魂和神，内保脏腑，外却众邪。其中上乘者甚至可以招致仙官前来接引，飞升上清，消除死录，成仙成神，达到长生不死的修道目的。

道教的存思方术是对古代神仙家养生方术的应用和发展。在魏晋之际，道家上清派把存思作为最重要的修炼方法，在《黄庭经》中详细论述了人体面首以及五脏六腑之神，系统提出了"三丹田"的理论和类似的修行方法。

道家上清派还构造出无数天上地下的尊神仙官，并且说学道的人只要诵经思神，念咒佩符，就可以招上皇真气祥烟从泥丸宫中来，下布全身，镇神固精，于是自身和神合为一体，性命长存。此后，各家道教流派对存思术演绎出不少版本，于是，存思术的仪式也日趋繁复。

道教行存思之术时，都要有一定的仪式程序，《存思三洞法》规定，必须在天亮时存思"洞天"神，中午时存思"洞地"神，夜半时存思"洞渊"神。存思时，先叩齿三十二遍，闭目，依次洞天、洞地、洞渊三真，然后咽气九次，用意念让三真各居泥丸上宫、绛宫、脐下丹田宫。咽气后，仰面诵祝祷之词。然后再转向南，再行另一套仪式，等等。

道教的存思之术据记载，多到上千种，初学者经常不知如何是好。但是，一旦掌握了其中的诀窍，锻炼娴熟之后，自然会对身体起到很好的调养作用。

东汉时的《太平经》对存思的方法和作用有较为详细的论述，而《黄庭经》是道教提倡存思术的代表性经典著作，其中七、八两章被认为是该书的精华之要："黄庭秘诀，尽于此矣。"

晋时的道学大师葛洪对存思术有着很透彻的理解，他认为用守一之法可以代替存思，这样，修炼方法似乎简单多了。

葛洪说，我从前人的有关道术的各种经典诸籍中知道，通过存思之道，可以却恶防身的有几千种，如守体内脏腑之神，九变十二化二十四生等，通过存思法，能让你在体内见到这些神的存在方法，不可胜计，但是均有一定的效验。可是，在存思之法中，有的往往造作数千神灵，让他们来守护自己的身体，这太过于繁复了，而且让修炼此法的学道者心意受到极大的扰乱。但是，只要掌握了守一之法，那么上述各种存思之法都可以不用，只要知一则万事毕也。

养生之术之一的存思术，有端坐存思、卧法存思、存神练气、存思玄白之道和守一等等。这些在《老君存思图十八篇》，唐代神医孙思邈的《存神炼气铭》，陶弘景的《真诰》，还有《太平经》《云笈七笺》《抱朴子内篇》等等道家经籍中可以学习到。这也是祖国丰富又伟大的文化宝库中的瑰宝啊！

养心修身莫过于学中国书法

在这个世界上，最能养心修身健脑益智，培养书卷气学者风的事，莫过于练习中国书法艺术了。这是千年来被实践证明了的事。

传说伏羲氏得龙马负图而画卦，是为万世文字之祖；而万物化生莫不以太极为根宗。《老子》四十二章曰："道生一，一生二，二生三，三生万物。"中国书法艺术就是从这万物生化得太极之道的一根变化莫测、变化无穷的线条中产生发展的最能体现个性风格的伟大艺术，而且与中国五千年文明紧紧相扣，学中国书法，方能真正知道中华文明的发展历史。字如其人，字知其人，世上唯有中国书法可以做到。

用兽毛做的圆锥形毛笔，按照中国书法的书写法则和技巧书写中国篆、隶、行、楷、草五体汉字，是一种独立于世界艺术之林的线条艺术。这根线条可以显示浓淡、枯湿、刚柔、雄弱、厚薄、宽舒局促等美学意境。西方不少艺术大师如毕加索、米卢等等都曾从中国书法艺术中汲取养料，发展他们的艺术。这种能生出千奇百怪线条的艺术在中国历史上曾经使多少人痴迷一生，苦苦探索追求啊！迄今仍有众多爱好者在追求着其中的乐趣和奥妙。但是，学中国书法要熬得寂寞，耐得清苦，养出学识，生出悟性，苦心孤诣地追求，方可得到正果。

人们常说中国书画家长寿,从几千年历史中产生的书画家证明了这个道理。为什么呢?

中国历来有书画家长寿之说，这是有科学道理的。试想，一根圆管执于五指之中，管端统帅着长短有序的千百根毫毛，笔尖处仅数十根毫颖为先锋，执笔者必须宁神静气，在不同的提按运转之中，轻重缓急强弱快慢，恰到妙处地发挥笔墨的神韵，显示出书法线条的魅力和书法内容的完美结合，这是何等的气韵生动之美啊！请看天下第一行书——书圣王羲之的《兰亭集序》，还有天下第二行书——楷圣颜真卿的《祭侄稿》，书者之真情流露于笔墨纸和字里行间，这是其他任何艺术无法替代的。而书法家正是在这样的提按运转锥形毫毛笔端之时，达到了运气凝神抒情释放之目的，达到了舒筋通脉的健身健脑益智养心效果。而且，在完成一件得意之作后的愉悦快感，是任何“补品”都无法取代的，这就促进了人自身体内的长寿活力因素。所以，正常情况下，书画家的长寿也就是顺理顺章的事啦！在上海，曾有 105 岁的老画家朱屺瞻先生办个人画展，一人的作品把上海美术馆的四层楼的展厅都包含了。还有书法家苏局仙先生，活到 108 岁。这些都是书画家中特别长寿之人。

学书法，不但是弘扬中华文化的最好表现，也是学习中华五千年文史哲文化的最好切入点，文化修养的最佳体现之一。学书法，使人学到了静心气和，学会了和谐制动意念和神经敏感处在笔毫端处的情感流露，于是，达到了健身和文化修养的双修，增寿和益智的双修，这是何等美妙之享受啊！

再之，学书法投入甚少，占地甚少，没有纸墨，沾水在地上也可练之，可谓书法健身操啦！所以，习书法者必然长寿咯。

养心修身，益智健身，那么就从练习中国书法开始吧！一不小心，还会练出个书法家来呐。练习中国书法吧！从一本喜爱的字帖，一盆墨汁，一叠毛边纸开始，从永字八法入门，持之以恒，必然会有惊喜在等着你。